菫塘雜文錄

以寫療寫

陳煒舜 著

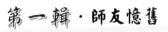

第一輯‧師友憶舊

1. 觀瀾於海，遊心於聖
   ——香港中文大學中文系「滄海觀瀾」會議小記 19

2. 迸流不息是新泉
   ——中大、成大研究生論壇十週年散記 26

3. 國之重器復安尋
   ——「孔德成先生百年紀念展」雜感 32

4. 淺酌常歡食有魚
   ——有關吳匡教授的雪泥鴻爪 38

5. 人天來共相酬——憶吳璵老師 44

6. 寧識杯中也真意——懷曾永義老師 55

7. 閫中肆外足千秋
   ——敬悼亦師亦友的黃德偉教授 70

8. 歸去晴光承晝夜——四十年後的重逢 86

9. 錦屏回合護韶光——一路走來的師友因緣 91

10. 青史有情成道紀
    ——段祺瑞《正道居集》因緣漫說 99

11. 從容之樂在濠橋——與林仰章兄的詩畫緣 104

第二輯·文化隨筆

12. 似煙還似非煙
　　——從「全港詩詞創作比賽」評審會議說起 115

13. 妙悟熟參門不二
　　——「詩選及習作」授課散記 119

14. 縱居俗語也光輝
　　——淺談作為通用語的粵語 126

15. 長將梟鏡薦軒轅——破鏡與貓頭鷹 132

16. 古來王道不偏安——談孔晬錄 138

17. 加身空費黃袍計——從宋太祖說起 151

18. 大名帝象避群凶
　　——孫中山幼名與北帝信仰 156

19. 新春寅虎說籤詩
　　——壬寅年初二車公靈籤為什麼這麼難解？ 161

20. 滔滔江漢映卿雲
　　——試談北洋元首任內的詩作 170

21. 重撫殘篇說大荒——余英時遺詩談略 178

22. 秉燈憶說佛桑華——木槿花絮語 187

23. 遊園易悟有為法
　　——二〇〇四年對聯置換事件一瞥 193

第三輯‧影劇聲光

24. 二八年華暮未遲
　　——記江樺女士城大文化沙龍 207

25. 詩心總向月輪孤
　　——〈一個人在途上〉的詩樂軌跡 213

26. 我所思兮在九歌——黎海寧《九歌》觀後隨感 220

27. 蓮花血脈證仙真
　　——舞劇《一個人的哪吒》拾遺 227

28. 紅白玫瑰事也虛——「誤讀」舞劇《#1314》 243

29. 搨向天方付夜譚——電影《Drive My Car》窺隅 251

30. 紅顏白骨都難識
　　——《誰與誰共母》中母系與父系的平行與交會 . . . 259

31. 三叉路口如何向
　　——張愛玲小說與電影中的混血男女們 270

32. 花魂月魄最吳儂
　　——電影《花樣年華》中的音樂 280

33. 翠黛紅妝好畫皮
　　——《繼園臺七號》的互文想像 289

34. 枝榦生機看不足
　　——「吳冠中‧速寫生命」觀後散記 297

35. 顧曲餘情難任
　　——悼香港「樂壇教父」顧嘉煇 303

序

煒舜老師的雜文、詩詞及其他

葉嘉詠博士

在平行時空、「元宇宙」等概念還未大行其道的時候，陳煒舜老師已經超前示範如何自由自在又悠然自得地出入不同領域了，例如《屈騷纂緒：楚辭學研究論集》便是他專研《楚辭》的研究成果結集，《從荷馬到但丁》是他教授神話學的教學心得，《玉屑金針：學林訪談錄》是他堅毅不斷地訪問學術界專家耆宿的文章。這些包含古代文言、西方神話、名師嘉言等著述，只是煒舜老師的部分著作，他的最新創作是《菫塘雜文錄：以寫療寫》。

雖說我們每年只有三百六十五天，每天只有二十四小時，每小時每分鐘每秒鐘的流逝都已經盡在自然法則之中，但煒舜老師似乎早已與時間定律分道揚鑣，證明世間事物絕不能妨礙他遨遊於思想的海洋和想像的天空。在這本雜文集中，煒舜老師憶師長、談舊友、論詩作、說宗教、觀電影、敘文藝，除了範疇廣泛和意義深刻，我們都知道以「雜文」這一文類來寫作，實在不容易。「雜文」既寫人物又寫事物，既回憶過去，又展望未來，既著重感情聯想，又注重歷史細節，既保持冷靜與客觀，又投入熱情與主觀，不過不用擔心，煒舜老師寫來都能遊刃有餘又得心應手，看來是賞心樂事了。當然，我們不會忘記，現時科技發達，每人都可在網上表達意見，所以，

如何能寫出令人留下深刻印象的文章，便是關鍵了。尤其在資訊爆炸的時代，有說三秒的精髓便能決定能否留住我們寶貴的注意力，至於如何施展渾身解數去爭取那珍貴的三秒鐘，便各展所長了。《以寫療寫》每篇文章約有三千字，看似不太適合現今繁忙都市人的生活要求和節奏，但煒舜老師自有秘技，那就是與他的雜文配合得天衣無縫的「副題」。

一個醒目而不硬銷的副題，往往是心之所向，也是可遇不可求的。我們看看第一輯第一篇的「觀瀾於海，遊心於聖」，這八字副題取自題目〈香港中文大學中文系「滄海觀瀾」會議小記〉，令人想到會議的波瀾壯闊，更特別的是全書只有這一篇是八字副題，究竟有何妙語錦囊給後學參詳，副題已埋下了可供無限聯想的伏筆了。至於七字的副題則佔最多，第三輯「影劇聲光」都是神奇的構想。我們看看「我所思兮在九歌」的一篇評黎海寧舞劇《九歌》，正與《文心雕龍·神思》的「神思」互相映襯。《神思》論藝術構思，不就是「我所『思』」《九歌》裡中國神話與舞劇《九歌》的關係嗎？六字如「天人來共相醻」憶學界前輩吳璵老師，「天」與「人」雖有物理距離，但所「共」的當是超越年齡並永誌難忘的感情。總括而言，副題工整中有變化，變化中又增添新意，原來文字的精煉可達至如此高遠的境界啊！

煒舜老師研究詩和詞，不論是《詩經》《楚辭》，還是打油詩對聯，都是他的興趣，更是他的專長。說到詩詞，我們不妨從第二輯

的「文化隨筆」談起。第一篇文章〈似煙還似非煙——從「全港詩詞創作比賽」評審會議說起〉有關「全港詩詞創作比賽」的歷史，相信我們都知道這個比賽，但未必十分了解箇中「秘聞」（這正與副題「似煙還似非煙」的「煙」和應了）。例如入圍者需要在面試時對對聯，考核基本功，獲獎者日後組成詩社，惠及後輩，自不待言。接續的一篇〈妙悟熟參門不二——「詩選及習作」授課散記〉有關中大中文系「詩選及習作」的個人教學經驗，無獨有偶也有「揭秘」的成份，例如學寫格律詩要先學好對聯，煒舜老師並慷慨寫出題目，讓我們好好練習，也讓好學有心的同學預習，說不定將來能成為煒舜老師的學生。

這些絕妙好句自當細味，但驚喜之作不止於此。我原本以為〈古來王道不偏安——談孔晬錄〉是孔子譜系研究，學術成份較多，其實是深情的懷人念舊之文，〈長將梟鏡薦軒轅——破鏡與貓頭鷹〉應是與香港當紅男子組合 Mirror 有關？還是講解飼養動物的守則？其實是「考古」之文。因此，文章題目之吸引實屬必要。瘂弦〈如歌的行板〉說過：「溫柔之必要／肯定之必要」，讀過這本雜文集後，我們可加上「幽默之必要」、「新穎之必要」……

詩詞都講求節奏感，本書第三輯「影劇聲光」不但有聲音，還有影像。音樂專注聽覺、舞蹈強調肢體動態、電影與戲劇融合聲、色、情，這些對於讀者和作者的要求都不低，但這當然難不倒煒舜老師這位跨領域的人才了。煒舜老師的興趣廣泛，文學以外，音樂

繪畫電影等藝術無一不熟悉並精通。看過《文學放得開》節目的觀眾，必定為煒舜老師博聞強記，盡覽中外古今知識的形象迷倒。除了演唱外文歌曲、翻譯外文歌詞，他在〈花魂月魄最吳儂——電影《花樣年華》〉還分析了西班牙語歌曲〈也許，也許，也許〉（Quizás, quizás, quizás）、〈你說過，你愛我〉（Te quiero, dijiste）和〈那雙碧綠的眼睛〉（Aquellos ojos verdes）在電影中的作用。《花樣年華》的上海元素何其豐富多姿，但中西文化交流就是香港的特色，煒舜老師從跨地域跨文化的角度展現藝術的多種可能，聲情並茂地帶領讀者走進更加璀璨的光影國度，確實令人耳目一新。

這輯文章談論最多的是電影。我也喜歡看電影，寫過幾篇所謂的影評，事有湊巧，本輯評論的電影《Drive My Car》、《誰與誰共母》、《第一爐香》、《花樣年華》和《繼園臺七號》，我大多看過但沒評過，這不能不說是幸運的。因為煒舜老師總能選取最獨到的角度，精挑細選最精準的用詞用字，寫出極具吸引力的影評，例如〈翠黛紅妝好畫皮——《繼園臺七號》的互文想像〉既把握電影回憶香港的主題，又能由情節聯想到《紅樓夢》妙玉一角，還能連繫衛慧小說內容。作為讀中文系的人，這些嚴肅與通俗並存，影像與史實並重，古典與現代並列的文字，寫來渾然天成，令人相當佩服，我們怎能不視之為學習範例呢！

談到學習，煒舜老師見多識廣，其文當然是佳作，但其人是更值得尊重和敬佩的。他對於學術界和文壇前輩的照料和關顧，充分

表現其心存善念的品德和細心觀察的性格。他與其母校拔萃男書院、曾任教的臺灣佛光大學、現職的香港中文大學各位師長都一直保持良好關係。我們閱讀第一輯「師友憶舊」中，可見煒舜老師交遊之廣之闊之深，其中出現次數最多的人物是曾擔任臺灣佛光大學文學系系主任的潘美月老師。多篇文章都有潘老師的身影，潘老師的尊師重道，潘老師的和藹可親，潘老師的學養深厚，潘老師的處事有度等，我們不難在字裡行間心領神會。至於對戲曲稍有涉獵的，都會聽過曾永義教授的大名，我們在〈寧識杯中也真意──曾永義老師〉也看到書名《以寫療寫》四字，怎會不明白這篇文章在煒舜老師心目中的位置呢？由捷運初見的「雲鬢闊唇、身型廣碩的老先生」，到共進晚餐時「把厚重的手掌伸過來，與我緊緊握了一下」的親切，由「金太太、施先生」的玩笑，到「人生之中，不如意的大事小事太多，就把它當成磨練砥礪，讓自己進步就是了」的勉勵，讀來繪形繪聲，更難能可貴的是記錄了曾教授人生中某些刻骨銘心的美好時光。故人和往事都應追憶，如何追憶則是費心力考功夫的學問了，所以這輯文章尤為重要，也是我個人最喜歡的。

最後補充一下，準確算起來，我是煒舜老師的師妹，更是煒舜老師臉書的眾多追隨者（followers）之一，能夠先睹為快這本精彩豐富又動人的雜文集，還有幸在這裡寫下一點外行人的感想，實屬榮幸。此外，以上一直用「老師」一詞，並不是因為他的年紀，他很年輕，不要誤會，也不只是因為他的學術身分，更不是為了攀附關係。

「老師」的稱呼只為了突顯他有非常清晰的頭腦，將難以名狀的情感或理念都梳理分明，加上同學一致稱讚他循循善誘地耐心教學，將艱難的理論或概念都深入淺出地解說清楚。遇到才氣逼人、勤勉自勵又不吝賜教的好老師，我當然需要常常請益，並勤加鍛鍊，好彌補我先天能力的不足和掩飾後天的懶散好閒了。說到這裡，相信不用再介紹了，我們還是趕快熱情投入地閱讀這本《蓳塘雜文錄：以寫療寫》的一字一句吧！

二○二三年一月二十三日

第一輯

師友憶舊

觀瀾於海，遊心於聖

——香港中文大學中文系「滄海觀瀾」會議小記

　　香港中文大學中國語言及文學系的教研分為四大範疇，亦即語言學、古代文獻、古典文學和現代文學。古典文學組近年舉辦的常規會議，除了四年一度的大型國際會議外，主要還有兩種。一為中型的「風雅傳承：民初以來舊體文學國際學術研討會」，二〇一五年起三年一度，目前正計劃舉辦第三屆。一為小型的「滄海觀瀾：古典文學體式與研究方法學術研討會」，二〇一六年起一年一度，至今已舉辦四屆，徐瑋教授、潘銘基教授和我皆曾先後負責籌備。

　　承蒙張高評教授熱心鼓勵、《國文天地》慷慨允諾，我們特意為這個會議安排了一個專輯，共收文章二十五篇，皆為與會演講稿、論文的撮寫稿。其中主題演講稿共五篇，宣讀於第一屆之論文五篇，第二、三屆各四篇，第四屆六篇。希望關心我們的讀者賢達，不僅可以進一步得知本系、本會議的概況，也能了解海內外中文學界學者最新研究動向於一斑。由於本人一直承乏此務，故受各位請託，為此專輯寫一引言。然而，若僅作流水帳式的敘寫，誠不副於輯內精彩的正文，故我嘗試以一己之角度加以陳述，望能增添可讀性，藉此良機分享一下與會心得，同時向歷屆與會學者、負責會議事務（包括專輯編纂）的同仁、同學表達謝意。

　　二〇一五年，系上為每位同仁撥下一筆經費，可自行決定如何運用。我本擬邀請海內外學者舉行一個小型的楚辭學工作坊，後來偶然與徐瑋師弟交談，得知她也有興趣辦會，於是我們決定合力，舉行一個二十人左右的小型會議，範圍劃為古典文學體式與方法，較我開始所想更為廣闊，名稱則由徐瑋師弟定為「滄海觀瀾」，典故出自《孟子・盡心》：「觀於海者難為水，遊於聖人之門者難為言。」在學界每年流水盛宴般的活動海洋中，這個會議的確只可算一個小小波瀾，卻也能反映出學術的方方面面。從空間而言，與會者除了來自兩岸四地者，還包括了日、韓、南洋諸國的先進。從世代而言，既有年屆九旬的耆宿、古稀耳順的前輩、知命不惑的中生代，也有初出茅廬的青年學者、仍在攻讀學位的研究生。幾個世代的學者共聚一堂，切磋琢磨，洵可樂也。

　　從研究範疇而言，步入二十一世紀的第二個十年，跨國界、跨學科的交流對話日益頻密。本會議既然強調「體式與方法」，因此盡力為交流對話提供平臺，這從主題演講的設計便可窺知。如第一屆開幕演講，邀得臺灣成功大學張高評榮休教授以〈創意發想與學術研究〉為題。張教授不僅與大家深入淺出地分享了研究方法的應用，更涉及對人文學科如何立足、貢獻當代社會的思考。第二屆開幕演講嘉賓、臺師大吳璵教授暢談《洪範・九疇》的時代意義，可謂經史與文學的貫通研究。閉幕演講由本系周建渝教授負責，以越南古典小說《嶺南摭怪列傳》為探討對象，讓我們進一步了解到域外

華文文學的面貌——尤其是華文文化圈如何透過文學來自我定位、想像中國。第三屆開幕主講嘉賓、復旦大學楊明教授，透過堅實的考據、細緻的詮釋例證，現身說法地讓我們理解研習古代文論時，結合文學作品實際是不可或缺的。閉幕主講嘉賓陸潤棠教授本來執教於港中大英文系、文化研究系，他從西方文學批評詞彙中選取了「悲劇」和「浪漫主義」為例，考察「洋為中用」的應用問題。第四屆開幕主講嘉賓、武漢大學王慶元教授，討論的主題為周貞亮《文選學講義》襲用駱鴻凱《文選學》及其研究價值，具體而微地讓我們思考民國初年傳統學術轉型的宏觀問題。而本系主持開、閉幕的何文匯教授、華瑋教授、張健教授、鄧思穎教授等，也都和與會學者有非常良好的交流。其次，歡迎晚宴的小演講皆為本系同仁負責，嚴志雄教授〈明清詩文研究方法學芻議〉、沈培教授〈《莊子》中的鮒魚為什麼自稱為「波臣」？〉、張健教授〈理學視野下的風花雪月〉、許暉林教授〈環境批評：明清小說研究的一種可能路徑〉，一一給我們許多啟發。

再如韓國東國大學朴永煥教授對韓國古代文人魯認《錦溪日記》的探討，日本關西大學長谷部剛教授對森槐南《李詩講演錄》與龐德《國泰集》關係之析論，河北大學姜劍雲教授討論魏晉玄學、玄學與文學潮汐，華東師範大學楊焄教授以近代學界的「李清照改嫁」之爭為題、與美國學者艾朗諾新著《才女之累：李清照及其接受史》展開對話，新加坡南洋理工大學曲景毅教授對《唐詩名媛集》的討

論，香港大學余文章教授從陸游飲食筆記來考察其華夷觀，香港教育大學商海峰教授以黃庭堅、洪芻為中心探研北宋之香藥香事，北師大顏子楠教授就《劍橋中國文學史》中的明代詩歌研究作出論評……無論從主題或方法來說，都令人耳目一新。

　　而傳統研究方面，本會從第一屆開始便設置「文學文獻」專場，就是希望就古典文學與古代文獻學作出溝通。如潘美月、何廣棪、黃靈庚、鄭吉雄、趙飛鵬、盧雪燕、劉薔、張小豔、唐雯、劉學倫、孫顯斌、潘銘基、鄭麗娟、李佳、胡琦、黃磊、凌頌榮、鄭楸鋆諸位學者，對簡帛、版本、目錄、正史、實錄、諸子、類書、別集、總集、叢書、輯佚、辨偽、藏書史等多方面議題進行了極有價值的討論。體式方面，楊松年、許又方、洪濤、陳鴻圖、陳煒舜諸位論《詩經》、《楚辭》，蕭麗華、方滿錦、張萬民、董就雄、李燕、梁樹風、李靜、陳漢文諸位論歷代詩與詩論，范宜如、劉衛林、嚴宇樂、黃偉豪、李向昇、蔣之涵諸位論駢、散文，朱惠國、徐瑋、曾智聰、蕭振豪、林宏達諸位論歷代詞與詞論，胡光明、陳亮亮諸位談戲曲，陳寧、陳美亞、朱寶盈、黎必信諸位論小說，程中山、黃峪、林崢、崔文東諸位論近代文學，不一而足。誠可謂琳瑯滿目，洋洋大觀。限於各種原因，本專輯只能展示其中一部分，這是我們必須向諸位作者和讀者致以歉忱的。

正如前文所言，「滄海觀瀾」的設計是小型會議，因此我們希望這個平臺的建立，能創造殊勝的機會，令進學術對話交流更為聚焦、深入。舉例而言，我想起自己從前在外地開會時，不時有學者詢及饒宗頤教授、劉殿爵教授；我生也晚，加上香港高校的退休制度，年輕學子要親近如此耆宿，相較海峽兩岸而言十分不易。因此，我們於每屆「滄海觀瀾」開幕演講都禮邀一位年高德劭的學者來擔任嘉賓，讓本地新進學人有機會一睹前輩風采，進而親炙問學。而張高評、吳璵、楊明、王慶元諸位老師慨然相允、惠然肯來，實在是我們的榮幸。

其次，我們也期待會議成為新知舊友佳勝的聯誼地。如第一屆會議中，我邀請了潘美月、楊松年、黃靈庚、張高評、鄭吉雄諸位老師，因為他們從前在臺灣工作時每有過從，退休後卻少有機會見面。因此，我們非常高興能讓各位前輩在「滄海觀瀾」會議上重拾古誼。又如新加坡楊松年教授是已故港大黃兆傑教授的開門弟子，本校翻譯系洪濤教授則是關門弟子，二位久聞對方之名而從未謀面，卻在「滄海觀瀾」會議上握手言歡。再如姜劍雲教授與方滿錦博士書信往來多年，也是在本會議上首度相會。復次，如果邀請外地的前輩學者，我們往往也會同時邀請一位中青年學者隨同，一則方便照應，二則可讓「滄海觀瀾」會議更好地見證學術傳承。如潘美月教授與劉學倫兄、楊明教授與楊焄兄、王慶元教授與黃磊兄，都是師徒關係，如此一來，作為籌辦者的我們就放心多了。最難得的是年屆九

旬的吳瓏教授，他雖隻身自臺赴港，但其千金卻是我們的同事——本校新聞系吳世家老師；因此會議期間，世家老師不僅負責尊翁起居事宜，還負責攝製錄像，大大分擔了工作，讓我們感激不已。至於年輕的學者，也能藉此機會拓寬學術視野與網絡，更不待言。如我系胡琦、崔文東、胡光明、陳亮亮、李向昇、凌頌榮等同學，宣讀大作之際或剛畢業、或仍營營於學位論文，但現在皆已在學界立足，作育英才，令人歡欣鼓舞。

我們不希望老前輩們來去匆匆、舟車勞頓，故而通常把會議攤分成一天半的時間來舉行。第二天中午會議閉幕、簡單用膳後，我們便陪同與會學者出遊，考察香港鮮為人知的人文景觀。最難忘的一次體驗是在第二屆會議。由於第一屆包車出遊，時間安排無大彈性，所以我們決定此屆使用公共交通工具。誰知剛從大學站乘上火車，鐵路電纜就罕有地發生事故，以致大家在相鄰的火炭站滯留了大半個小時，進退不得。幸好出站後，在宇樂師兄、美亞師妹和各位學生助理的幫忙下，帶引學者分批乘搭計程車前往目的地。令我印象最為深刻的，是白髮蒼蒼的吳瓏教授全程都笑呵呵的，絲毫不因人潮氾濫、時間延誤而改容。所謂「泰山崩於前而色不變，麋鹿興於左而目不瞬」，吳瓏老師的心性修為，於我個人來說是具有重大示範意義的。

今年由於疫情的關係，「滄海觀瀾」不得不停辦一年。但我們相信風雨過後，就是第五屆會議姍姍來臨之時。我們殷切期待，這個小而精緻的「滄海觀瀾」會議，會繼續它作為學術交流地、友朋聯誼地、以及嘉話產生地的功用。謹步柳氏〈望海潮〉韻一闋，以結拙文曰：

觀瀾於海，遊心於聖，襟懷日月光華。

桃李成蹊，縹緗尚友，詩書本自名家。

一念等塵沙。百年如瞬息，知也無涯。

無有相隨，音聲相和，夢何奢。

◎意深酒淺餚嘉。任嶺南雲樹，江左煙花。

漢媚川前，宋皇臺側，焉尋舊日宮娃。

遙想執紅牙。且共摛青簡，仙韻流霞。

尺幅原涵千里，不必更矜誇。

2020.08.25.

*本文原刊於《國文天地》第 36 卷第 6 期（2020.11），頁 48-51。

迸流不息是新泉

——中大、成大研究生論壇十週年散記

中文大學和成功大學中文系研究生交流論壇的創辦，始於張高評教授二〇〇九至二〇一〇年間在中大客座講學時的構思。而「十週年專輯」得以分兩期在《國文天地》順利刊登，不僅承蒙高評教授的提議、何志華教授的支持，兩系老師、同學及同仁的鼎力襄助，還深賴張晏瑞總編輯及其團隊的盡心，在此敬表萬分謝忱。由於我從第二屆開始，連續九屆擔任中大方面的聯絡人（第九屆舉行時，我在中研院訪學，香港方面的工作多賴潘銘基兄負責），故奉命撰寫散記一篇，附驥於專輯之末。下文謹在上期邱詩雯教授散記〈依約雁南翔〉的基礎上將中大這邊的交流事宜稍作補充，並就一己之心得體會略談一二；由於內容餖飣支離，不當之處，還望師友多多指正！

二〇一〇年夏，首屆論壇在成功大學舉辦，我系何志華主任、華瑋教授、鄺可怡教授參與盛會，得到成大師友的熱烈招待。當年秋，志華主任便告知次年四月將在中大舉辦第二屆論壇，命我負責聯絡工作。此後，單數屆皆由成大負責，雙數屆則由中大承辦。成大沈寶春主任將第三屆論壇定名為「飛揚雄」，還請同學以文創方式設計了帆布袋、論文集封面、桌卡、名牌等，別具心思。我系方面，則將第四、六、八、十屆依次定名為「耀綠舒芳」、「綺日光風」、

「芳華相接」與「新泉始流」，皆出自梁武帝的詩句。從第二屆起，出訪友系的師長，成大方面包括了張高評教授、王偉勇教授、陳益源主任、沈寶春主任、葉海煙主任、林朝成主任、林素娟教授、陳美朱教授、萬胥亭教授、蘇敏逸教授、翁文嫻教授、高佑仁教授諸位；中大方面則有沈培教授、周建渝教授、嚴志雄教授、危令敦教授、黃念欣教授、潘銘基教授、張錦少教授諸位。第四屆時，寶春主任建議增設青年教師發表環節，隨團到訪中大的素娟、美朱、胥亭三位教授皆發表了大作，我系則相應邀請了黃念欣、徐瑋、鄭麗娟三位老師與會。令人感念的是，好幾屆會議中，高評老師和益源老師無論在臺灣還是香港，只要情況許可，一定蒞臨分享、鼓勵，予大家以意外驚喜。

至於發表論文的同學皆為兩系博碩士研究生，中大方面的與會者除第八屆十人、第十屆九人外，各屆都以八人為度；各人發表之論文皆通過了系方的評審機制，累積下來共得八十三篇。以我系四大範疇分類方式統計，共有語言文字範疇三篇、古代文獻範疇廿三篇，古典文學範疇卅一篇，現代文學範疇廿六篇，可謂琳琅滿目。就與會人數而言，有兩位同學三度參加，十六位同學兩度參加，亦足見大家對論壇的支持與愛護。二〇二〇年六月，第十屆論壇舉辦前夕，我系鄧思穎主任與成大高美華主任達成共識，在《國文天地》組織「十週年專輯」；方式是兩系各自從十屆與會論文中甄選十篇，請作者將之壓縮成二千至三千字左右的述要，分兩期刊登。以

我系為例，甄選篇數除須照顧屆數外，還要考慮四大範疇之分佈比例。如此計算下來，額度是語言文字一篇，古代文獻、古典文學與現代文學各三篇，最後獲選者為趙璞嵩、林溢欣、潘惠婷、劉璐、黃小蓉、葉楊曦、張家禎、李凱琳、王家琪、李薇婷等十位同學的論文。

長期交流的過程中，兩系師生發展出深厚的友誼。由於論文發表是安排兩系同學互相講評，同學們往往早在開會前便透過網絡與對方取得聯繫，預先進行學術交流，互通有無；到正式相會之際，自然有一見如故之感。會議前後，大家會組團出遊，飽覽當地自然與人文風光。時至今日，許多同學已在海內外各大學術機構任職，他們當初透過本論壇建立的友誼，也令這張學術網絡煥發出生生不息的研究力量。不僅如此，每次我系交流團在成大居停期間，從前曾經訪港的老師們即使應屆無暇參與，也必然會前來致意，甚至帶來臺灣的時鮮水果、零食、小吃，令大家在精神與物質上得到雙重豐收。

我本人在近十年的聯絡工作中，也一樣獲益匪淺。負責第二屆論壇的統籌工作時，當時還是研究生代表的詩雯同學告知，這次來訪的是高評、偉勇、益源三位老師，令我高興不已，決定親自前往接機。我很早以前就在不同場合先後拜識三位老師，但從未試過共處一堂，不知道三位在一起時會如此談笑風生。記得他們依次走出抵達廳時，一位對我說：「你胖了！」一位說：「你瘦了！」一位說：

「你都沒變！」最後高評老師總結道：「可見研究的參照系十分重要，資料蒐集完備以前還是不要輕易下結論。」大家登時粲然解頤。此後，成大主辦的「蘇雪林及其同代作家國際學術研討會」、「第一屆『從誤讀、流變、對話到創意』國際學術研討會」等學術活動，我都有幸敬陪末座，進一步開拓視野之餘，與許多師長重逢，也結識了許多學界先進。（當然，我系學術活動也不時邀請成大師友蒞臨。高評老師、偉勇老師、寶春老師諸前輩固是常客，又如「滄海觀瀾：第三屆古典文學體式與研究方法學術研討會」，邀得成大畢業的林宏達博士宣讀大作，宏達兄即是首屆論壇的與會者之一。）此外，怡良老師、建俊老師、寶春老師對我厚愛有加，每次到府城都會在百忙中撥冗盛情招待，使我感佩不已。與此同時，我邀請了陳逸根、林佳燕、曹世耘、邱詩雯與張瑞麟五位博士分別為陳怡良教授、江建俊教授、馬森教授與張高評教授作訪談，收入《玉屑金針：學林訪談錄》第一、二輯；邀請了李嘉玲同學為令祖父李勉教授作訪談，收入《典型夙昔：前修緬思錄》初集；負責《段祺瑞正道居詩文註解》的主編工作，則有賴林彥廷博士在輯佚、註解等方面貢獻長才。有了成大師友的支持，這幾部著作的編纂工作才會圓滿成功。

秉持投桃報李之心，成大師長來訪中大時，我也不敢怠慢，一般都會全程隨同。令人印象深刻的是第八屆會議後，成大師生決定各自活動。成大翁文嫻老師本身就是香港人，早年畢業於新亞研究所碩士班，她的昔日同窗、任職法蘭西學院漢學研究所圖書館主任

的岑詠芳老師當時恰好在港，於是決定到新亞研究所一覽館藏祕籍。這個行程不僅吸引了朝成老師，也引發我系樊善標教授與何杏楓教授的極大興趣。杏楓老師說：「我當年就讀於協恩中學，新亞研究所就在對面；中六時曾隨一位新亞的研究生讀書，卻從未到過他們的藏書庫啊！」於是我建議：「您不妨問問協恩校方，可否讓我們在造訪新亞後順道進去走一走，讓臺灣學者也對這間歷史悠久的香港女校有所了解？」杏楓老師稱善，隨即聯繫協恩中文部主任唐挺堅老師（也是我中學同學），順利安排了行程。

再者，由於香港工作繁重，同仁平時歡敘的機會甚少；而屢次成大之行卻加深了我系同仁的情誼。如第三屆論壇，我系前往成大的計有沈培、黃念欣、張錦少三位教授和我共四名老師。會議結束後，佑仁兄帶我們到市區觀光。沈培老師是簡帛文獻與古文字學專家，平日予同學以不苟言笑的印象，但他在臺南夜市遊戲中獲勝的興奮雀躍之態，令人耳目一新。念欣、錦少與我是上下屆同窗，但任職母系以來卻一直無暇相聚。這趟在臺南，大家倒是覓得空檔「夜闖」府城，小酌暢談。如此經歷都教人難忘。

由於疫情關係，去年六月的第十屆論壇首度改在網上舉行。美華主任主持的閉幕式上，不僅邀得益源老師為大家細說論壇的來龍去脈，還請來佑仁老師進行總結。第一屆論壇時，佑仁、詩雯都是在讀博士候選人，十年過去，兩位皆學有所成，由他們分別為第十屆論壇作總結、為「十週年專輯」作統籌，可謂再恰當不過了。放眼

未來，論壇的面向將進一步拓展，以全新格局與形式和大家見面，且讓我們拭目以待！謹繫七律一首以收結拙文：

曾文溪口媚珠川。相接韶華已十年。

膈臆有情皆舊侶，迸流不息是新泉。

舒芳耀綠心無住，綺日光風春可憐。

一界一花雖自足，六時況復雨花天。

2021.04.01

*本文原刊於《國文天地》第 36 卷第 12 期（2021.05），頁 41-47。

國之重器復安尋

——「孔德成先生百年紀念展」雜感

　　二十年前在香港中文大學就讀碩博士班時，不時聽到業師吳宏一老師和鄭良樹老師、張光裕老師提起孔德成先生；但有緣親炙，卻要感謝潘老師。二○○四年九月，我來到宜蘭佛光大學文學系工作。次年一月，潘美月老師從教資系轉到文學系，成為系主任。潘老師和藹可親，與我情同母子。接近暑假時，她對我說：「我和吳宏一、鄭良樹、張光裕當年都先後修過孔先生的課。你既是他們的學生，孔先生就是太老師了，他現在每週還回臺大上三門課。你到佛光已快一年，工作和生活慢慢安頓，不妨去臺大旁聽，親進大師、提昇自我。」此後兩年多（直到孔先生辭世前夕），我每個禮拜的行程幾乎都是週日至週三在佛光執教，週四中午隨潘老師坐莒光號列車到臺北（彼時雪山隧道尚未開通），當天和翌日下午到臺大分別旁聽孔先生的「金文選讀」和「三禮」課，晚上就住潘老師家。

　　第一次見孔先生，就感受到他的兩種情態。首先是威嚴。孔先生長身玉立，儀容端肅。在攙扶下緩步走到教室，在場所有老師、同學都侍立兩側，氣氛莊重。其次是幽默。在潘老師介紹後，孔先生握過我的手，凝重地問：「你是潘美月的學生啊？她這個老師，當得好嗎？」話音未落，潘老師就搭嘴道：「拜託，哪有這樣問人的？」為了避免攪擾，我簡潔回答：「潘老師很好！」孔先生說：

「嗯，她當老師應該不錯，可是……她打過我！你說，哪有學生打老師的呢，對不對？」孔先生為何被「打」，潘老師老早就跟我講過（茲不枝蔓）。我因而發現孔先生說到「可是」時，故意加強了語氣，營造出一種戲劇氣氛。他注意到我的表情，道：「好了，我是卑之無甚高論，但你既然來了嘛……以後掙的那麼點錢，大概都要送給臺鐵去了！」言畢哈哈大笑起來。

從這天起，我就很習慣孔先生在威嚴和幽默兩種情態間不斷「切換」。孔先生時常逗我，逗完後又客氣地說：「抱歉，我這人就好說笑話，呵呵呵！」他愛講清末民初的老掌故（我也愛聽），講完後往往還不失時地用「引申」的方式再逗我一下。我很快發覺，孔先生大概也希望我逗回去。偶爾斗膽「回敬」，他便舉手作推開狀，連聲說：「你去去去！」然後失聲而笑。如此情態令我深信，孔先生的魅力不唯因他是道德學問上「切磋琢磨」的「有斐君子」，還在於「善戲謔而不為虐」，充滿親和力——儘管他的威儀仍是可能把陌生人嚇著的。

二〇一八年，我回香港母校工作已屆八載，有一年的研修假期。九月中旬到中研院文哲所報到後，即登門拜訪潘老師。潘老師說今年是孔先生逝世十周年暨百歲冥誕，受邀於十月十一日到「中華無盡燈文化學會」給一次講座，題為〈我所認識的孔德成先生〉，目下正準備得如火如荼。在她前後，還有曾永義老師、葉國良老師等幾位師長的講座。原來「中華大成至聖先師孔子協會」連同無盡燈等

機構將在二〇一九年初舉辦「儒者之風：孔德成先生百年紀念展」，需要大批志工協助，而這幾場講座就是專為訓練志工而設，讓大家對孔先生有更深入的了解，為不久後的導覽工作奠下基礎。潘老師又指著牆上所掛孔先生那張「言忠信、行篤敬」的篆字橫幅道：「這件墨寶，他們也會徵去參展。」這幅字是潘老師夫婦當年入住溫州街新居時孔先生所贈，我曾長期借宿潘老師家，因而非常熟悉。

十二月中旬，潘老師來電告知：「明年一月十九日是孔先生的紀念展的開幕日。那天早上的會議，我有事去不了，但會參加下午的開幕儀式。你有空一起來嗎？」能夠參與這次難得的盛會，自是求之不得。潘老師又說：「二十日晚上，在光點華山有孔先生紀錄片的試映會，我多要了一張票，你到時和我一起去吧！」記得十年前孔先生辭世，我陪潘老師參加追悼會；而今紀念展開幕，我又陪潘老師出席。如此因緣，委實可嘆。

二〇一九年一月十六日，讀到吳師在《聯合報》副刊發表的大作〈孔老師的兩件墨寶〉，使人動容。其中一幅條幅，幾年前有幸在吳師宿舍看過，上面是孔先生自己的詩作：「翠柏寒雲拱畫樓，鼓聲催斷故宮秋。寫來一段著涼意，夢入秦淮說舊遊。」想到這些墨寶會在紀念展中「共聚一堂」，非常興奮。

一月十九日下午，我隨潘老師來到國父紀念館參加展覽開幕式，不僅與吳師巧遇，更見到好些師長前輩。展場除了徵集的大量墨寶，還陳列了孔先生抗戰時期的日記及其他文物，琳瑯滿目。墨寶、日記都已收入葉國良老師主編的《孔德成先生文集》之中。二十日晚，又隨潘老師列席「風雨一盃酒：孔德成先生紀錄片試映會」，與許多師友喜相逢。孔先生經歷的近百年風雨，也是兩岸大歷史的縮影，全片娓娓道來，有條不紊。籌辦各單位的辛勤努力，實應致以深深謝意。

片中，諸位受訪老師談起孔先生的為人、為學，如在眼前。可詫異的是影片快結束時，有一張潘老師攙扶著孔先生的照片，只聽得左側的李隆獻師母輕輕說：「煒舜！」我定睛一看，照片中自己的確跟在兩位老師後面。相中孔先生眉頭略皺，伸出右手。何以哉？我不由想起那天的情景——

二〇〇六年春天的一個週四，在佛光共事的黃德偉老師從宜蘭來到臺北，要與從前外文系的老同學彭鏡禧教授聚餐，請潘老師、曾永義老師作陪，順道把我也拉上。我那天下午要旁聽孔先生的「金文選讀」課，德偉老師一時興起，也跟著同去。恰巧周鳳五老師有資料向孔先生求教，只能借此時段討論，我們於是都侍坐一旁。德偉老師閒著無事，用他新買的專業相機拍攝了多張課堂照片。孔先生、周老師、許進雄老師、葉國良老師都參加了當晚的聚餐。周鳳五老師看全桌只有我一個晚輩，索性坐在我身邊，不時和我碰

杯，又不斷要我敬各位老師。孔先生坐在對面，見狀示意我道：「你呀，亂命不從！」但我那時除了遵循「亂，治也」的反訓，也無能為力，終於喝個大醉。不過，幸好自己從來沒有鬧酒的劣跡，只是平靜坐著打盹，令曾老師甚為「稱許」，孔先生也留下「深刻印象」……

說回照片。六點下課時，潘老師走進教室，扶著孔先生起身，示意我們隨行。孔先生站起來走了幾步後，才發現有樣東西不見了：「哎，我的拐杖呢？」他一邊問（語氣還滿可愛的），一邊比畫著手勢。而我之所以被德偉老師「偷拍」到，就是因為發現孔先生起身時忘了掛在黑板粉筆槽上的拐杖，所以趕緊拿了跟在後面。

散場後，潘老師說，照片大概是從她那裡流出的。我很久不曾翻閱這張照片——自己的那份拷貝恐怕一時也不知道存放到哪個硬碟，想不到竟出現在大銀幕上。每個細節都歷歷在目，轉眼竟已一紀有奇。

孔先生的故事永遠說不完。他具有多重身分，是聖裔，是高級官員，是著名學者，是道統、法統與血統的傳承人……史學家吳相湘指出，他年輕時已立志做個純粹學人，而不以道統自居。但在我記憶裡，孔先生更像是個臉上帶著笑容、心裡藏著慈愛、腦中充滿故事的祖父。謹謅七律一首以結拙文曰：

國之重器復安尋。作寶尊彝唯吉金。

鈞石量茲鼎與德，詩書繫處瑟耶琴。

時哉行止皆存古，莞爾笑言猶撫今。

天下滔滔何所杖，杯中聊寄故園心。

2019.01.23.

*本文原刊於《國文天地》第 34 卷第 10 期（2019.03），頁 7-9。後轉載於微信公眾號「至聖孔子基金會」（2019.11.08），又收錄於《典型夙昔：前修緬思錄》初集，頁 43-46。

荷塘雜文錄：以寫療寫

淺酌常歡食有魚

　　二〇〇四年秋，我從香港來到佛光大學文學系任教。開學時，校方在宜蘭濱海渡假村安排了一次新舊同事相見歡的聚會，我才知道當時入職的連我在內共有十一位同仁。其中黃慶明老師剛從文化大學退休，轉職佛光哲學系，年齡居長，彬彬儒雅，手持捲菸時尤其具有智者之風。慶明老師與我共用一間臨時研究室，知道我隻身從港赴臺工作，對我十分照顧。二〇〇五年春，剛從臺大榮休的潘美月老師來到文學系，與我成為同事。我一向對圖書文獻興趣甚濃，因此時常向潘老師請教。潘老師和藹可親，師生都叫她「潘媽」，日子一久，我也與潘老師情同母子。潘老師家在臺北溫州街的臺大宿舍，與長子、長媳同住。潘老師常說，次子文弘兄在美國攻讀博士班，房間空著；如果我到臺北時間晚了，不便返回宜蘭，不妨暫住文弘兄的房間。（當年秋，我開始每週到臺大旁聽孔德成先生週四、五的課程，週四晚就住在潘老師家。）

　　有一個禮拜三，我和潘老師剛上完課，準備一道去吃午餐。這時背後傳來一把熟悉的聲音：「潘大姐，吳老正在通緝您！」回頭一看，原來是剛從臺北回到學校的慶明老師。潘老師笑道：「你們安排禮拜二晚上聚餐，我都不在臺北，通緝我也抓不到啊！」慶明老師粲然而去。潘老師對我說，吳老是師大英語系的退休教授吳匡先

生，已經年近九旬了，還是活碰亂跳，每週都有人約他聚餐。近來，臺大哲學系的幾位退休教授約定吳老，逢禮拜二晚在臺北泰順街的康有川菜館聚餐，基本班底號稱「食黨」，「不談學問道理，只談風花雪月」，而吳老「欽點」潘老師也要加入「食黨」，因此有「通緝」一說。

我問潘老師：「聚餐的老師都是吳老的同輩嗎？」

「哪裡，」潘老師答道，「他們年齡基本上都和我不相上下，只有吳老是前輩。你看黃慶明，年齡比我還小一截。」

「那大家不怕有代溝啊？」我笑道。

「吳老的朋友很多，上至昌彼得老師、孔德成老師等同輩人，下至路邊雜貨鋪的店員小妹。他的心境很年輕，所以大家都很喜歡他。『食黨』在一起和他聚餐，就是怕他逐一赴約，應接不暇！」

「那麼您來宜蘭上課，不是參加不了聚餐麼？」

「沒關係啊，我和師丈都跟吳老非常熟悉，定期聚會了許多年。週二不行問題也不大，我週四回臺北後，還是可以再約的！」

潘老師當時雖已從臺大退休，但在中文系仍保留一門版本目錄學課程。二○○六年春季，我和潘老師的博士生劉學倫兄也去旁聽了。每次學期結束，潘老師都會為課程安排一次參訪，或在國家圖書館，或在臺大圖書館，讓修讀同學得以一睹善本真容，作為旁聽

生的我們也沾光了。這次的參訪安排在週二下午，結束後已近晚飯時間，潘老師於是帶著學倫和我參加「食黨」聚會。一進餐廳，就看到慶明老師在坐。我們坐下後，潘老師逐一介紹了黃士強老師、陳修武老師、楊樹同老師、楊惠南老師、賴永松老師諸位。這時，只聽見女掌櫃道：「吳老，您要小心地滑，慢慢走過去哦！」我抬頭一看，是一位個子不高但精神矍鑠的老者，一頭白髮、黑框眼鏡，身上的深色外套樸素而整齊。他看到我們，笑道：「哎呀，潘美月帶了兩個小朋友來，很好！」江浙口音的國語，特別令我感到親切。

聚餐後，隨著老師們到楊惠南教授家喝茶談天，吳老與我相鄰而坐，知道我是從香港來的，和我開聊了一些香港的情況。我說：「吳老，潘老師說您心境年輕，精力旺盛，每天都在臺北『趴趴走』，真是令人佩服啊！」

吳老說：「我從來很少看病的。每天到處走走，和朋友聚聚聊聊，就是保持身心健康的良方。」

「您每天這樣走路，累積下來不知能環繞臺北多少圈？」我笑道。

「這點路算什麼，」吳老說，「一九三七年時我十九歲，考進清華大學。誰知開學前爆發盧溝橋事變，學校遷往長沙。我從老家寧波來到長沙，沒料想學校不久又遷往昆明，改組成西南聯大。我們那時可是花了三個月，從長沙徒步走到昆明！臺北這點路算什麼！」

盧溝橋、西南聯大，這些於我而言是遙遠卻熟悉的名詞。我說：「我的祖父也是唸的西南聯大，他是一九三八年入學，就從老家直接去昆明了。」

這時我發現吳老眼神一亮，他向我問及祖父的姓名、就讀學系，點頭道：「你祖父可算是我理工科的師弟喔，他現在還好嗎？」聽我說祖父早已不在人世，吳老又搖搖頭道：「現在啊，我的同輩就算還在，也大多行走不便、腦子不好使了。所以我三、四十年前就和潘美月他們這群年輕人交了朋友，一直往來。如今看看，還真是對了。」

此後，我有好幾次隨潘老師與吳老聚餐。記得有一次在寧福樓，師丈也來了。師丈為人海派，喜歡各樣菜式都點一些。吳老笑勸：「老郭啊，你的菜點太多啦！」師丈應道：「煒舜臺北來得少，我是想讓他嚐嚐新。」吳老說：「恐怕是你自己嘴饞吧？你看你肚子已經夠大了，別把人家也餵得太胖。」潘老師見狀，抿嘴對我一笑。吳老的幽默，由此可見一斑。

二〇一〇年，我從臺灣回到香港工作。香港生活節奏快，加上要重新適應環境，真可謂不遑啟處。二〇一四年十一月初，應范宜如學姐之邀到臺師大參加研討會，會後順道探望潘老師。那天剛好是禮拜二，於是重溫舊夢，又隨潘老師參加「食黨」聚會。一進門，惠南老師說：「這年輕人好面善！」慶明老師說：「潘大姐說今晚有

特別嘉賓，我就猜到是煒舜，果然不差！」陳修武老師、許進雄老師、林義正老師也點頭微笑。惠南老師安排我坐在吳老身邊，我問道：「吳老，您還記得我嗎？」「記得啊，你是我師弟的孫子嘛！」當時他已虛齡九十八，記憶力卻依然這麼清晰。我還沒來得及回話，吳老便舉起盛著啤酒的玻璃杯道：「來，敬你一杯！」

二〇一七年七月下旬，我回到臺北查核資料。二十五日是週二，我又隨潘老師參加「食黨」聚會。我問道：「吳老近來都好嗎？」潘老師說，吳老這段時間身體狀態欠佳，記憶力也衰退了，所以大家沒有邀他聚餐。來到餐廳後，黃士強老師高興地說：「你來得正好。吳老今年實歲滿百，我們要準備一張生日賀卡，你也簽上名吧！」想不到，這是我和吳老最後一次結緣。

二〇一八年暑假伊始，我有一年研修假期，安排在中研院掛單，得以比較常規地參加「食黨」聚餐，看到各位老師依舊談笑風生，十分高興。唯一的遺憾是，此時吳老駕歸道山已經一年了。新「黨員」之一的金君姐私下對我說：「你要常來，老師們都很喜歡你！」我聞言後，十分感動。

研修假期轉瞬過去，我回香港又有大半年了。時值疫情肆虐，「食黨」也暫停了聚會。但是，大家言笑晏晏、飲食衎衎的盛況，我依然記憶猶新。吳老說過：「經常和年輕人在一起，自己也會變得年輕快樂。」而我身為年紀最輕的「黨員」，竟有幸親炙各位老師比我

更年輕的心境，這段意想不到的因緣，就是我日後的一帖長生不老之藥。詩曰：

> 百歲光陰蝶夢蘧。臺城信步也當車。
>
> 健行慵卜旬無咎，淺酌常歡食有魚。
>
> 音調依稀辨杭甬，功夫遮莫在詩書。
>
> 山川道里憑誰說，烽火連天三月餘。

2020.04.15.

*本文原刊於《華人文化研究》第 8 卷第 1 期（2020.06），頁 19-21，題為〈淺酌常歡食有魚：有關吳老的記憶片段〉。後收錄於《典型夙昔：前修緬思錄》初集，頁 43-46。又轉載於「灼見名家」網站（2021.11.04）。

人天來共相酬

去年三月，我與一家出版社簽約，要在今年暑假結束前完成一部二十萬字的書稿。誰知庶務纏身，到了期限卻只寫出數千字而已。因此，只好靦顏與出版社商議，將期限延至今年底，希望趁這學期的研修假期完成書稿。轉眼之間，我來到浙江已二十餘天，防疫隔離十天後，到江弱水師兄在良渚的家中小住，再跟他來到富春江邊的桐廬舒羽山房，而書稿竟也堆疊出近十萬字，進度超乎預期。

碼字的時光，電腦內有話則長，電腦外無話則短。而這個久違的金秋，有兩個日子卻令我難以釋懷：一是九月二十八日，臺師大教授、尚書及古文字專家吳璵老師辭世，享壽九十三（1930-2022）；二是十月十日，中研院院士、戲曲專家曾永義老師辭世，享壽八十二（1941-2022）。求學時代，我無緣得到兩位老師的教誨。而二○○○年代承乏佛光大學文學所的教職後，潘美月老師幾度邀請曾老師來校演講，我於是奉曾老師之命加入「酒党青年團」，又在臺北的「酒党」聚會中拜識吳璵老師。兩位老師的學問，自有其門人及相關範疇之後輩加以紹述。而我相信，自己與他們二位那些深深淺淺的善緣，也誠然值得記錄下來。本篇單表吳璵老師。

吳璵老師的《新譯尚書讀本》，是我中學時代的《尚書》啟蒙讀物。執教臺灣那幾年，觥籌交錯之際很少向吳璵老師請益，卻時常聽他談及早年在軍隊中戍守金門的往事。席間酒党党員於我而言都是長輩，但在他們之間往往仍有師生關係。印象深刻的是，當吳璵老師聽到他的學生輩說出個無傷大雅的笑話，就會靜默片刻，然後亦嗔亦喜地轉向此人，一邊慢慢點頭、一邊指他幾下道：「好你個小子！」

　　二〇一四年十月三十日，已回到香港母校工作的我在成功大學王偉勇院長安排下飛往臺南，參加「蘇雪林及其同代作家國際學術研討會」。翌日開幕式上，我赫然看到兩位年過八旬的老教授——一位是鶴髮童顏的吳璵老師（他擔任過成大中文系主任），另一位是具有派克（Gregory Peck）風度的馬森老師（我有幸與他在佛大共事過）。兩位老師大學時代是師兄弟，此時同學重逢，妙語如珠，臺上臺下打成一片，令人捧腹。當時我已著手籌劃「玉屑金針：學林訪談錄」系列，於是在會後的午餐中邀請兩位老師參加。馬森老師的訪談，我當下就邀得成大曹世耘博士負責。而吳璵老師方面，他說自己退休多時，當年的學生也都比較年長，要再想一想人選。午餐未竟，老師對我道：「我先告辭了！當年的學生們聽說我到南部來，要帶我去爬山遠足。」「老師身體真好！」「還可以吧。學界中人四體不勤，都應該多動一動。」「嗯！那麼……這次爬山的學生中，有人勝任訪談工作嗎？」「嘿嘿！現在對於他們來講，爬山容易訪談難

哪！」老師頑皮一笑，揮手作別。

轉眼兩年過去，二○一六年八月二日，我與佛大當年的輔導學生們在臺北公館的易牙居共進午餐。聚餐結束之際，請服務生為我們合影。這時，服務生身後那桌的幾位顧客起身正要離開，其中一位老者調皮地湊過來，笑瞇瞇說：「茄子！」拍第二張時又問：「西瓜甜不甜？」同學們回答：「甜！」聽到老者的外省口音，我招呼道：「吳老師！」老師愣了一下，說：「煒舜啊！你混在這群小朋友中間，頭髮長得我快認不出來啦！」我趕緊道：「您請稍稍留步！」照拍完後，老師得知是我，開心不已，抓著我的手問：「去年我到香港找過你，你的電話怎麼不通？」「啊？我完全不知道啊！」「我要我的學生黃坤堯打給你的。」

我一聽才記起來：「是的是的，去年有一次在大陸開完會後回港，打開手機確實發現幾天前有一通黃老師的未接來電。後來我試著打回去，沒聯繫上。當時倒真沒想到是您讓他打的。」「沒事，現在碰見你也不晚。我的女兒吳世家，去年剛到中文大學新聞與傳播學院任教。你們現在是同事嘛，她又初來乍到，所以想跟你說一聲，希望你方便時能照應照應。」老師回答，「我把她香港的手機號寫給你，你回去可以跟她聯繫。」舉手之勞，我自然允諾。當天我就打油了一首七律，送給這位可愛的老師：

茄子落蘇甘苦兼。起司入鏡豈需鹽。[1]

童心活潑無他技，法眼澄明俱爾瞻。

歌飲府城長眷眷，師生公館又僉僉。

朱顏白髮黃鐘語，笑問西瓜甜不甜。

　　八月底，我隨即與世家學姐聯繫，恰好她的先生、輔仁大學蒯亮教授尚未開學，也在香港。三人在中大鄭裕彤樓的咖啡店相見歡，才發現都是馬鞍山的鄰居。對於吳璵老師的訪談一事，兩位表示十分支持。但蒯老師指出，一篇一萬字左右的問答體訪談稿，至少要從七八個小時的錄音中整理濃縮出來；吳璵老師年事已高，精神、體力恐怕難以負荷。學姐則說，若干年前老師的一位高足鄭月梅博士曾寫過一篇散文體的文章介紹業師的學術成就，不少內容可以取用，而她自己還可提供關於父親生平行事的材料。把這些材料妥善剪輯，補充最新資料，最後再給父親過目修訂，便是一篇不錯的訪談錄了。

　　大家對訪談工作達成共識後，我又提出第二個建議：邀請吳璵老師於來年春夏之交訪港，擔任系上研討會的開幕演講嘉賓。當時我和同仁徐瑋教授每年籌辦一次「滄海觀瀾：古典文學體式與研究

---

[1] 吳璵老師原籍江蘇。吳語稱茄子為「落蘇」，相傳五代吳越王有子為瘸子，瘸、茄音近，故改稱落蘇以避諱，謂流蘇垂落，狀如茄也。老上海有戲言，照相要笑，固會說「茄子」、「Cheese」；但如果想保持嚴肅或表達不快，可以說「落蘇」，嘴唇自然便嘟了起來。

方法學術研討會」，這個會議以「小而精緻」為原則，發表者控制在二三十人左右，除了在職教師外，也十分歡迎退休學者和研究生參加。議程一般為期一天半，第二天上午結束，午餐後安排學者作小型的本地文化考察。我一直希望誠邀各地年高德劭的學者與會，但因舟車勞頓，兼以會議人手有限，我在邀請時往往也會同時協商一位年輕學者同來，以便照料，如潘美月老師與劉學倫兄、楊明老師與楊焄兄、王慶元老師與黃磊兄等師徒組合皆然。世家學姐若非中大同事，我絕對不敢妙想天開地向八六高齡的吳璵老師呈遞這番邀請。九月底，學姐從臺北帶回一本有老師題簽的著作《打破沙鍋問到底：解字尋根》。我知道老師答應了，於是「點竄」《尚書》文字而成七律一首，以表謝意：

> 寅聽一人之作猷。懿恭師道本徽柔。
> 偏懷孤直爰無莫，最慕老成唯眷求。
> 秉德靡常須主善，肇刑有績厥多修。
> 啟心用沃知良藥，首疾更云胡不瘳。

二○一七年五月十七日早上，第二屆「滄海觀瀾」會議在何文匯老師主持下於本部馮景禧樓正式開幕，吳璵老師隨即進行專題演講，講題為〈《洪範九疇》的時代意義〉，深入淺出，妙趣橫生。這時，學姐以新傳學院的攝影器材，為演講做出完備的影像紀錄。考

慮到老師年高，我向學姐表示接下來的場次中，老師不必一直留在會場，有需要時回飯店休息也無妨。於是學姐將老師帶回新傳學院所在的新亞書院。當晚學姐發來訊息，說新傳院辦同仁都很喜歡這位「老頑童」，紛紛向他索討毛筆的墨寶。「唉呀，我們中文系虧大了，早知道就不放人！」我戲言。「千金難買早知道，這可是我們新傳學院『就近照料』的酬勞哎！」學姐回敬道。

　　十八日上午的會議結束後在校內午餐，餐後散步至火車站，前往志蓮淨苑——上一屆的文化考察曾經包車，但時間不易配合，於是本屆索性改乘公共交通工具，更具機動性。一行人從善衡書院徒步下山時，吳璵老師頑皮地跳上行人道沿邊的矮石壆上，輕快邁進。他邊走邊告訴我，香港的學生知道他訪港，今早臨時邀他到佐敦童軍總會吃晚飯，飯後會直接送他回飯店，就不勞我們操心了。誰知道計劃趕不上變化，大家剛坐一站路便遇上機械故障，到火炭站就被趕下車來，整個車站人滿為患，無法進退。滯留許久，才走出地面。我和嚴宇樂師兄、陳美亞師妹決定排隊等計程車，三人各陪同幾位學者分頭前往志蓮淨苑。在眾聲喧嘩之際，吳璵老師全程都樂呵呵的，大有隨遇而安之感。這不由我明白到：只有心態好，身體才會好、世界才會好。我們要向老師學習的，更是如何待人處事。不過，這種巧合之事也委實難得，於是我當晚以粵語打油了七首〈研討會後遊覽紀事詩〉，透過喜劇性思維來解鬱消滯。茲逐錄於下，不論工拙，唯存掌故：

度水包車憶舊年。司機催命早收筵。

今鋪九鐵稱機動，只望南池早拜蓮。（一）

一停火炭就累低。被逐何差犬與雞。

成個月臺打蛇餅，新車望斷慢如龜。（二）

連升票價嗒番杯。次次分紅本未賠。

使理得閒電纜斷，一年更 Short 幾多回。（三）

上落客區真管嚴。何因的士乞人嫌。

凸旗知佢吊高賣，三兩大媽齊打尖。（四）

食衣皆少路須多。有得行街冇甩拖。

排隊全場都忟憎，學人米壽笑呵呵。（五）

九龍塘到油麻地，旺角停低又趕人。

對面轉車爭入閘，不分童叟企邊門。（六）

驚呼中獎太荒唐。彩票聲聲買幾張。

開彩獎金雞碎少，果然斷電亦尋常。（七）

二〇一八年九月，我因研修假期返回臺北，在酒党餐會上幾度與吳璵老師重聚。每次前來、離去，他都是獨自乘搭公車。老師依然記得我，幾次握著我的手說：「酒党聚餐不算數，你寒假要回香港一趟吧，回去前我親自請你吃一頓！就讓蒯亮來安排一下。」我在當年年底前有兩種書稿必須完成，聚會時間一再延後，最終定於二〇一九年一月六日在家園小館聚餐。當晚，老師、師母、蒯老師和女兒都來了，只有世家學姐因新學期開始，已回香港。蒯老師帶來一瓶陳年 XO，大家飲興甚酣。師母謂近年因繪畫而學習詩詞寫作，令人欽佩。餐後，師母坐公車回家，老師則堅持獨自徒步走回家。蒯老師因事要趕回學校，臨走前對我耳語道：「你如果沒事，陪我老丈人走走如何？我們要陪他是不肯的。」於是，我隨老師一口氣走完兩段和平東路，從餐廳一直走到科技大樓附近。沿路談及往事及養生之道，依然精彩動人。只是，我隱隱感覺到他的記憶有點遠詳近略，頗不如前了。次日，我仍塗鴉七律一首，並傳至師母的手機，以誌歡會：

　　　　蹀躞相攜說甲兵。長街車馬亦和平。

　　　　詩鐘五唱才仍拙，饌鼎三分味自清。

　　　　滿室芝蘭先夜暖，半杯瑪瑙覺風生。

　　　　達公舊事分明記，揮手於茲稱鶴齡。

恰巧在這次聚餐前夕，首屆「滄海觀瀾」會議的主講嘉賓張高評老師建議我組織一個專輯，從幾屆會議中選取十餘篇論文，在《國文天地》發表。於是我趁此機會徵得吳璵老師同意，隨後將大作〈《洪範九疇》的時代意義〉壓縮至二三千字的篇幅，以合乎刊登要求。

二〇一九年暑假自臺返港，正值多事之秋。未幾疫情爆發，一直未曾重回臺灣。不過，與世家學姐倒是不時見面。二〇二〇年十月，《國文天地》專輯順利出版。當學姐收到樣刊後，卻也告知老師的失憶狀況已頗為嚴重，需要專人照顧。她又再次感謝我邀請老師到香港開會，為他的學術生涯留下一個美好的終章。

我心中難過不已，卻也陡然覺察，訪談錄的進度太過緩慢；現在即使完成初稿，要請老師審訂已經沒有可能。於是我退而求其次，請香港新亞研究所的張桂瓊博士在世家學姐和鄭月梅博士文字的基礎上進一步整理，自己再作若干修訂補充，最後交給學姐確認。二〇二一年秋，〈克明峻德：吳璵教授訪談錄〉完稿，隨即刊登於《華人文化研究》第九卷第二期（2021.12）。可惜的是編輯工作匆促，仍有少量魯魚亥豕，唯有待日後結集成書時再行修訂。

今年九月二十八日，世家學姐傳來訊息，告知老師往生。學姐還詢及兩件事：第一，可否將提供訪談錄電子檔的最新版本，以便將紙本分發給參加告別式的來賓。第二，可否建議一位熟悉中文學界的教授，在追思會舉行前的半小時中協助接待各位來賓。關於第一件事，能藉此機會修訂文稿，我自然毫無問題。而第二件事方

面，我當下想到的就是臺師大教授、同門師姐范宜如教授，於是冒昧請問，師姐慨然允諾道：

> 吳老師在我們心中也是永恆的，全世界只有一個吳璵老師——他的性情之真，學養之厚；他的嫉惡如仇，快意人間；他的溫和幽默，他的孝順（真的很感人），他的飲酒和他的帥氣，我永遠記得他！

是啊，宜如師姐熱心快腸，與吳璵老師在師大國文系頗有交集，而她的女兒以前又和世家學姐的女兒蒯元在師大附幼是同班同學，如此淵源最妙不過。看到這段美好的文字，遠在桐廬的我既感動又放心了許多。但如今世界各地仍然疫情阻隔，我畢竟無法親身前往臺北參加告別式，唯有匆匆草就此篇，聊表寸心。這篇流水帳雖無法捕捉吳璵老師之博學、爽朗、寬厚與慈愛於萬一，卻已窮我所憶、竭我所能。我相信老師在另一個世界會繼續快樂與灑脫地生活著，更相信如果我們學會了他的快樂與灑脫，他便永遠與我們同在。謹以〈天淨沙〉一闋收束拙文曰：

任憑冬夏春秋。

看穿虞夏商周。

窮極楷行篆籀。

一斛芳酒。

人天來共相酬。

2022.10.11.

*本文曾連載於「橙新聞・文化本事」之「伯爵茶跡」專欄（2022.10.14、21），並轉載於《華人文化研究》第 10 卷第 2 期（2022.12），頁 232-235。

寧識杯中也真意

——懷曾永義老師

　　二○二二年深秋，身居山水環抱的桐廬，日以繼夜地趕寫書稿。十月十日完成第二章，總算可以稍事休息。想起吳璵老師於九月底往生，我答允世家學姐會寫一篇紀念文章，延宕至此日方才動筆，也仍算是「以寫療寫」了。寫到晚上十一時，江弱水師兄在樓上發來一條訊息：「今晚居然是十五的月亮，去你陽臺上賞一會月？」於是稍備餚核，持盞閒話，既和且樂。古人云「月明星稀」，而在桐廬深湛的夜色中，一輪滿月並不礙其他星宿熠燿生光。月邊的木星出奇燦爛，略遠處的火星也在群星環繞中發出橘色的光芒。星月輝映之下，四廂風露都不覺得淒清了。二時初過，移榻就寢之際，竟讀到曾永義老師辭世的消息，不禁大為悲慟。由於床頭收訊不佳，我又起來重啟電腦，向陳媛師母發出電郵。雖然師母在傷痛之餘，想必庶務更陡然紛繁，但我相信一聲慰問是絕對應該的。

　　二○○五年初，潘美月老師接任佛光大學文學系主任，對於系上的年輕同事們照拂有加。每次知道我要從宜蘭到臺北辦事，她都會邀我到她家坐坐。有一回天色太晚，又是陰雨天氣，潘老師就讓我住在她家——她的次子文弘在美國讀博，房間反正也空著；我如果去，她的兩個孫兒還會很高興有玩伴了。翌日在丹堤吃完早午餐，潘老師陪我乘搭捷運前往臺北火車站。中途一位雲鬢闊唇、身型廣

碩的老先生上車，我正懷疑是不是戲曲泰斗曾永義教授，他便走過來打招呼道：「潘大姐好！你們去哪裡？」潘老師把他的手臂一拉，說：「永義呀，來認識一下我們系上新來的年輕老師。他要回宜蘭，我陪他去火車站。你呢？」「我中午有個飯局——『五中全會』，現在過去。」後來我才知道所謂「中全會」，是曾老師對「酒党」同仁中午聚餐的戲稱，如果聚餐在週五，便稱作「五中全會」。潘老師笑道：「啊？你不總是要『出有車』嗎？沒想到還會自己坐捷運！真是個乖寶寶。」曾老師莞爾一笑。臨分別時，潘老師提醒到：「永義呀，別忘了四月份要來我們這裡演講！」曾老師會意，頷首閉目，揮了揮手。此時我已覺察，兩位老師真是情同姐弟。

由於曾老師與系上的潘老師、黃德偉老師、黃維樑老師皆交情匪淺，因此潘老師一接掌主任，曾老師就應邀前來演講。那次的題目為〈中國文學中的影子人物〉，臺下座無虛席，聽眾從大學部同學到學校高層，濟濟一堂。結束後，大家陪同曾老師到礁溪市區共進晚餐。進出電梯之際，各位老師都因著禮數相互辭讓了一番。就座後，維樑老師忽然一本正經地問道：「永義兄隨侍衍聖公孔德成先生之際，是哪一位走在前面？」「當然是孔老師在前面啊！？」曾老師略顯疑惑。「難道不是曾（爭）先孔（恐）後嗎？」大家聞言粲然。（孔德成先生長期在臺大中文所開設三禮及金文課，早年主持「儀禮復原小組」，當時仍為研究生的曾老師是組內核心成員，因此與孔先生感情深厚。）

曾老師見我侍坐一側，詢問了一下我的情況。然後他將酒杯倒滿金門高粱，對我道：「臺灣中文學界有你這樣的青年才俊加入，是大好事！來，敬你一杯！」我說自己不勝酒力，希望以紅酒代替白酒。曾老師回答道：「那可不行。金門高粱是臺灣特產，你得入鄉隨俗。何況，你的老師維樑兄，還有宏一兄，都是我的好朋友，但酒量卻未必夠。等下我敬『酒賢』維樑兄時，你要代師出征，光喝紅酒怎麼成？」這時，德偉老師也在一旁「扇風點火」：「男子漢大丈夫，乾脆點，別拖泥帶水！」於是我唯有將面前一直空置的小酒杯滿上高粱，敬曾老師一杯。「可造之材！喝了這杯，你就是『酒黨』青年團團委了，歡迎！」曾老師把厚重的手掌伸過來，與我緊緊握了一下。散會前，曾老師又一一祝酒，竟把我稱為「兄弟」，讓我大吃一驚。但看他的樣子，可絲毫沒醉呀？

二〇〇五年秋天起，我每週四、五前往臺大旁聽孔德成先生的課。那時宜蘭、臺北之間的雪山隧道尚未開通，交通不便，我晚上就在潘老師家吃飯、住宿。有時，身為「酒黨大長公主」的潘老師還會帶我參加聚會，最常去的有彭園、寧福樓、醉紅小館、水源會館和臺大鹿鳴廳等處。印象最深刻的是每次蒸魚吃完後，曾老師總會讓廚房將魚汁留下，做成一盤香噴噴的炒雞蛋，大家趁熱吃下。據說這道菜是孔先生發明的，由曾老師發揚光大，號稱「黨魁搗蛋」。如此訓練之下，我的酒量果真逐漸提昇，多年後回到香港，竟讓研究生時代的師兄們刮目相看了——雖然我至今依然沒有沾染酒癮。

曾老師性格開朗豁達，妙語連珠，在聚會時發揮得尤其淋漓。那時，曾老師的一位學生施秀芬（藝名金笛）碩士畢業，考入佛大博士班，師從潘老師。金笛老師當時已是多屆金鐘獎得主、在某大學任教，個性沉靜體貼。她的先生金鑑銘是退役軍人，頎長英挺，祖上為遜清皇族，一口字正腔圓的京片子。金笛老師順利入讀博班後，闔家在寧福樓宴請潘、曾兩位老師，有好幾位師友作陪，我也忝列其間。曾老師恭賀之後，笑道：「鑑銘呀，你太太金笛這個藝名很好聽，你要見賢思齊。」金先生不明所以，曾老師解釋道：「現在男女平權的社會，誰也不是誰的附屬品。秀芬是你夫人，不僅身為金太太，連藝名都隨了夫姓。那麼，你是不是該禮尚往來，讓大家稱你為施先生呢？金太太、施先生，這樣才公平！」金先生笑著稱是。正在這時，服務生又端出一碟鱔糊、一碟賽螃蟹來，總經理仇董說：「曾教授，免費招待！」仇董頭髮油亮烏黑、壽眉外彎，頗有幾分傅聰的氣質，一看就是江浙老克勒的派頭，令人印想深刻。我不由想起兩個月前，曾老師的北崑作品《李香君》在兩廳院上演，邀請潘老師和我觀賞，坐在我右側的不正是仇董嗎？曾老師知交處處，可見一斑。

曾老師名滿天下，但早年遇到不順遂處，往往得到潘老師的開導與鼓勵。這正是兩人多年來情同姐弟的主因。因此，曾老師除了大型聚餐，不時也會與潘老師、師丈私下聚會。如果我在臺北，潘老師就會拉上我一道。有一次，我的一篇論文投稿不通過，有份審

查意見尤其語帶刻薄，乃至謂「研究主題無甚意義」云云，為此難免悵悵。恰逢兩位老師小聚，曾老師問明原因，仍舊舉杯對我說：「來吧，喝下去，人間愉快！」我乾杯後，曾老師說：「人生之中，不如意的大事小事太多，就把它當成磨練砥礪，讓自己進步就是了！我年輕的時候，也喜歡喝酒、也用心做學問。但那個時代的人往往很主觀，一看你愛喝酒，就認定沒有好好用功；一看你研究的是戲曲，就說不循正道。你看這不氣人嗎？但我偏不服輸，終於闖出一點名堂，那些雜音也就隨之消失了。——所以兄弟呀，加油吧，聽我說的準沒錯！」我深受鼓舞，又說：「您是鄭因百先生的高足，那就是我師伯，怎可以叫我『兄弟』呢？」曾老師微微一笑道：「你的個性溫和爽朗，還真像我的學生，可惜我無緣正式做你的老師，你來當我的小兄弟，也很不錯啊！」此刻我才知道，曾老師首次見面就叫我「兄弟」，還真不是信口而來。不過，我感動之餘依然稱呼他為老師，禮也。

　　二〇一〇年回到香港後，必須重新適應環境。但這段日子中，和曾老師依然保持著往來。原因之一是每當回到臺北，總會盡量抽空與潘老師小聚，因此也往往與曾老師再相會。原因之二是中大中文系的華瑋教授是曾老師的高足，幾度邀請曾老師前來參加會議、主持講座。每次曾老師來到香港，華瑋老師都會設宴款待，並命我作陪。如此一來，和曾老師見面的機會就更多了。如二〇一四年五月，中大中文系主辦「今古齊觀：中國文學中的古典與現代國際學

術研討會」，曾老師應邀擔任開幕主講嘉賓。華瑋老師忙於會務，便讓我在五月二十五日當晚為老師、師母接風洗塵。二〇一五年三月下旬，已榮膺中研院院士的曾老師在中正大學王瓊玲教授隨同下再次來到中大，參加崑曲中心活動。我陪著兩位老師到西貢散心，晚上再與華瑋老師聚餐。六月二十五日，曾老師與臺藝大的施德玉教授自臺赴港，到新亞研究所主持學位論文口考。我因持有臺灣教育部頒發的教師證，頗受新亞垂青，故而一同擔任校外口試委員。口試結束後，由陳志誠所長在雙喜酒樓設宴（可惜當晚已安排陪同家母欣賞音樂會，否則必然留下多喝幾杯）。

同年十二月，我到成功大學參加兩校研究生論壇，恰好在臺南舊書肆購得曾老師著作《說戲曲》，書名為孔德成先生手墨。隔日在臺北與曾老師夫婦、潘老師與許美玲博士餐聚，遂請題簽。曾老師寫道：

> 此吾四十年前舊作也，煒舜購諸臺南舊書攤，可慨也。
> 曾永義，2015 年 12 月 23 日於臺大水源會館。

我見字也感慨不已，遂塗鴉七律一首云：

達公遺墨嘆無憑。茶肆書樓每目成。

詩禮相承道自在，氍毹發唱座常驚。

何從淨丑分花臉，不計卑高聞鳳聲。

翹首椰林春雨後，醴泉重滿點犀觥。

首句謂孔德成先生墨寶，往往是他人代筆。孔先生曾在課上展示有他封面題簽的幾本書，戲問：「你們看看，哪一種是我親筆寫的？」而曾老師大作的題字，必為孔先生手跡無疑。

臨行前，曾老師告知臺大中文系明年四月將舉辦一場「曾永義先生學術成就與薪傳國際學術研討會」，希望我能參加。我雖非戲曲專業，然為表誠悃，不假思索便答允了。返港後再三琢磨，撰成拙文〈別開粉墨登場局，令套當然是正宗：盧前《論曲絕句》散曲觀試論〉。會議當日，我的論文發表安排在第五場首位，與李惠綿、高美華、鄭吉雄、衣若芬、黃啟書、林宏佳諸位師友同場，由孫萍教授主持。曾老師特意來到會場，用心聆聽，不時點頭致意，我才放下忐忑之心。

當晚歡送宴上，大家酣飲盡歡，孫萍老師伉儷、周秦教授父女、王耀華教授、洪惟助教授、白寧教授等先後登臺獻藝，令人激賞。沒想到這時曾老師竟對我說：「煒舜，來一首！」——我少時雖學過一點聲樂，但在中文學界的師長面前卻從來深藏若虛，唯恐貽人「華

而不實」之譏；因此印象中，曾老師從未聽過我唱歌。毫無心理準備之下，只好「人窮返本」，唱了一首自己比較熟悉的法語歌曲〈玫瑰人生〉（La Vie En Rose），在一眾大方之家面前班門弄斧，真是汗顏。唱完後，我與曾老師、師母合影一張，並允諾作詩一首。師母關心地說：「不要有壓力！」翌日醒來，覺得寫一首〈叨叨令〉，應該比七律更符合這次盛會，於是塗抹云：

壽不完堯年、舜年、禹年、湯年且開個樂樂怡怡的會。

教不完學士、碩士、博士、院士豈分他戶戶門門的類。

數不完東海、西海、南海、北海皆歸了棣棣棠棠的位。

唱不完崑腔、京腔、豫腔、閩腔總賺得性性情情的淚。

飛揚跋扈酒杯中也麼哥，

飛揚跋扈酒杯中也麼哥，

看不完春月、夏月、秋月、冬月都付與釀釀醺醺的醉。

師母讀罷，電郵回覆：「好極！妙極！待曾老師中午回家，我立刻讓他讀你的絕妙好曲！！」

二〇一七年二月，曾老師在師母陪同下再次來港講演，下榻中大，作七律一首，有幸先睹為快，其詩曰：

一燈昧爽照香江。展卷低吟客子腸。

日月居諸驚逝者，雲煙渺漠散朝陽。

豈容白髮飄蕭瑟，莫許丹心凍雪霜。

我本鍾馗下凡世，欲揮長劍斬強梁。

真可謂赤心猶在，寶刀不老。我稍後也步韻二律，不敢獻曝，俟老師、師母返臺後才發表於臉書：

不舍晨昏流大江。重逢每覺熱中腸。

稻埕一別將經歲，燈節其蘇第幾陽。

草綠皆欣曉春雨，葉紅端賴晚秋霜。

斵輪顧曲翻新調，偏愛吳儂唱祝梁。（一）

宇宙渾淪訝帝江。何神橫道女媧腸。

遙思舞戚來苗眾，不信揮戈無魯陽。

躑躅宛然金縷曲，高寒最是玉清霜。

冰壺光轉須沈醉，曙色長迴玳瑁梁。（二）

孰不知二詩被王瓊玲老師看到，在聚餐上特地轉給曾老師過目，隨即跟帖留言道：「党魁讀畢，龍心大悅，大讚『才子，才子』，頒旨晉升你為酒党東南亞總督，統管港澳、紐澳、中南半島。本党需才孔急，得此萬里良驥，焉能不破格提升？」閱畢我不禁大笑不已。

二〇一七年二月曾老師離港未幾，我便應龔鵬程校長之邀，撰寫《卿雲光華：列朝帝王詩漫談》一書。三月底全書脫稿，不揣冒昧邀請曾老師賜序。老師慨然俯允，未幾師母以電郵傳來鴻序，內文有云：

> 煒舜於每篇開首總有一首七絕，可以綜輯為〈論列朝帝王詩絕句六十一首〉。平常我讀他的詩作，就非常佩服他的詩才敏捷，格律整飭，驅遣典故辭藻，瀟灑自然而天衣無縫；而今品會他這六十一首論列朝帝王詩絕句，更覺所論中其肯綮、畫龍點睛。譬如其論唐太宗：
>
> 倡優麗句復清辭。萬乘何殊匹馬時。
> 天下英雄皆入彀，帝王從此少佳詩。

將此詩結合唐太宗生平事功和不齒梁武父子與陳後主、隋煬帝以詞藻文章亂政害物的指斥，便可見煒舜論詩絕句的眼識是多麼敏銳、詩情是多麼的豐厚。

對於曾老師的厚愛，我報答的方式恐怕唯有自我加勉而已。可惜的是拙著付梓後，仍於文中發現一二紕繆，希望他日再版時補過，庶不負老師殷殷寄望。

二〇一八年九月，飛抵臺北展開為期一年的研修假期。到達翌日，曾老師就邀我前往南京東路五段，與吳璵、潘美月、章景明諸位師長一同參加「酒黨」聚會。席間，曾老師鼓勵我平日多作詩，以誌人生軌跡。自顧才拙，難為大雅之音，仍打油七律一首為贈：

> 欲斟活水問源頭。一霎秋光穿畫樓。
>
> 吾黨尚人即兄弟，斯文應物也曹劉。
>
> 饕飧相繼中全會，舥罂可吞西半球。
>
> 箸底尊罏依舊美，桂漿無缺頌金甌。

此後臺北一年，幾乎無日不詩，並結集成《薇紫孿紅稿：臺北研修年假雜詠》，曾老師的鼓勵是重要的原因。居臺大半年，不時與曾老師聚會，得知老師仍在與瓊玲教授創作新劇本。老師曾兩度邀約觀劇，都恰逢我出境開會。直到二〇一九年四月底，才終於有幸與潘老師同往觀賞兩位的最新力作——京崑《雙面吳起》，遂有感於劇情而謅一聯曰：

盛衰懸一絲，騁目千秋空涕淚；

心性多雙面，立身萬仞賴幾希。

演出當晚，還與彭毅老師、段昌國老師、邢義田老師、蕭麗華老師等多位師友重逢，如今回想，恍如隔世。

在臺期間，曾老師還幫了我主編的《華人文化研究》兩個大忙。《華人文化研究》係龔鵬程校長和楊松年教授創辦，除了刊登常規論文外，還有幾個一般學術刊物中比較少見的欄目，包括學術劄記、訪談錄和紀念專輯等。二〇一九年適逢孔德成先生百歲冥誕，大成至聖先師孔子協會聯同臺北市政府民政局、無盡燈文化學會、華藏淨宗學會等機構團體籌辦「孔德成先生百年紀念」相關活動，其一為國父紀念館舉行之「儒者之風──孔德成先生百年紀念展」（2019.01.19-02.10）。為配合展覽，無盡燈學會舉行了一系列志工培訓課程，其中曾老師主講〈我的恩師孔德成先生〉和潘老師主講〈我所認識的孔德成先生〉已有文字紀錄，登載於學會網頁。我於是向二位老師及學會諮詢，可否授權我在《華人文化研究》為孔先生設置一個紀念專輯，並收錄二文，大家的回應都非常積極。兩位老師不約而同地表示，由於網頁上的演講紀錄過於忠實於錄音，以致轉錄的文字時有攪擾之處，必須再作修訂。但如此一來，不免額外耗費兩位老師的精神，實在令我過意不去。但兩位老師很快便將文稿

修訂完畢，〈高山仰止：孔德成先生百年冥誕專輯〉也順利地在《華人文化研究》七卷一期（2019.06）推出。

至於此刊中的訪談錄系列，也一直由我籌畫，我當然向曾老師提出了訪談邀請。恰巧曾老師的高足游宗蓉教授已撰成訪談錄一篇，於二〇一四年底在《東華漢學》發表。與游教授商議、並經《東華漢學》許可之後，游教授將原稿刪節成一萬字左右的篇幅，題為〈治學觀通變，文章道性情：曾永義教授訪談錄〉，轉載於《華人文化研究》七卷二期（2019.12）。後來，訪談裒集為《玉屑金針：學林訪談錄》第一、二輯（香港：初文，2021），孔先生紀念專輯則編入《典型夙昔：前修緬思錄》初集（臺北：萬卷樓，2021）。

可惜的是，《華人文化研究》與曾老師第三度結緣而未得。二〇一九年暑假返港後，我便著手為八卷一期（2020.06）組織鄭良樹教授（1940-2016）的紀念專輯。當時鄭師母李石華女士開列了一個好友名單，希望邀請他們撰寫回憶文章，曾老師也在其列。鄭師母說兩位老師當日在臺大同窗多年，又一同參加「儀禮復原小組」，感情深厚。於是我貿然向陳媛師母發出一封電郵，提出撰稿邀請，卻未見回覆。稍後，我才聽說老師患了一場大病，在師母悉心照料下終於恢復，還把酒戒掉了。不久看到老師的近照，清癯了許多，所幸依然富於神采。不過，我從此還是盡量減少聯繫，以免打擾老師休養——儘管我知道曾老師依然努力不懈，與瓊玲教授編製了好幾部新劇本。

疫情阻隔，我已超過三年未與老師、師母見面。想起二〇一九年臨別臺北前，曾老師設宴小酌，席上多有妙語，我聞之頗有會心，嘗試將之聯綴為七律一首：

千古悠悠奈獨吟。無情方悟有情音。

端陽鼓枻清還濁，敧盞消愁淺與深。

勝敗皆從君子手，盈虛莫咎婦人心。

詩成作者知誰是，醉醒胸懷且慢斟。

我於己作一向懶於自註，但重讀之際，字裡行間依然浮現出曾老師當日席間神采飛揚之情狀。回思博士畢業近二十年來，曾老師對我關愛有加，他每次來港、我每次返臺，都必然聚會。近來疫情好轉，我以為不久便能重返臺北，卻想不到二〇一九年夏日與曾老師一別竟是永訣，痛何如也！但轉念一忖，曾老師滿門桃李，如今再傳弟子都遍及各大院校與劇團。承紹其學術菁華與人格魅力者，不乏其人。因此我相信曾老師瀟灑地去到另一個世界，必定會繼續與彼處的酒党党員們歡聚，或者與孔先生討論一下「曾先孔後」的問題，不亦樂乎！而留在人間的師母、學姐弟以及我們大家，也大可放心罷。謹撰聯以輓云：

永矢弗諼，寧識杯中也真意；

義無反顧，忽聞海外更仙山。

2022.10.12.

*本文曾連載於「橙新聞・文化本事」之「伯爵茶跡」專欄（2022.10.28、11.04、11.11）。

閫中肆外足千秋

——敬悼亦師亦友的黃德偉教授

　　二〇〇六年五月，佛光大學文學系主任潘美月老師舉行系務會議。席上，楊松年老師道：「德偉呀，學生們跟你取了個『火爆浪子』的外號，但仔細看來，你不火爆時還蠻可愛的嘛！」這時，黃德偉老師應聲把手中的筆揚至耳邊，腦袋順著筆的方向一歪，擺出一個「賣萌」的表情說：「嘿——」登時滿座粲然。回想起來，從二〇〇五年初到二〇〇六年暑假的一年半，應該是德偉老師在佛大最快樂的一段日子。

　　無可否認，德偉老師的火爆源於他的心高氣傲，而心高氣傲則源於他的出彩經歷。十六歲時，他便從香港負笈臺灣大學外文系。在學期間，幾乎年年榮獲全級第一名，打破了「僑生都靠加分」的固化印象。不僅如此，德偉老師在學期間還積極投入現代詩創作，著有詩集《火鳳凰的預言》，並與好友王潤華、陳鵬翔諸君創辦星座詩社。大學畢業後，前往美國西雅圖華盛頓大學（University of Washington, Seattle）直接攻讀博士學位。為什麼沒有依照「常規」先讀個文學碩士？原來校方認為，以他的水平與能力，足以略過這一環，不必浪費時間。德偉老師的博論題為《巴洛克作為中晚唐詩歌的時代風格》（*Baroque as a Period Style of Mid-Late T'ang Poetry*）。

如內地學者徐志嘯先生曾以論文中有關李商隱〈錦瑟〉如何呈現巴洛克風格的論述為例，將德偉老師的看法歸納為六個方面，以「具體細膩」相稱許。

取得博士學位後，德偉老師隨即任職於香港大學，後來更主力創辦了比較文學系。德偉老師且與樂黛雲、賈植芳等前輩學者稔熟，對於中國大陸比較文學學科的建設起了不可低估的作用。由於少年得志，德偉老師從港大榮休時，退休金額度之高令很多人欣羨、咋舌。古訓云：「君子愛財，取之有道」，又云：「何必言利，亦有仁義」，也許在這個躁進的社會，只有透過「利」字作當頭棒喝，才能讓那些功利者略為懂得「道」字之尊嚴。

德偉老師在港大的宿舍，可謂座客常滿、杯酒不空，來賓不僅有世界各地的著名學者，也有許鞍華、鄧麗君、馮寶寶等演藝名流。對於他所認定學問、人品上乘的人物，德偉老師是誠心誠意、毫無芥蒂地去欣賞、交往，青眼有加，慷慨豪爽。但是，他不僅有孟嘗君的一面、媛然似春，還有阮籍的一面、淒然似秋。記得他時常推崇康達維（D. Knechtges）、楊牧、葉維廉等學者的學問，也曾在研討會上對某些他認為火候未到而妄自託大者批評得很直接。然而似春也好、似秋也好，全都形諸辭色，從來不會皮裡陽秋。從這個角度觀之，德偉老師真有幾分哪吒的風格，愛憎分明、直來直去，縱然火爆，卻是個可欺以方的老頑童。

　　不過，我真正認識德偉老師，卻要到二〇〇四年秋。當時，龔鵬程校長在宜蘭礁溪新近開辦佛光大學，設立了文學系所，以「文啟風華，學蘊中西」為訓。這個系所就課程而言，中西文學的比例大概是二比一，通過認識西方文學來裨益中國文學的學習。因此，大學部的必修課程既有中文系的文學概論、中國文學史、中國文學批評，也有外文系的文學英文、西洋文學史、西方文學批評等。如此課程設計在傳統的眼光下似乎不倫不類，實際上卻回應了學科發展的需求。學生需要了解西方文學作品，卻不能因為不懂原文就爾裏足——難道沒有學過義大利文、德文，就毫無資格研習《神曲》、《浮士德》嗎？試問研習《聖經》者又有多少人真正懂得古希伯來文和古希臘文？此外，這方面的師資也有特定的要求：不僅要諳熟西方文學、中國文學，懂得原文，還要知道怎樣向臺灣學生授課。正因如此，甫從港大退休未幾的德偉老師便承擔起這份工作。與他共事的還有馬森、李明濱、楊松年、黃維樑、潘美月諸位教授，這當然要歸功於龔校長的禮賢下士。對於博士畢業不久的我而言，能與這些大名鼎鼎的學林耆宿成為同事，是求職之時萬萬沒有想到的。

　　二〇〇四年秋，文學系有兩位新教師，我忝列其一，另一位是北大外文系的周小儀教授。小儀老師專研英國唯美主義文學，應德偉老師之邀客座一學期。當時雪山隧道尚未開通，佛大又高踞林美山上，交通更為不便。住臺北的老師們無法通勤，教師宿舍香雲居全無空房。不僅如此，雲起樓教研大樓也人滿為患，新來的十一位

專任老師都沒有獨立的研究室，只能共用一個臨時空間。維樑老師古道熱腸，讓我與他共享研究室（在五樓），小儀老師則常駐德偉老師的研究室（在三樓）。而住宿方面，我和小儀老師不約而同地在山下市區租房（幸好校方提供房屋津貼），黃昏時分在街頭偶遇，便會共進晚餐。有時，德偉老師也來一起聚餐，但跟我交談不多。我看他逗弄小儀老師的樣子，隱然覺得他是個性情中人。

德偉老師和我雖然都有香港背景，以前卻素昧平生。但我發現，他每每會神不知鬼不覺地出現。如有一場晚會由我主持，結束時，他竟不知從哪裡蹦出來說：「主持得很好！」另一次在臺師大活動中心舉辦研討會，我負責講評一篇論文，題目中有「曖昧」一詞。主席教授說：「我們有請陳煒舜同學！」我開口時，語帶調侃地說：「我發現我的身分也有些曖昧，有時是老師，有時是學生。」半小時後這一場結束，不意德偉老師突然出現，笑著對我說：「你這個曖昧的人！」當我報以客氣一笑時，他低喃道：「衰仔呀！」此時，我驀地感到跟他的距離更為拉近了一些。

實際上，德偉老師跟我一樣沒有宿舍，晚上都在雲起樓的研究室過夜。只是他會定期返港，在校時間不及我們那麼多，所以住宿差可湊合。但是不久，雲起樓三樓的空間要重新規畫，德偉老師也險些成了「無殼蝸牛」。所幸十二月初，新的教研大樓德香樓落成，十一位新同事和雲起樓三樓受影響的老師們全部遷入新研究室。如此一來，我的左鄰是潘美月老師、右里是黃德偉老師，大家成了新

「街坊」。為了慶祝「入夥」，我們三人和維樑老師在一個週一的晚上相約到饕餮園（教職員餐廳）聚餐。

生命所的趙靜老師非常熱心，硬給我拖來一張單人床：「我看你經常工作得很晚，沒有下山的校車了怎麼辦？研究室有這張床，就方便多了！」由於這張床，我在新研究室過夜的頻率果然甚為可觀。那麼，如何解決盥洗問題呢？原來以前龔校長也喜歡在研究室過夜，因此營造雲起樓時便在三樓一個傷殘廁所中增加了一把花灑。此時，卸任的龔校長已前往北大講學，但在我看來，這把花灑卻成了他的「遺愛」。

有天晚上剛洗完澡，就在研究室外的走廊上碰見德偉老師。他罕有地穿著短衣短褲，手上的塑膠小盆中放著盥洗用具。看到我，他笑笑說：「你也在研究室過夜啊？時間還早，等下有空的話，過來我這邊聊聊！」這是我第一次與德偉老師單對單地詳談，聽他講荷馬史詩、希臘悲劇、但丁、莎翁、米爾頓、喬伊斯、乃至李商隱、溫庭筠、《紅樓夢》、張愛玲⋯⋯真箇五光十色，令人目炫。他知道我對西洋文學頗有興趣，不無詼諧地說：「有空多來坐坐，保證你有收穫！」那時，我只覺得他一抹笑顏睿智而溫煦，與從前側聞的大相逕庭，而十二月宜蘭的清冷夜色也似乎點染了幾絲晴光。

不久，我發現德偉老師除了對於中西比較文學卓有研究外，對於知識、文化也有獨見。如他提出「智識學」（knowledgistics）的概

念，探討如何進行知識的傳播、輸送與管理；又提出「國際本土化」（glocalization）的想法，既扎根於本土文化，又強調環球視野。最有趣的是，他說學術入門者要懂得「二胡主義」：一是胡思亂想、二是胡說八道。如此看似危言聳聽，其實是在鼓勵年輕人大膽假設，並以初生之犢的勇氣，毫不愧惡地說出自己的想法。

在學生們眼中，他的形象更為可愛。有人回憶：「他說話時偶然帶點傲氣，但更多時候還是平易近人的。」也有人說：「一直很害怕的英文，但總能在他濃濃的口音中找到一點樂趣，他直來直往，會因為牛排店的醬料不地道發脾氣。」還有人說：「大家都聽說過這位老師的火爆浪子性格，但其實跟他相處以來，我未曾看到過他的火爆，也許我是把它看作一種真性情的表現。」大家對於德偉老師的共同印象，更是他開開心心的笑顏。於是他又多了一個外號：King David。

二〇〇五年元旦後的一個週六下午，我正準備從學校下山，接到德偉老師的電話：「我剛抵達礁溪市區，在等校車。你在學校嗎？要不要一起在食堂晚餐？」於是我改變主意，到雲來集食堂等候。德偉老師不久出現，滿臉笑容地說：「系上有什麼新聞嗎？」我回答：「有天校長問我：『你們系要換主任了，你有什麼想法？』我來了還不到一學期，系上各位同事都是前輩，我哪有什麼想法？」德偉老師聞言，斂色道：「嗯，我知道了。」話題又回到西洋文學上。

一週後的同一時間，我再次接到德偉老師的電話：「搞定了，可以安心回香港放寒假了！」「什麼……搞定了？」「我從校長那裡拿到一個說法，確認潘美月老師接任系主任！」「哦？潘老師不是還在教資系嗎？」「沒錯，但她馬上要轉到文學系了。我向校長力爭：我跟潘老師非親非故，可是單憑她在臺大任教三十六年的資歷這一點，當系主任就綽綽有餘！她專精圖書文獻學，但古典文學的科目還不是一樣能教？你不是喜歡版本學、目錄學嗎？潘老師過來，你就更多機會向她請益了！」聽到這個消息，我感到十分鼓舞。

　　寒假回來，潘老師正式履新，系上同仁間的關係也變得更為緊密。我們還是盡量在每週一晚上聚餐，有時仍在校內，有時則前往礁溪或宜蘭市區。得知維樑老師喜得麟兒，潘老師提議德偉老師和我依照臺灣習俗，合購一塊金牌贈送祝賀。另一次，久病歸來的前主任趙孝萱老師開車帶我們三個「街坊」到羅東吃烤鴨。回校途中，孝萱說：「我們真像一家人呢，潘媽、陳弟，還有黃……叔！」德偉老師隨即說：「嘿，我才不當劉備，哭哭啼啼太窩囊！」孝萱答道：「你不肯當黃叔，我就只好叫你黃大叔了！」大家聞言大笑。

　　有一天，德偉老師對我說：「香雲居空出了好幾個單位，你要不要一起來抽籤碰碰運氣？」我婉謝道：「不用，我在山下住慣了。礁溪市區雖小，卻具體而微，什麼都有。颱風一來，山上隨時斷水、斷電、斷糧，我在山下一出門就有便利店。而且住所的水龍頭，一開便是溫泉水，連外出泡湯的費用都省下了。」未幾，德偉老師果然

抽中一間宿舍。有天晚飯時，他說：「我對泡湯的興趣不大，但洗個溫泉澡還真的不錯。我每次回臺的飛機班次不定，如果太晚趕不上校車，就靠你收留過夜啦！」我笑道：「歡迎歡迎！」德偉老師多半是週六傍晚回礁溪，翌日返校負責在職碩班課程。

有了我家這個落腳點，他的時間彈性就更大了。抵達礁溪火車站後，不必趕校車，早到就拉我一起晚飯，晚到則在站外買兩條烤香腸，自己拿著一條，邊走邊吃，另一條帶到我家中，留給我當宵夜。那幾年，我負責的課程較多，分散在週日、一、二、三（週四、五則去臺大旁聽孔德成老師的課），往往要上到傍晚六七點。有時一上校車，就看見德偉老師早已坐在裡面，滿臉笑容對我說：「累了吧？走，請你下山吃涮涮鍋去！」久而久之，潘老師笑道：「你們兩個啊，都成酒肉朋友了！」德偉老師調皮地回答道：「潘大姐，你可別撇清，你不也是『酒肉朋友』的一員？」

二〇〇六年元月寒假前夕，德偉老師先回港，我請他向家母捎個話。到我回港時，家母說：「前幾天有通電話，我一接，對方就稱呼我伯母。我倒嚇了一跳：聽他的聲音，年紀跟我差不多，怎會叫我伯母呢？回過神來才知道是德偉教授。」我後來把家母這番話告知德偉老師，兩人都忍俊不禁。論年紀，德偉老師的確與家母相仿。但是，也許一來他從未正式教過我，二來外文系的文化不似中文系那般講究輩分尊卑，所以我們不僅是忘年交，甚至還像兩兄弟了——更何況，他和我舅父還是同一天生日。

不過，無論是「兩兄弟」還是「酒肉朋友」，都不足以概括我和德偉老師的交情。他最像師長的時候，一是談論學問，二是看到我發表文藝創作的時候：「你的文筆很不錯，但這並不是當務之急，快去多寫些論文出來，升等副教授了再說！」記得他每講這番話時，亦喜亦嗔之餘總還稍帶戲謔的口吻。我因此知道，德偉老師講話並非簡單如旁人所說那般「炮仗頸」，而是頗能拿捏分寸的。（兩三年後，我果然升了等，但形勢比人強，客觀環境已不容許老師們一如既往地歡聚一堂。）而我的教研工作方面，德偉老師則予以高度支持鼓勵。如他知道我開設「唐五代詞」，就和我談起溫庭筠，一句「玉釵頭上風」講了一個多小時。聽說我的文學專題課要選講「歷代元首詩」，於是推薦我閱覽康達維關於宮廷文化的著述，還非常讚許我對不為人知的段祺瑞詩文加以研究……

潘老師雖然主持文學系，卻也一直在考慮接班的問題，時時趁著晚飯與德偉老師商量。系上的確有好幾位資深教授，但年紀都已六十上下，其餘皆是年輕而有待歷練的助理教授，最缺乏的是年富力強的正教授。本來大家都希望孝萱痊癒後能重擔大任，誰知她在二〇〇五年暑假便遞上辭呈，轉換跑道。此後一年中，又先後物色了好幾位，卻都不盡如人意。二〇〇六年七月底回港後，德偉老師開車帶我到他西貢家中一聚。途中，他告訴我一個消息：新任校長決定讓他接任系主任。德偉老師表示，他原本並無此意，何況行政事務一多，返港探望妻兒的機會就更少了；但新校長意願如此，為

了系所的發展，也只好勉為其難了。

　　龔校長在位時，十分強調書院精神、人文素養，因此通識課程可謂琳瑯滿目。新任校長更為貼近官方教育政策，於是對課程架構進行大刀闊斧的改革。二〇〇八年秋，新架構頒發，「世界主要文明與文化學門」中有一科「從荷馬到但丁」，乃是參照麻省理工學院的通識課程而來。德偉老師當時在任，對這一科很有興趣，遂在會上認領教材撰寫工作。不料當天晚餐時，他對我說：「我現在精力不濟了，你來寫吧！」我聞言十分詫異，回答說自己能力不夠，還是另覓高明負責此事。誰知德偉老師竟有點動氣了：「我說你行你就行！這幾年在我這裡學的東西都忘了？這部教材除了我們兩人，誰寫得好？你不寫，枉我這麼辛苦爭取。」我只好硬著頭皮答應。德偉老師語氣緩和了下來：「沒事的，你如果資料不足就來找我。我的參考書、講義都供你使用。你也可以隨時和我討論。」半年後，這部教材終於完成初稿，聚焦於西洋上古及中古文學中的長篇韻文（以史詩為主，輔以古希臘戲劇及《聖經》），二〇〇九年春由我首次授課——那也是德偉老師在佛大的最後一學期。

　　後來回想，以德偉老師的學歷，以及擔任港大比較文學系系主任的行政經驗，固能得到新任校長的垂青。但校長選擇德偉老師還有一個主因：那就是計畫讓他組建外文系，讓文學系變回中文系——如此的確符合臺灣學界與社會的期待視野。隨著時間推移，德偉老師逐漸了解到校長的想法，卻無法苟同。他認為，文學系的特

色就在於中西合璧,與其另起爐灶成立外文系,不如進一步拓展文學系的規模。舉例而言,他於二〇〇七年便先後聘任了三位新同事,一是他的老朋友、臺師大英文系榮休教授陳鵬翔老師,二是剛從港中大文化研究系榮退的陸潤棠老師,三是佛大文學所新科博士簡文志。鵬翔老師是比較文學專家,潤棠老師對中西戲劇、流行音樂文化深有研究,文志的博論則以清詩話為主題,入職後主力負責大一國文教材的編纂。然而不久,校方轉而屬意他人來創辦外文系,這令德偉老師頗為意外。到二〇〇八年,馬森老師、楊松年老師先後離開,德偉老師也意興闌珊地卸下主任一職,由潘美月老師回任。一年後的暑假,德偉老師與潘老師、潤棠老師同時引退。德偉老師的夫人張澤珣教授在澳門大學任教,他從此定居澳門。

2009-10 學年是我在佛大的最後一年,「從荷馬到但丁」又連續講授了兩次。離去不久,佛大文學系便改為「中國文學與應用學系」,「從荷馬到但丁」一科轉由外文系同仁負責,此後聽說更取消了。而我當下身在香港中大中文系,自不可能再度執教此科。回想宜蘭歲月中與各位師友互動良好,撰寫這部教材時,不時向德偉、維樑、潤棠、明濱及鵬翔諸位老師請益。於是二〇一三年,我將教材正式付梓,聊為紀念。不少人詫異為什麼區區一本通識教材竟有四五篇學林耆宿的序言,我回答說:「這本書的面世,絕非我一個人的功勞,而是要歸功於各位老師。正因如此,幾位老師才會都應邀撰寫序言。我們現在已不可能重新回到佛大,聚首一堂,而此書

就是這段殊勝因緣的見證。」德偉老師在序中寫道：「這本書實在是西方文化／文明『中文通識教科書』之典範。其第一章〈四大古文明及其史詩〉、第二章中的〈荷馬史詩綜論〉以及時現文化灼見的『導讀』部份，尤顯通識教育的精神和內涵。此書透過闡釋『從荷馬到但丁』最有代表性、最能反映時代精神和生活現實的文學經典，展示西方文明化的一個過程及人類在智與美追求過程中認知到的有關生命的意義和普世價值。」澤珣老師傳來文檔時告訴我，雖然德偉老師當時抱恙大半年，又諸事縈心，但依然勉成此序——寫這篇序時，他是很開心的。

　　二〇一三年五月二十五日，潘老師伉儷來到澳門，與德偉老師夫婦見面，我和潤棠老師夫婦也從香港趕去，大家睽違四年後終於相見歡。傍晚，潘老師和師丈往赴機場，潤棠老師夫婦則啟程返港。這時，德偉老師對我說：「你很久沒來澳門吧？明天如果沒事，乾脆在我家住一晚。」翌日，德偉老師夫婦親自開車，帶我四處蹓躂了一整天，大家盡興而返。（遺憾的是，直到一個多月後的七月三日，我才收到出版社寄來《從荷馬到但丁》的樣書。否則我就可以趁澳門之行分贈各位師長了。）當此之時，我還正在策畫各位師長的訪談錄，曾在佛大共事的潘老師、明濱老師、松年老師、金春峰老師……我都一一完成了文稿，下一個目標就鎖定在德偉老師身上。本以為這次澳門之行是個好契機，但良辰苦短，羌無進度。

菡塘雜文錄：以寫療寫

　　從澳門回港不到兩週，就接到楊松年老師的新加坡越洋電話，告知他和身在北大的龔校長、未來系老同事謝正一教授剛剛創立了一個「世界華人民間信仰文化研究中心」，希望我也能鼎力支持。我問楊老師：「我並非宗教研究出身，只是對中國神話關注較多，如此可以湊合麼？」楊老師說：「當然歡迎！我們做研究並非冷冰冰的，而是要有溫度。你看中心成員這麼多故舊，來參加活動的同時又能重見老朋友、認識新朋友，何樂而不為？」於是我才放下心來。楊老師又問：「臺灣、香港、大陸、新加坡、馬來西亞諸處都有成員了，澳門方面你有什麼建議？」我應聲答道：「您不記得德偉老師的夫人張澤珣教授啦？她的博論研究北魏道教造像碑，和龔校長是舊識，人又極為爽朗。」楊老師欣然稱是。當年九月下旬，中心在馬來西亞檳城舉行第一次會議，澤珣老師和公子君樗合作撰寫了一篇論文，由君樗負責宣讀。當時君樗剛唸本科不久，外型俊朗，英姿勃發近乎乃父，溫厚儒雅又有乃母之風，國語、粵語、英語皆字正腔圓，加上學識之豐厚遠超同齡人，毫不怯場，令滿座驚豔。從此，澤珣老師母子成為團隊的中堅人物，也成為德偉老師在故舊群組中的「當然代表」。

　　然而，也許正因為跟澤珣老師母子不時在會議上碰面，兼以庶務日益繁雜，再次前往澳門探望德偉老師的機會也就少了。有一年，約好和潤棠老師連袂再赴澳門，卻臨時因故取消行程。此後從澤珣老師處得到的訊息，總是一則以喜、一則以懼。喜的是澤珣老師順

利申請到龜茲彩塑研究項目的經費，君榑先後入讀北大外文系碩班、劍橋大學亞洲中東研究所博班……懼的則是德偉老師反覆無常的健康狀態。二〇二一年秋，新亞研究所打算邀請一位專精中國藝術史的學者作線上演講，我計畫推薦澤珣老師。本以為其事可成，殊不料澤珣老師告知德偉老師近來病情嚴重，她已停薪留職在醫院全天候照料。疫情嚴重，除了隔海念佛迴向，我也似乎別無他法。後來聽說情況好轉，才舒了口氣。

今年五月二十四日，我接到澤珣老師的電話，謂德偉老師需要做兩個心臟微創手術，但澳門方面的醫療水平未足，醫生建議轉介到香港開刀。我先後聯繫潤棠老師和鄧昭祺教授（德偉老師的港大舊同事），諮詢情況。六月，德偉老師終於入住香港瑪麗醫院，澤珣老師則在附近飯店暫住。由於疫情原因，德偉老師一抵埗便被送進病房，與外界隔離，家屬一週只能探視一次。德偉老師雖然清醒，卻無法言語，書寫也毫無腕力，不能成字。澤珣老師擔心他與醫護人員難以溝通，極為焦灼。此時我知道如果不聊盡綿力，日後必定會後悔。可是我又能做什麼呢？只能與澤珣老師用用晚餐、聊聊往事，並以鈍拙的言詞加以開解。六月十七日，手術前後進行了八小時，但醫院卻無立錐之地。我們唯有到置富商場、信德中心、乃至中環、尖沙嘴海邊傍徉。直到下午四時許，主診醫生才打來電話，說手術十分成功——縱使無法百分百擔保沒有風險。雖然澤珣老師對醫生的「無法擔保」依然心存焦慮，但我還是竭力從旁勸慰。此

後十來天，我又探視過澤珣老師，得悉德偉老師恢復得還不錯，十分高興。

七月一日，我在暹芭颱風中備課直到深夜，翌日早上要為新亞研究所在網上主持「宋金詩導賞」的系列講座。到了很晚，我才發現清晨五點半有兩通未接來電，是澤珣老師打來！直覺深感不妙，馬上回電，才得悉德偉老師驟逝的噩耗。原來當時院方突然聯絡澤珣老師，謂德偉老師因為身體過於虛弱，心臟開始衰竭，請她盡快前來。但當時八號風球高掛，飯店方面說無法電召計程車。澤珣老師知道我有叫車軟件，於是想讓我幫忙，我的手機當時卻調了靜音……辛苦趕至醫院，德偉老師已經處於彌留階段——此時的他，才終於有家人相伴了。

了解詳情後，我的心中十分過意不去：如果手機沒有調靜音、如果以前能多去幾趟澳門、如果經常請教學問、如果早些完成訪談錄、如果……但是，這個世界上沒有如果、沒有早知道、更沒有後悔藥。轉念思之，德偉老師伉儷的悉心栽培下，君楝已能克紹箕裘，兼得父母所長，在學界作雛鳳之清啼。德偉老師自可安心含笑矣！此時此刻，我的耳邊不由響起德偉老師經常哼唱的一首歌：

If you missed the train I'm on

You will know that I am gone

You can hear the whistle blow a hundred miles…

我彷彿看到他的靈魂閃爍著五色彩環，漸漸飛離這個他曾那麼熱愛留戀、卻又那麼「恨鐵不成鋼」的世界，一百里、五百里、一千里、五千里、一萬里……他將飛進《神曲・天堂篇》，在第九重水晶天的聖潔輝光中與所有受祝福的人次第並坐，如同一朵白玫瑰那般綻放。

輓聯曰：

從善如流，嫉惡如仇，慧眼仁心更無匹；

博文佩質，銜華佩實，閎中肆外足千秋。

2022.07.06.凌晨

*本文曾連載於「橙新聞・文化本事」之「伯爵茶跡」專欄（2022.07.08、15、22），後又轉載於《華人文化研究》第十卷第一期（2022.06）），頁 262-267。

歸去晴光承晝夜

不久前，楊松年老師告知，五月十八日過港，希望與故舊相會。我立刻想到馮以浤老師與何文匯老師。可惜文匯老師作為新市鎮文化協會所主辦「第二十九屆全港律詩創作比賽」的評判，那一晚正好要參加頒獎典禮，無法相見，於是囑我將其新著《漢唐詩雜說》致送楊老師一冊。當晚，馮以浤老師、張曼儀教授伉儷在北角家中宴請楊老師，四十年不見的老朋友相談甚歡，深夜方歸。

馮以浤老師是香港拔萃男書院 1955 屆舊生，也是高我三十八屆的大師兄，今已八三高齡。他早歲在港大畢業後曾先後任教於幾所小、中、大學，退休前擔任中文大學教育學院課程與教學學系主任。退休後熱衷中學母校事務，與陳慕華教授合著了《役己道人：香港拔萃男書院校史》（*To Serve and to Lead: A History of the Diocesan Boys' School Hong Kong*, 2009），作為一百四十週年校慶的大禮。而馮夫人張曼儀女士，則是港大中文系退休教授，尤精於卞之琳研究及翻譯研究。

馮老師那屆中學同學可謂星光熠熠。如黎澤倫先生、夏永豪先生後來分別擔任拔萃及聖保羅男校校長多年，Mr. Jack W. Lowcock 為港大英文系戲劇專家，韋漢賢先生係港大醫學院教授……不一而

足。而這一屆的首席學生長（Head Boy）黃兆傑先生，則是著名的比較文學及翻譯大家。我中學時代，久聞馮、黃大名，而無緣覿面；擔任校刊主編時，在黎校長協助下，完成〈思往事，惜流芳：已故校長施玉麒牧師特輯〉。二〇〇四年，我博士畢業未幾，即將前往臺灣佛光大學文學系任教。臨行前，馮以法老師覓得我的聯繫方法，告知那個特輯引起一九五〇年代校友們對於施校長的懷念，目前正在籌劃紀念專書，希望轉載拙文。兩人從此成為忘年交。不久馮老師主持校史修撰工作，邀我參與，對我的生活也多有照拂。

抵達宜蘭佛光大學（時名佛光人文社會學院），深感龔鵬程校長擘畫的這所學府雖成立未久，卻吸納了許多知名學者。就文學系而言，除了黃維樑老師是中大中文系曾經親炙的老師外，馬森、李明濱、潘美月、楊松年、黃德偉諸教授的大名，從前都只是書本上才會讀到。各位老師於我份屬同寅，實為師長。楊松年老師當時從新加坡國立大學退休未幾，即應邀來到佛大成立世界華文文學研究中心，又與龔校長、謝正一教授成立南洋文化協會，促進兩岸三地和東南亞的交流。參與師生一時甚夥，頗有雲蒸霞蔚之況。

楊老師告訴我，他早年由新加坡負笈港大攻讀碩、博士學位，師從剛自牛津返港的黃兆傑教授。而馮以法老師與黃兆傑教授是多年同窗，又皆在港大工作，因此也與楊老師稔熟。那時港大中文系的研究生中，作為大師兄的楊老師倡議舉辦讀書會，參加者眾，而何文匯老師也在其列。此外，楊老師當年常到臺大查閱資料，故與

年輕兩歲的吳宏一老師定交。吳、何二師是我受業師，馮、黃二位又是中學學長，我和楊老師自然頗為親近。

在臺期間，我和馮老師一直隔海保持聯繫。二〇〇七年秋，馮老師突然來電，讓我轉告楊老師：黃兆傑教授病危，期盼見面。楊老師聞訊，立即趕到香港探視，足見師徒之高義。楊老師返臺後跟我說，黃教授臥病在床，已經難以言語；但見到久違的楊老師，仍露出欣喜之色。是年十一月七日，黃教授辭世，年僅七十，令人唏噓不已。二〇〇八年，楊老師從佛大退休，世華中心和南洋文化協會的活動漸趨冷落。兩年後，我也從佛大轉職香港。二〇一三年，在楊老師倡導下，南洋文化協會重歸活躍，再度於吉隆坡舉辦學術會議。不久更創立民間信仰中心和半年刊《華人文化研究》，團隊成員遍及各國，陣容日益壯大。

二〇一五年夏，師弟程中山與我承辦「風雅傳承：民初以來舊體文學國際學術研討會」，我特意邀請楊老師、何文匯老師和吳宏一老師蒞臨，暌違多年的老朋友重聚一堂，作為學生輩的我非常高興。可惜由於行程緊湊，楊老師只能與馮老師電談一番。二〇一七年是黃兆傑教授十年祭，我向楊老師建議在《華人文化研究》中設一紀念專輯。楊、馮、何三位老師皆欣然屬文。在城市大學張為群博士協助下，黃教授幾位較年輕的門人如洪濤、藍慧心、吳雅珊、黃俊賢諸君也慨然撰稿，其熱忱令人感動。

楊老師校閱專輯稿件時，很希望有機會與幾位作者聚首。這次過港，又提及此事，由於時間緊迫，作者們難以預約，不無遺憾。住在北角的馮以浤老師得知楊老師下榻旺角，願意過來相會。我考慮到天氣酷熱，而馮老師年事漸高，於是建議陪同楊老師乘坐地鐵到馮老師處。我原訂十八日下午四點直接從家中前往飯店和楊老師會合，孰不料好事成雙，一位相熟的臺灣教授兼學長於十七日到中文大學主持講座，翌日離港前想到本地的道場走一走，於是我毛遂自薦擔任「地陪」。十八日下午，在中環國金中心送走學長後，再趕往楊老師的飯店。縱然烈日曝曬、行色匆匆，內心卻是非常愉快的。

　　當天晚上，馮老師夫婦親自指導菲傭姐姐 Susan 準備了蓮藕湯、蒸石斑魚、栗子雞、蒜茸白菜、芒果布丁等香港傳統家庭菜式款待楊老師，我也得以一快朵頤。聚餐中，老師們談及港大、中大的往事故人，學術研究，以及黃兆傑教授的著述整理。楊老師比年來致力民間信仰研究，不待饒舌。而張曼儀老師也依舊勤於著述，英譯《百喻經》剛剛脫稿。如此盡心學術，我等後輩誠應以傚以則。

　　歸程夜色漸深，我隨同楊老師坐上了 112 號過海巴士。楊老師望著窗外似曾相識的華燈，對我說：「陳老師，謝謝給了我一個難忘的香港夜晚！」到家時，文匯老師收到我短訊傳送的合影，回覆道：「How nice. -You've made it happen!」能夠讓師長和自身多幾分快樂的回憶，令學界添一段佳話，我又何樂而不為呢？謹謅七律以誌曰：

暌違卅載髮猶青。未敢尊前祝鶴齡。

下箸餅魚皆可樂，回眸師友也寧馨。

人身難得三摩地，法印都存百喻經。

歸去晴光承晝夜，一街燈海正如星。

2018.05.20.

*本文原刊於《國文天地》第 34 卷第 2 期（2018.07），頁 4-6。後轉載於微信公眾號「中韓文化學會」（2018.07.23）。

錦屏回合護韶光

——一路走來的師友因緣

　　初中時代，我培養出兩種興趣。其一是舊體詩創作，其二是母校校史研究。一九九〇年，高我兩屆的黃伯康師兄告知，新市鎮文化協會和商務印書館聯合主辦了一個「全港學界律詩創作比賽」，獎金不菲，禮堂外剛張貼出海報，建議我參加。入圍後，到商務在鰂魚涌的總公司參加面試，與何文匯教授、常宗豪教授、黃兆漢教授諸位評判相見歡，確認塗鴉並非「請槍」之作。此後直到大學畢業，陸續參加了幾屆「律詩創作比賽」和公共圖書館主辦的「全港律詩創作比賽」，文匯師一直都是主席評判。剛剛升讀中文大學商學院之際，便去中文系所在的馮景禧樓四樓拜會文匯師（老師翌年才榮升教務長），向他「報到」。此後，與文匯師的往來日漸密切。畢業那年，我決定轉而報考中文系的哲學碩士（M. Phil.）班，也得到老師大力支持與鼓勵。在為學與為人的道路上，文匯師可謂獨一無二的典範。

　　一樣是一九九〇年，母校為一百二十週年校慶印製了一種中英雙語、十六開大小的單刊，名為《傳》（Perpetuation）。英文部分對校史的敘述頗為該備。正是從這本單刊中，我知道了一個校史人物——施玉麒牧師（Canon G. S. Zimmern）。他在一九五五年至一九六

一年間任職校長，介乎著名的葛賓校長（G. A. Goodban）和傳奇的郭慎墀校長（S. J. Lowcock）之間，幾乎被人遺忘。此後，我不時到學校圖書館查閱往期校刊，發現我們黎澤倫校長的那一屆（1955）校友可謂星光熠熠：夏永豪先生是聖保羅書院校長，黃兆傑、馮以浤、Jack Lowcock 等人皆為知名學者（他們又都是施牧時期的學生）。尤其是黃兆傑先生，在他求學時代的校刊上發表了許多文字，包括中英文詩歌、散文、論文乃至翻譯作品等等，才華橫溢。當得悉黃先生也曾在一九六〇年代任教於母校，「余生也晚」之感不禁油然而生。中六那年，我擔任校刊中文部主編，一方面為施牧策畫紀念專輯，一方面希望為執教港大的黃兆傑教授安排專訪。最終，我順利採訪郭慎墀、黎澤倫、陳萬基等諸位師長，撰成〈思往事，惜流芳：已故校長施玉麒牧師特輯〉，而黃教授的專訪計劃卻因種種技術原因未能實現。（二〇〇一年，得悉應屆校刊編輯師弟們終於完成了黃教授專訪，庶稱寬慰。）

文匯師曾對我說：「趁大學還未畢業，趕緊多參加幾次詩詞比賽的學生組吧！」可我本科課業太繁重，無論是舊體詩創作抑或校史研究，皆只能告一段落。即使成為中文系研究生後，這種情況也改變不大：校史研究固然「不務正業」，即使舊體詩創作這種「綺業」亦未嘗不對學位論文的撰寫有所妨礙。二〇〇三年博士畢業，適逢非典肆虐，閒居無俚，於是徵得郭慎墀校長同意，將他的短篇故事集《七粟集》（*Seven Grains of Rice*）翻譯成中文；又再度創作舊體

詩，以紓閒愁。同年十月，文匯師指導的一位師姐順利通過博士論文口試，要宴請校外口試委員黃兆傑教授。黃教授早年曾教過文匯師，又是我中學師兄（雖然屆數相隔三十餘年），我遂赧顏作陪，終於首度得見黃教授真身。那時黃教授甫從港大退休，衣著簡易而不失優雅，談吐間流露著和舒風致。記得我用茶壺替他添茗時，他突然笑問：「你是左撇子嗎？」我一愣，才醒覺自己由於座位和角度原因，斟茶權用了左手，而自己完全沒有意識到。（家母是左利手，童年一直遭到長輩糾正，現在只有切菜時左手持刀。我沒有左撇，唯是玩紙牌時右手拿牌、左手出牌。家母曾戲言，我只有這一點像她。）黃教授觀察入微，把我左撇的「隱性基因」從渾淪中點破，使人印象深刻。

二〇〇四年春，我前往湖南訪學，至六月返港打點行裝，準備前往臺灣佛光大學就職。有天接到一通陌生電話，彼端傳來一位和藹的長輩聲音，說是從中學母校校務處獲得我的手機號。不知何故，那一瞬間我下意識覺得這位長輩就是黃兆傑教授的同班同學馮以法老師——雖然我從未見過他。對方自我簡介：他真是馮老師！馮老師說，我當年撰寫的〈思往事，惜流芳〉一文流傳到美加校友圈，引起施玉麒校長時期校友的熱烈反響。大家紛紛撰文回憶有關施牧的點滴，如今謀劃結集成書。馮老師作為主編之一，打算納入拙文，故而徵求我首肯。拙文能夠忝列紀念刊中，焉有不允之理？我與馮老師反覆斟酌，重新修訂此文，竟再度激活了自己對校史的興趣。

九月，我赴臺履新，仍與馮老師保持密切聯繫。二〇〇五年寒假返港，舊生會相邀在聚餐上就施牧生平往事作一次演講，黃教授和馮老師也出席了。散場後，馮老師要我到他家坐一坐，我也因而得識馮老師令闔——著名翻譯學者張曼儀教授。馮老師給我幾冊新鮮出爐的施牧紀念刊，又說母校對該刊非常滿意，與他商討重修校史的可能性，望我日後也一起參與。我雖極有興趣，但自忖遠在臺島，留港日子較少，難以投入，於是推薦高我一屆的師兄、剛從牛津回來的新科數學博士方穎聰兄共襄此舉。穎聰慨然允諾，為校史《役己道人》（*To Serve and To Lead*）的最終付梓貢獻良多。

佛大雖是一所新院校，但龔鵬程校長的辦學理念聚焦於人文與社會科學，又禮賢下士，大量聘用學界耆宿。從新加坡國立大學榮休的楊松年教授見我來自香港，問我是否認識黃兆傑教授，又說自己是黃教授在港大指導的第一位博士（縱使兩人年紀僅相差三歲）。我說只是黃教授的小師弟，與他僅有幾面之緣，且多半在師友聚餐之時。楊老師又問：「你認識馮以法、何文匯兩位嗎？他們都是我在港大時的好友，馮先生是黃教授的同窗，文匯是我的師弟。」有了共同話題，我與楊老師很快熟絡起來。

二〇〇七年秋，馮老師發來電郵，說黃兆傑教授病重。訊息轉達後，楊老師二話不說便到香港走了一遭。回臺後，楊老師對我說：「黃兆傑老師躺在病床上，形容消瘦，已經無法講話了。我握著他的手道：『老師，我來看您了！』我感覺到他的手指動了幾下，他心

中應該還是高興的吧。」這時，我發現平時談笑風生的楊老師，眼角閃過一抹淚光。同年十一月，黃教授去世。時值學期過半，楊老師和我都無法抽身奔赴喪禮。春節返港向馮老師拜年，馮老師拿出當日追思會單張，讓我轉交一份給楊老師。馮老師說：「我和兆傑從一九四八年成為同學，前後相識六十年。兆傑畢生獻身學術，退休那年六十七歲，已經『超齡』了。但離開學術舞臺，也許令他失落，飲酒過量、日夜顛倒的問題日益嚴重，身體也日益虛弱。才七十歲就走了，實在可惜！你們年輕人不要自恃身康體健，無所顧忌啊！」穎聰和我點頭稱是。

二〇一〇年，我從臺灣轉回中文大學中文系任職，依然與佛大師友保持聯繫。二〇一三年，龔校長和楊老師邀我參加新成立的「世界華人民間信仰文化研究中心」，並擔任《華人文化研究》編委。二〇一七年，我組織了〈示我明鑑：黃兆傑教授十年祭專輯〉，馮老師、楊老師、文匯師等諸位師友皆慷慨賜稿。同年三月，穎聰謂在舊書肆偶見黃教授遺著《英譯古文觀止》（*An Anthology of Ancient Chinese Prose*），皆為倉底存貨；於是我購下全數六冊，分贈母校校史館、馮老師伉儷及其他師友。馮老師說，黃教授生前曾與中文大學出版社洽談出版此書，後因故未能成事。黃教授去世不久，此書由另一所出版社草草付梓，訛誤甚多。且因發行不廣，學界同仁多方求索，畢竟難見。我聞言不勝感慨，乃草成七律一首曰：

九皋俯首立雞群。當日何人不識君。

醉酒穿腸非害道，譯詩叉手盡成文。

諸生論難知三畏，片語機鋒驅萬軍。

倉底遺書新購得，絕憐膳稿免同焚。

　　至二○一八年五月，楊老師路經香港，我也將《英譯古文觀止》奉贈一冊。楊老師盼望與〈示我明鑑〉專輯的各位作者見面，只因事出臨時，難以邀約。文匯師早已答應當晚參加「第二十九屆全港學界律詩創作比賽」頒獎禮，遂囑我將新著《漢唐詩雜說》一冊轉送楊老師。所幸馮老師伉儷特意在北角住所準備了一頓家常晚餐，讓我陪同楊老師前往。席上，大家談起黃兆傑教授遺著出版的情況，作為開山弟子的楊老師對此尤其表現出關心。二○二○年夏，馮老師來電，說打算將黃教授遺著《英譯古文觀止》修訂再版，望我協助這項工作。原來馮老師不辭勞苦，先後與原出版社負責人、中大出版社、黃教授家屬及門人聯繫，促成了修訂再版工作的重啟。這個消息委實令人振奮。

　　近來，馮老師撰成《象棋的沿革：中國與世界》書稿，在我建議下先在《華人文化研究》連載。今年九月三十日傍晚，「第三十二屆全港詩詞創作比賽」頒獎禮在銅鑼灣中央圖書館舉行。我身為最資淺的評判，轉瞬間竟已有兩三年不曾出席，深覺再忙也要敬陪一回末座。由於我平日少去港島，於是臨時起意，想藉此機會先順路探

訪馮老師伉儷，送上最新一期的《華人文化研究》樣刊——我雖收到已久，只是庶務纏身，一直還未轉送。由於臨時聯絡，我本計劃把樣刊放在樓下管理處就離去，但兩位老師還是和藹地留我一道下午茶。因此，我索性隨身帶上曼儀老師舊著《卞之琳選集》，請求題簽。此外，馮老師為我和穎聰所著《女仔館興衰》作序，刊登在《國文天地》，恰好收到樣刊，贈我兩冊。臨行時，曼儀老師興奮地從書房走出來道：「原來今天是 International Translation Day，也是 St. Jerome's Day。而 St. Jerome 是《聖經》的拉丁文翻譯者！」我應聲道：「真是難得的巧合！曼儀老師新譯的佛理詩集又剛剛梓行，實在應景。不如我們來合影紀念吧！」的確，就記憶的建構而言，拍照具有一種無可替代的儀式感。於是我在前往央圖的公車上塗鴉七律曰：

　　日當重譯向昏黃。身在高樓說斷章。

　　舉手一圍風景好，印心百喻瓣瓜香。

　　浩倡竽瑟迎神曲，安得屯蒙換骨方。

　　洲蕙阰蘭猶未遠，錦屏回合護韶光。

下車之際，央圖葉館長、許小姐先後致電，問我身在何處，我才陡然發現原來典禮開始時間已迫在眉睫（唉，如果改乘地鐵就好了）。進入會場，各位評判和獲獎者皆已就座，讓我大為汗顏。散會之際，

文匯師對我說:「曼儀教授是我老師輩,馮先生也是舊識。多年來,我雖時時在不同場合與兩位偶遇,卻從未聚餐過。你來聯絡一下,我們四人好好敘敘舊吧!」

十月二十八日,文匯師與我先行會合,到馮老師家中稍坐,再由文匯師駕車至灣仔六國飯店共晉晚餐。負責接待的服務生笑道:「何教授、馮生馮太,想不到各位今晚一道吃飯啊!」幾位老師都是常客,僅就我個人而言,分別隨侍文匯師與馮老師伉儷前來聚餐也遠不止一次。但三位老師共同進餐,連服務生都覺得是稀罕事,足見因緣之難得。席上,幾位老師談到許多故人故事,聽來有熟悉的,也有陌生的,卻都一樣令我感到昔日的溫度。得悉黃教授《英譯古文觀止》修訂再版工作的詳情,文匯師十分欣喜,也感佩於馮老師深厚的同窗情誼。

翌日,我將聚餐合影分享給楊老師,楊老師回訊道:「真好!可惜中間少了一人。」收到這段訊息,我倒不知道怎麼回覆了——少的那人是誰呢?我不願加深楊老師的感懷,於是留言道:「但願老師好好保重身體,疫情過後,《英譯古文觀止》修訂版發行之日,我們便能在香港歡聚一堂了!」

2021.11.19.

*本文原刊於《週末飲茶》半年刊第一冊(2022.01),頁 105-112。

青史有情成道紀

——段祺瑞《正道居集》因緣漫說

　　十多年前，我於佛光大學在職碩士班開設過「歷代元首詩」專題課，內容上及託名三皇五帝的詩歌，下至民國元首的作品。其中段祺瑞（芝泉）的詩文頗令我關注。原來芝老早年曾留學德國，於儒釋二道甚有造詣，暇時好為詩文，其詩作甚至選入錢仲聯《清詩紀事》中，這與我們所認知的武夫形象大相逕庭。然而，段祺瑞晚年自編的《正道居集》非常罕見，學者因而難以窺其文學創作之全貌。那時段昌國老師剛從宜蘭大學退休，接掌佛大未來系主任之職。我見昌國老師氣宇軒昂，其名又與芝老孫輩昌世、昌義等排行相同，遂冒昧詢問他是否有親緣關係。昌國老師謂自己確是芝老族孫，宗派雖較遠，但從父執輩處卻聽過不少關於芝老的掌故。我又問昌國老師是否見過《正道居集》，他說以前在叔父處見過一個抄本，但叔父去世後，抄本不知所蹤。

　　二〇一四年，蒙上海圖書館梁穎先生之助，我終於覓得《正道居集》全帙。此集大抵作於一九二〇年代段祺瑞擔任臨時執政以後，所收詩文多為感世勸善之旨，如〈詠雪二首次某君〉其一云：「瑞雪豐年兆，哀鴻轉弗安。眾生悲業積，我佛結緣難。冬至陽生漸，春回氣不寒。閉門思寡過，善惡待天干。」此外還有少量遊觀詩，如

董橋雜文籙：以寫為寄

〈旅大游〉與〈懷舊〉二篇。光緒九年（一八八三），清軍決定在旅順口修築海岸炮臺，段祺瑞當時年僅十八，在北洋武備學堂學習炮兵科，奉派到旅順參與修建工作。民國十六年（一九二七），芝老故地重遊，寫下這兩篇作品。〈旅大游〉回顧了這四十多年來旅順和大連先後被沙俄、日本佔領的痛史，而〈懷舊〉則進一步描述了日治之下旅大的繁榮興盛、與當時中國內地差距甚大的面貌，並奉勸國人，雖然痛恨日本，卻應捫心自問，有沒有如日人般團結一致、發憤圖強，甚至以敵為師？世人一直簡單認為段祺瑞親日，但九一八事變後，他卻力拒日人的復出邀請，更以七旬高齡毅然離開日人滲透的天津、南下上海，發表抗日言論。如此心路歷程，我們不難從《正道居集》中尋繹端倪。於是返港後，我仔細研讀此書，撰成一文。

拙文發表後，朋友提議我將《正道居集》作註出版，讓世人更深入了解這位傳奇人物。由於平時教研事務繁重，力有不逮，再三考慮之下，我邀請了一批來自香港和臺灣的本科生、研究生，每人負責一篇或數篇的註解。如此一來可以分擔工作，二來也能讓同學有所歷練，一舉兩得。確定此事後，我立刻致函昌國老師，邀他賜序。想不到昌國老師很快便寄來序文〈共和路上的壇與帳〉，既具有史家真知，也富於族人溫情，令讀者擊節。

《正道居集》是自選本，不少作品並未錄入。而段祺瑞墨寶近年不時見於網上拍賣行，其中不乏詩文遺珠，因此引發了我的關注。

值得一提的是二〇一五年，中學母校拔萃男書院為紀念香港重光七十週年，策劃舉辦展覽，逐一介紹禮堂外壁紀念碑上的四十六位陣亡於二戰的校友。由於我對香港混血群體一向頗為關注，因此受邀執筆。當年五月下旬，我和校史館長劉致滔師弟、陳耀初師兄獲得摩星嶺昭遠墳場許可，在微雨中穿梭於墓碑林中，考察陣亡校友資料。出人意表的是，港上名紳何福（何東之弟、何鴻燊祖父）的墓上，有兩處題字極為引人矚目，那就是芝老所題「常善救人」和前大總統黎元洪所題「義惠宣風」。由此足見何氏兄弟在戰前不僅富甲香江，對中國也頗有影響力。而這深藏於昭遠墳場的墨寶，至今依然不為人知。

兩三年下來，《正道居集》註釋工作穩健進展。由於不斷陸續輯得佚文佚詩，幾度延後時限，只得計劃趁本學年在中研院訪問的機會，將註文統合整理出版，目前幸已初步完成。訪學期間，我有次從臺北飛抵青島大學主持講座。講座結束後，還有半天時間，朋友建議我到五四廣場走一走——一九一九年，巴黎和會決定將德國在山東的權益轉交日本，而非歸還中國，直接引發五四運動；而瀕海的五四廣場，就是為紀念這個歷史事件而建造。青島大學邊的麥島站與五四廣場站皆在地鐵二號線，只有四站路程，非常接近，適合一遊。

進地鐵購票時，發現二號線的終點、也就是五四廣場站的下一站，名為芝泉路站。這令我想起一個很久以前看過的掌故：段芝老

因長期被視為反面人物，現在幾乎完全沒有以其命名的建築，唯一例外是青島的芝泉路：因為用的是表字，文革時方能逃過一劫。我的手機在大陸沒有上網功能，無法進一步查核資料，但這時只有一個念頭：趁著下午天氣好，到芝泉路走走——哪怕那裡什麼都沒有。

出站後，只見芝泉路是一條幽靜而緩緩上坡的弧形路，沿路樹木婆娑，其中有些是新植的臺灣欒樹，正結著紅色的蒴果。我首次來到一座城市，總喜歡隨意逛逛看看，何況此地氛圍不錯。走了大約二十分鐘，看到一塊近兩公尺高的石壁上橫鐫著「阿彌陀佛」四個大金字：原來這裡是湛山寺，「青島十景」之一。詢問寺僧，得知該寺的建造乃是一九三四年由葉恭綽、周叔迦等社會賢達發起。當年，青島市長沈鴻烈無償撥出湛山一帶的土地二十三畝，又邀請芝老和倓虛法師聯袂來青，主持建造。下野寓居上海的段祺瑞篤信佛法，更主動捐助了洋銀二百。因此，不僅寺前道路名為芝泉路，湛山從此也有了芝泉山之名。全寺開闊清幽，山門前一對石獅相傳為明代遺物。而寺東有七級磚塔及毗盧閣，可以遠眺黃海，景緻甚佳。一直流連到黃昏，方才離去。

回到臺北後，與段昌國、周伯戡老師聚會。兩位老師興致頗高，從歷史文學、故人往事聊到民生時局，妙趣橫生。我也順便談及青島的「奇遇」助興——這趟行程意外來到湛山寺，再尋思起註釋計畫，泫然感嘆因緣之奇妙。不知何時，窗外下起濛濛細雨。臨別之際，竟已更闌人稀了。於是口占一律曰：

三造共和稱合肥。湛山寺口又斜暉。

兵戈頓寢千秋夢，星日空思五色旆。

青史有情成道紀，紅塵無事不禪機。

茶廬坐久生甘雨，燈火長街半掩扉。

附記：四月廿五日，蒙東華大學中文系吳儀鳳教授相招，以「古典北洋：談段祺瑞的舊體詩文」為題承乏演講，幸得魏慈德、吳冠宏、程克雅、張蜀蕙諸位教授蒞臨指教。與此同時，又與萬卷樓梁錦興、張晏瑞二先生初步確認出版《段祺瑞正道居詩文註解》，謹致謝忱。

2019.03.05.

*本文原刊於《國文天地》第 34 卷第 11 期（2019.04），頁 7-9。後收錄於《段祺瑞正道居詩文註解》，頁 565-569。

葦塘雜文錄：以寫療寫

從容之樂在濠橋

二〇一五年六月，楊松年教授應邀從新加坡來到香港中文大學，為敝系「風雅傳承：民初以來舊體文學國際研討會」作主題演講。老師送我一冊新近出版的《雲海集》，道：「這是我新詩創作的首次結集，全書設計和插圖都是由我當年 NUS 的學生林仰章負責。」我隨意翻閱，只見插圖皆為水墨丹青，溫潤清雅，與文字珠聯璧合，不禁讚嘆不已。淺談之際，從楊老師口中得知仰章兄不僅是卓有成就的金融才俊，工餘更全情投入繪畫事業，舉辦了好多次個人展覽。當年十二月，我前往廈門參加「第六屆世界華文文化學術研討會：紅面觀音及跨境觀音文化」，首度與仰章兄相見歡。仰章兄高大魁梧，步行虎虎生風，若非頭上幾絲白髮，真難相信竟比我年長一輪。他臉上總是帶著笑意，無論面對師長、友儕還是晚輩，皆謙遜有禮。對於楊老師的信仰文化研究工作，仰章兄多方襄贊，無論會議統籌，抑或「世界華人民間信仰論叢」諸書的設計，都不遺餘力。

不過，首次見識仰章兄的捷才，還要到翌年初春。信仰中心的成員們有個聊天群組，大家常常分享各種相關資訊。當時我卜居大埔舊墟的文武廟附近，某日隨意分享了幾張沿途拍攝的照片。其中有張的主角是林村河中一艘小船上棲息的白鷺，引起了仰章兄的興

趣。一頓飯的時間，他就創作了一幅素淨雅緻的水墨畫，在群組分享，我一看，不由大為讚嘆：河邊明明是石屎森林，竟變成了白牆黑瓦的平房；河中明明是散發著柴油味的小機動船，卻變成了烏篷船；唯有船上那隻白鷺，一樣收頸垂翼，悠然自得。畫內並非吳冠中的江南，而是仰章兄「心遠地自偏」的靈魂圖景。自此我開始明白，仰章兄為什麼能夠在石屎森林與白牆黑瓦的兩種事業之間，恢恢然游刃有餘。我因而題下〈棲鷺〉詩一首云：

> 于以采藻，於潦於淵。
> 于以棲鷺，於桿於舷。
>
> 于以為漁，於澗之流。
> 于以振鷺，於河之洲。
>
> 照水潔兮，翅如月兮。
> 層葛始紅，心如結兮。

雖然並非題於畫作之上，卻也算是首次與仰章兄結下詩畫緣。

兩個月後的二〇一六年四月，信仰中心同仁在新加坡集合，乘船前往印尼民丹島的丹絨檳榔市（Tanjung Pinang），考察當地華人的

玄天上帝信仰現狀。活動結束後返回新加坡，仰章兄不僅帶我遊覽國立博物館，還邀我到他的工作室看畫、喝茶。工作室位於一幢工業大廈（和香港一樣），室內雖然滿是各種書畫工藝品，卻排放得有條不紊，令人有一種輕鬆自在之感。品茗閒聊半晌，仰章兄問我是否願意以小楷書寫《心經》一部。我久未執毫，腕力瘠弱而劣不成書，然盛情之下只好勉為其難了。臨別之際，仰章兄拿出一疊畫作，讓我選三幅以為饋贈。面對慷慨之誼，我遂在回港的班機上分別為三幅畫作題詠如下：

題〈紅葉翠鳥圖〉

一枝紅葉滿山秋。疑是苕榮頻戲遊。

翠羽斑斕應愛惜，春風有信在前頭。

題〈三隻小雞圖〉

唧啾翹首學司晨。鴉色猶存暘谷春。

同伴休嗤唱未和，十暘在昔本相輪。

題〈魚兒逍遙圖〉

南溟雖遠接扶搖。變化雲鵬垂九霄。

何若不來還不去，從容之樂在濠橋。

所謂「秀才人情紙一張」，我如此題詩連紙也無，只憑網上傳輸，真箇是「大來小往」了。一年後，我們再度前往民丹島開會。返回新加坡後，林緯毅教授夫婦款待幾位與會者，餐廳訂在仰章兄相熟的深利美食館。餐廳負責人熱情招呼，每人贈予二〇一六、二〇一七年的兩冊枱曆。原來兩冊二十四幅圖畫皆為仰章兄手筆。二〇一六年主題為星洲昔日風情，二〇一七年正值雞年，畫作都是雄雞報曉、母雞孵蛋、母雞將雛、小雞覓食等內容，意態可掬。

二〇一八年八月下旬，我連續參加兩場在新加坡舉行的研討會。第一場是南洋理工大學曲景毅兄主辦的「文化遺產與教育體制：東南亞華校國際學術論壇」，宣讀拙文為〈興衰女仔館：香港雙語教育史的一隅〉。第二場是仰章兄承辦的「第十四屆世界華文文化研討會：當前全球文化下財神信仰的探討」（議程封面又見仰章兄畫作，頗為別緻），宣讀拙文為〈毗沙門與玄武信仰比較臆說〉。我知道新加坡著名女校聖瑪格烈中學（St. Margaret's Secondary School）在一八四〇年創辦時，性質與一八六〇年建校的香港女仔館（Diocesan Native Female Training School, 男女拔萃書院的先驅）相近，於是向仰章兄詢問，是否有機會造訪聖瑪格烈校史館。誰知仰章兄說自己曾在該校兼任美術課，與校史館負責老師相熟，安排參觀完全沒有問題。我喜出望外。抵新開完南洋理大的會議後，仰章兄一大早親自驅車，攜我前往聖瑪格烈中學。兩位負責老師不僅為我作詳盡導覽，更饋贈印製精美的校史一部。離開中學後，仰章兄

知道我還需要其他資料，又陪我前往國立圖書館，查核微縮膠卷。我十分憂心耽誤仰章兄的寶貴時間，他卻寬厚地笑道：「沒事，你安心查資料吧，我去翻翻畫冊。不是你的原因，我還一直沒空來看呢！」

我與仰章兄交情日篤，好幾次拙著封面及主持活動之海報，皆請仰章兄幫忙設計，感激無任。二○一七年，我承乏信仰中心半年刊《華人文化研究》的主編事務。我於是邀請仰章兄擔任執行副主編，希望讓世界各地廣大讀者翻閱期刊賞心悅目之際，也進一步認識仰章兄的高才。直到二○二○年初，各位編委終於達成共識，從當年六月號開始，在封面設計上作出較大變更——底色變得更為明亮，配以藝術圖片。這一期的圖片內容是編委會的結晶：由楊松年教授賦詩、龔鵬程校長題字、仰章兄繪圖，而詩意則以聽劉家軍教授鼓琴為旨。畫中鼓琴者定若彌勒，又頗有明憲宗〈一團和氣圖〉的趣味，呼應著楊老師詩中「竟把天地人揉在一起」的意興。整個封面素淡雅淨，令瀏覽者心曠神怡。與此同時，我與仰章兄達成君子協定，以後每年十二月號以生肖為主題，六月號隨機安排，各期基本上由我撰構對聯一副，請年輕書法家寫就，與畫作相配。我半開玩笑地對仰章兄說：「期待老兄畫滿十二生肖後，出一本畫冊，我一定鼎力支持！」二○二○年十二月號，仰章兄如約繪製了一頭可愛的小牛，黑背白腹，立於山頭，回首向天，噓氣成雲。我撰得一聯，請胡詠怡女士題字。聯曰：

犀可通乎，大千世界長相與；

夔而足矣，十二律音都克諧。

夔乃一足之牛，又虞舜樂官；犀兕，亦牛也。用祝讀者諸君辛丑金牛之歲，吉祥如意。二〇二一年六月號，為慶祝楊松年老師八秩壽辰，邀仰章兄繪〈松鶴延年圖〉，由我嵌名壽聯一副，仍付詠怡手書。聯曰：

松以夏，柏以殷，栗以周，誕育斯民因壽考；

年則堯，月則舜，日則禹，聿修厥德即神明。

而仰章兄筆下的松樹蒼然藹然，仙鶴儼乎若思，別有意趣。

至二〇二一年秋，拙著《女仔館興衰：香港拔萃書室的史前史（1860-1869）》付梓。我隨即向仰章兄郵寄樣書，並請他轉贈一冊給聖瑪格烈中學校史館——沒有仰章兄與聖瑪格烈同仁的幫助，拙著的論述必定頗有缺憾。與此同時，我開始了《華人文化研究》二〇二一年十二月號的編輯工作，且預撰一聯云：

雙翼之加，無礙風雲隨所遇；

大人其變，有孚炳蔚不須占。

上聯出自諸葛亮《心書‧兵機》：「將能執兵之權，操兵之勢，而臨群下，譬如猛虎加之羽翼，而翱翔四海，隨所遇而施之。」下聯則依據《周易‧革卦》：「九五，大人虎變，未占有孚。」「上六，君子豹變，小人革面。」〈象〉曰：「大人虎變，其文炳也。」「君子豹變，其文蔚也。」撰成後，再請仰章兄畫虎。不料仰章兄非但依舊慨然答允，還邀我撰文一敘交誼，並就其畫作略陳陋見，作為來年六十誕辰紀念集。我聞言始驟覺時光飛逝，疫情之下已有三年不曾與仰章兄見面了！但我於美術之道僅略知皮毛，焉能贊一詞？唯兩人之交誼乃至詩畫緣，則誠可娓娓道來。回想二〇一七年四月在深利聚餐後，有感於各位師友的熱情款待，謅四言詩一首。茲仍迻錄於文末，預為仰章兄介周甲之福：

> 南有嘉魚，以鱨以鯊。
> 君子好我，示我周行。

> 南有吳羹，以甘以旨。
> 君子好我，云胡不喜。

> 南有炙禽，以雉以鵪。
> 君子好我，洵訏且樂。

既有飽德，以粿以蔬。

稱彼兕觥，眉壽無虞。

2021.12.19.

*本文曾刊於「橙新聞・文化本事」之「伯爵茶跡」專欄（2022.01.21），題為〈從容之樂──與仰章兄的詩畫緣〉，同日又轉載於《民權時報》「沙龍」版。

第二輯　　文化隨筆

似煙還似非煙

——從「全港詩詞創作比賽」評審會議說起

　　二〇一七年七月三日下午，與何文匯老師、鄧佩玲師妹以評判的身分在香港中央圖書館共同主持第二十七屆「全港詩詞創作比賽·學生組」的評審會議，先後面試了十多位入圍者。每位同學須先用十五分鐘對出大會提供的七言上聯，然後進行面試。本屆面試者除了中文大學中文系、英文系的學生外，還有來自其他大專院校及中學的同學，對於提問多能侃侃而談、從善如流。毋庸諱言，由於中大中文系自創系伊始就以「詩選及習作」為必修課，故系內同學之獲獎者歷來為數最夥。而值得欣慰的是，今年入圍者背景更加多元化，不僅包括香港大學、城市大學、嶺南大學、教育大學、恆生管理學院的同學，還有高中生的參與。如恆管同學表示校內有詩詞寫作的課程，城大同學謂常向系上懂得詩詞的老師請益，港大同學稱系內現在雖無相關課程，卻參加了浸大和中大的詩社，不時切磋琢磨，而教大同學和高中生更說平仄格律是自學的……由此可見，詩詞寫作的風氣已有日益推廣的趨勢，委實可喜。

　　當今香港有兩個重要的詩詞創作比賽：一為新市鎮文化教育協會主辦的「全港學界律詩創作比賽」，始於一九九〇年，目前分為「大學及大專組」與「中學及香港專業教育學院組」；一為香港公共圖書館主辦的「全港詩詞創作比賽」，始於一九九一年，單年比詩，雙年

比詞，目前分為「公開組」與「學生組」。兩項比賽的肇始、持續和推廣，何文匯老師居功至偉，而常宗豪、黃兆漢、鄺健行、何乃文、黃坤堯、王忠義、劉衛林、陳志清等學者、詩人皆曾擔任評判。就學生組而言，歷屆參賽同學後來除了從事教研者外，擔任公職、投身工商者也比比皆是。對於香港社會整體文化氛圍的營構，兩項比賽無疑貢獻了一份力量。（按：自一九九七年起，新市鎮文化教育協會又增添「全港學界對聯創作比賽」，每次比賽皆以七言律句為上聯，茲不贅。）

一九九〇年代初，我便與兩項比賽結緣了。那時我的作品固然稚嫩，但參賽促使我自學平仄格律，卻是一大收穫。詩詞創作講求平仄格律，必須明辨四聲。北方官話早已「入派三聲」，以國語為母語者若不死記入聲字，便有出律之虞。粵語雖完好保留入聲，但以粵語為母語者卻也可能「身在此山中」而不識四聲真面目。國語、粵語恰好都是我的日常語言，兩相比對，不難悟出四聲的特性。我高中讀理科，大學唸商科，課業繁重，並不經常參賽。但報考中文系碩士班時，入學考試有舊體詩創作一題，從前學的格律知識倒真的扎實幫了我一把。博士畢業後因緣巧合來到宜蘭佛光大學文學系，負責「詩詞曲寫作」一科，協助同學籌組「銜華詩社」、出版《佩實集》。轉回中大母校任教後，負責「詩選及習作」一科，繼而奉何文匯老師之命承乏「全港詩詞創作比賽」評判，並每年在公共圖書館主持詩詞寫作講座。至今想來，當初那個參賽的決定，竟影響到日後的生涯規劃。

另一位直接得到比賽法乳之哺養者，當推師弟程中山博士。與我大相逕庭的是，中山在中學時代便受業於學界耆宿陳湛銓教授之子陳樂生先生，起步點高，獲獎甚多，因而早早便以入讀中大中文系為理想。博士班師從黃坤堯教授，三度協助籌辦「香港舊體文學國際研討會」，自身更致力推動香港本土舊體文學之創作與研究。又長年執教「詩選及習作」課，與同學組織「未圓詩社」，至今定期聚會，談詩論文。二〇一四年，中大中文系獲得本港詩人、殷商何竹平先生哲嗣的支持，設立基金，每年從「詩選及習作」課上選拔表現優異之同學兩名，頒發「何竹平吳肖穎伉儷古典詩詞創作獎學金」，並每隔兩三年舉辦一次研討會。二〇一五年六月初，我協助中山舉辦首屆「風雅傳承：民初以來舊體文學國際學術研討會」，大會邀得何文匯、吳宏一、楊松年、陳永正、龔鵬程諸師長作主題演講，來自世界各地的參會學者達八九十位，盛況猗與。

　　與此同時，陳國球教授主編的《香港文學大系》，由中山獨力負責《舊體文學卷》。香港開埠以來舊體文學發展的面貌，這個選本有具體而微的呈現。中山在導言中嘗謂一八四一年至一九四九年間，傳統文學才是香港文學的主流。進而言之，香港自一八四一年開埠後即以華洋雜處而聞名，對傳統中國文化卻依然非常注重。如一八六二年成立的中央書院（現稱皇仁書院）雖是首屈一指的官校（校友包括孫中山、唐紹儀、廖仲愷、蘇曼殊等人），當時講授內容卻仍包括儒家經典。一九三五年，胡適接受香港大學的榮譽博士學位，

批評港英當局「讀經祀孔」、「拜關拜岳」的復古教育；後來又寫下〈南遊雜憶〉，「勸告香港教育家充分利用香港的治安和財富，努力早日做到普及教育；同時希望他們接受中國大陸的新潮流，在思想文化上要向前走，不要向後倒退」。當時作為殖民地的香港，固然未有直接參與五四新文化運動，但其「治安和財富」為本地及南來文化人提供了相對穩定的生活環境，傳統文化也賴以保存，則是不爭的事實。故此，有論者以為中山導言的語氣頗為尖銳，而在我看來，一百八十年來詩詞創作的活動在香港不絕如縷，良有以也。

拉雜至此，回思第一次參加詩詞比賽的點滴依然斑斑在目，不想竟已快三十年。師長的關愛、友朋的提點，伴隨了我整個成長的過程，令我銘念。聊謅〈天淨沙〉一首，以終拙文：

似煙還似非煙。

似緣還似非緣。

如顯還如非顯。

疏針密線。

似篇還似非篇。

2017.07.05.

＊本文原刊於《國文天地》第 33 卷第 3 期（2017.08），頁 7-8。

妙悟熟參門不二

——「詩選及習作」授課散記

　　自香港中文大學成立以來，詩選及習作課一直是中文系必修。該課開設多年，都以高步瀛（1873-1940）《唐宋詩舉要》為課本。此書除了選詩全面、註解古雅，還相傳與老新亞書院的曾克耑教授（1900-1975）頗有淵源：曾先生為吳北江（1877-1950）門人，而桐城派殿軍吳摯甫（1840-1903）則是吳北江之父、高閬仙之師。因此，尊崇此書多少顯示了中大中文系的「桐城法脈」。祖籍福州的曾教授有《頌橘盧詩存》，詩壇祭酒陳散原老人（1853-1937）評其詩「骨力雄強，氣勢縱恣，鎚幽發祕，高挹羣言，抗踵杜韓」。據說曾教授詩選課第一節往往會問：「在座都是廣東人嗎？」如果沒有外省人，便道：「那好，平仄不用教了。」不過同學的習作，曾先生改得非常認真，更會擇精拔尤，代投《新亞生活》。

　　至筆者求學時代，大學為三年制，詩選安排在大一修讀。該課三學分，每班二十人，任課者皆為系上的資深教師，如鄧仕樑、吳宏一、何文匯、佘汝豐、蔣英豪、黃坤堯、王晉光等教授。研讀篇章除以《唐宋詩舉要》為基礎，各位老師尚可自行調整。吳宏一老師兼用喻守真《唐詩三百首詳析》、鄧仕樑老師選講謝榛詩作、佘汝豐老師選講先秦古逸詩等，不一而足。談到作詩訣竅，何師提出「體

格興觀」、吳師講解「點石成金」、佘師強調「熟參妙悟」……皆令人受用終身。

二〇一一年，筆者與程中山、徐瑋諸君共同承乏此科，當時仍採用《唐宋詩舉要》。三學分的課程，雙節課選講作品，單節課分析習作，左支右絀，總算未辱使命。此後我因負責另一門大一必修寫作訓練課，只好放棄詩選的教學工作。二〇一二年起，香港各大學恢復四年制，詩選成為大二必修，但與其他課程劃一減至兩學分，每學年共開四班。至二〇一七年九月，寫訓課取消，而詩選課從大二移回大一。換言之，這學年本系大一、大二生全部需要修讀詩選，共開八班之多。於是我主動「認領」一班，以協助教務於萬一。

一學期僅十三週，四年制的詩選課人數多了三分之一，課時卻少了三分之一；加上大一新生年齡較從前三年制為小，且未先修語言學等基礎課程，因此我不敢掉以輕心。當然，我的教學目標並非每個同學都成為詩人，而是他們日後在賞析、研究舊體詩時，懂得如何從格律來切入。反覆衡量後，我認為有必要提高格律教學的比重，於是決定自編講義，而將《唐宋詩舉要》列為參考書籍。究其原因有二：一、作品尚可在其他課程中學習或自學，但辨識格律則最好有師友帶引，如在詩選課中系統講授；不打好基礎，日後積重難返。二、《唐宋詩舉要》卷帙甚鉅，一學期若要細講，篇什勢不能廣，不若將其內容酌量採入講義；且講解格律時，也必然涉及作品。因此，我把講義分為兩大部分，一為總論，包括格律、音韻、對偶、

體裁、作法等單元；二為作品選講，以漢魏六朝詩及唐詩為中心，次以宋元明清詩，最後淺談白話格律詩。作業方面安排四次，分別為對聯、五絕、七絕、七律。開學後，選修者共三十二人，其中六七位以國語為母語。為便講解，授課語言以粵語為主、國語為輔，國語生有不理解之處，則於課間或課後討論。一學期下來，互動尚算良好。

以下就幾次作業略作介紹。對聯作業的上聯由我所擬（改寫自中大校訓）：「博以文、約以禮」。名為六言聯，實是兩個三言複句；如此設計，是要讓同學先熟悉律句末三字的格律。茲舉較佳者於下：

1. 志於道、篤於行。
2. 慎乎己、恕乎人。
3. 誠其意、正其心。
4. 據於德、依於仁。

同學或自對，或採用成句，可圈可點。五絕作業乃是創作樂府〈自君之出矣〉。此體出自劉宋，首句「自君之出矣」、三句「思君如」三字，皆不可更易。故此，自力創作之篇幅僅兩句半而已。劉宋之世尚無四聲之說，然齊梁以降，擬作者逐漸以律句為之。故同學所作亦須為律句，且採用平水韻。然而，「自君之出矣」五字本為「仄平平仄仄」，固已合律；「思君如」三平，若撰成律句，除「平平平仄

仄」之句式也別無他選。換言之，此詩若採用律句，則係將「平平平仄仄，仄仄仄平平」一聯重複一次，兩聯之間必然失黏。然此體本自古絕發展而來，失黏可以不論。若唐人李康成之作：「自君之出矣，弦吹絕無聲。思君如百草，撩亂逐春生。」即是。據系上師兄追憶，習作〈自君之出矣〉，一九八〇年代已有先例。然當時任課老師多只有押韻要求，是否律句卻無太大限制。唯所作須為組詩，從不同角度就主題加以闡發。而本次作業中，則有幾首頗堪玩味：

1. 自君之出矣，不復試梅妝。
   思君如夕照，冉冉減紅光。

2. 自君之出矣，秋意盡凋殘。
   思君如玉簟，不耐五更寒。

3. 自君之出矣，柳色染羅幃。
   思君如落絮，拂去又霑衣。

4. 自君之出矣，啞雀舞寒枝。
   思君如偶戲，休戚總牽絲。

次句渲染氛圍，三句設喻，四句進一步闡釋喻詞，大家對此體都掌握得不錯。七絕作業中，必須有一聯對仗。現也擇四首如下：

1. 一天浮碧推山去，半盞懸金瀉水中。
   斷續寒砧孤鶩遠，徘徊殘照倚西風。

2. 曉風蕭蕭秋將盡，宵柝聲聲夜未央。
   一別故園三萬里，空餘明月照他鄉。

3. 翩翩輕燕過經幡。煦煦晨光臥佛門。
   十里藏香邀作客，古鐘一響了無喧。

4. 不負韶光顏色好，多情自我少年時。
   又憑淚眼霑風月，曾是嬌波顧玉枝。

七律作業分為兩部分。第一部分近似詩鐘，先讓每位同學在兩張小紙條上分別隨意寫下一語，蒐集後混合搖勻，每人再各抽兩條，依據內容，以一週時間撰成七言對聯一幅，現舉四例：

1. 心愁易結雙行淚，志壯難登百尺樓。

2. 蛾眉繪出雙鉤月，絕巘邀來一線天。

3. 誰煮一壺悲喜雪，君來十里合離亭。

4. 柔光泛泛雙玄玉，暮色茫茫一赤臺。

撰寫第二部分的七律時，同學可納入此聯，也可另行撰寫，謹列優秀者如下：

1. 杯中舊事浮光薄，故月寒枝入素屏。
   誰煮一壺悲喜雪，君來十里合離亭。
   又霑別路梅花白，未見歸人柳葉青。
   春漏幾更聲漸響，夜長漫漫可堪聽。

2. 柴扉日掩空房對，微雨山行暮鳥知。
   久念黃菊依故檻，始驚紅杏鬧新籬。
   日明柳暗泉眠處，耳淨風清谷寂時。
   春暖能舒遊子意，月垂卻恐復相思。

3. 鶯啼漾水漸盈盈。晨起催鞍日五更。
   江畔風生楊柳綠，林邊雪盡馬蹄輕。
   稚子抱來醪酒釀，荊釵旋把蕨肴烹。
   問言遠道應勞頓，卻笑春來恰好晴。

4. 敧眠倦枕起三更。一帽江風一棹舠。
   水闊星垂明月碎，天低雁波遠山橫。
   霏霏玉露霑衣濕，片片閑花落地輕。
   昨夜寒霜衫不素，忽聞黃葉又秋聲。

畢竟第一次創作七律，或不無稚嫩之嫌，但能有如此成績已殊不簡
單了。

學期初，有好學的同學曾發私訊，就教學大綱的作業次第提出疑問：《紅樓夢》中黛玉教香菱作詩，乃是先學王維五律、再學李杜七律七絕及漢魏古詩。鄙見回應如此：黛玉（或曹雪芹）的看法，對於清代以《三》、《百》、《千》啟蒙的學童當然適合，但如今卻不盡然。香港的大學生活，學期短、旁鶩多，不大可能一心涵泳浸淫。再者，現在許多人都不懂得對仗，若先從律詩入手，恐怕苦不堪言（如古人論詩詩喜用七絕，就是因為未必對仗，又有一定篇幅，方便發表論述）。且近體詩似濃妝，即便內涵不足，也能以賞心悅目的形式美來搭救；古體是淡妝，沒有圓熟的文言能力，往往「露餡」，流於淺俗。而五言律絕風格近乎古詩，視七言更不易駕馭。不過，黛玉提出古詩學漢魏，而非唐人古體，我十分贊成，這也是我額外選講漢魏六朝詩的原因。稍後，我嘗將鄙見檃栝打油七律一首，今謹附於拙文之末，若貽蛇足之譏，亦不計焉，還望大雅君子有以匡正：

> 古風直似素顏時。近體濃妝偏得宜。
>
> 雲鬢從來須翠鈿，冰肌未必賴丹脂。
>
> 五排一氣難窮韻，七絕無駢好論詩。
>
> 妙悟熟參門不二，亡羊爭奈路中歧。

2018.01.12.

*本文原刊於《國文天地》第 33 卷第 10 期（2018.03），頁 7-8。

縱居俗語也光輝

——淺談作為通用語的粵語

　　要進一步認識香港文化，粵語（亦即廣州話、廣府話、白話）是繞不開的課題。不過討論前，吾人不妨先回顧一下文藝復興時期的義大利。當時在這分崩離析的半島存在著十四種俗語或方言（vulgaris locutio），而以拉丁文為「雅言」。文化巨人但丁（Dante Alighieri）面對雅俗之爭，早年曾提出拉丁語是不受腐蝕的，俗語是易受影響的。後來他轉而認為，俗語比拉丁文高貴，因為俗語是人類原始的語言（亦即「母語」[materna locutio]）。俗語是自然的，拉丁文是人工的。但他也指出，俗語各不相同。言下之意就是這些俗語各有地方性，未能全義大利通用；這十四種俗語雖都存在一些「光輝」的樣本，卻沒有一種整體而言可稱作「光輝俗語」（vulgari illustri）。

　　實際上，但丁所尋覓的「光輝俗語」，並非任何一種天然方言，而是需要建構的；建構的方式乃是把拉丁文的高貴、優雅、精練等特質複製到俗語領域，並加以普及。沒有任何一種俗語能不經過提煉、改造、雅馴化，純粹以「我手寫我口」的方式來增添「光輝」。因此，其《神曲》（La Divina Commedia）嘗試以翡冷翠方言寫作，就是「光輝俗語」建構之序幕。一八六一年，薩丁尼亞王國統一義

大利，這種源自翡冷翠的「光輝俗語」也在長期踵事增華後正式成為全國通用語。如筆者的義大利文老師、原籍貝加莫（Bergamo）的葉方濟博士（Dr. Franco A. Gritti, 1938-）就言及，貝加莫方言在其父輩能流利使用，自己這輩能聽而未必能講，子姪輩則聽講皆不能。義大利通用語之推行情況，由此可見一隅。

任何一種語言（或方言）的獨大皆是兩刃之劍。一旦通用語被設定，溝通會更便利，但其他方言殆面臨邊緣化、陌生化的命運。操通用語者聽到方音，可能喪失聆聽交流的動力與耐性，導致文化隔閡，乃至滋生區別心。反觀帝制時代的中國，無論雅言、官話皆具有官方、貴族和精英性質，朝廷並未刻意向全民推廣。當全國通用語缺位，操不同方言者如來自同一省，尚可使用省內約定俗成的權威方言（一般是省會方言），如遇上外省人，在溝通中往往一邊講自己的方言，一邊耐心聆聽對方的方言——然而，這不但是語言層面、更是文化層面的平等交流。再者，中國各地方言雖接近但丁所謂俗語，卻有一顯著差異：那就是漢字並非拼音體系，因此各地士子學習儒典大率以母語誦讀，其「光輝性」非僅一斑。二十世紀初，科舉廢止，國語運動接踵而至。新式學堂縱仍有教師以方言授課，但國語的普及趨勢已無法阻擋。因此，黯淡了「光輝」的方言逐漸形成一種迷思：那就是文化水平較低者才會使用。可是，香港的特殊環境不僅使粵語成為通用語，更令其罕見且充分地繼承了科舉時代「俗語」的「光輝性」，在新的世代雅俗皆宜。

粵語是否方言？無可否認，語言與方言的分野除了學理，還有政治因素。如拿波里、西西里民間使用的語文與義大利通用語頗有差異，且不乏文藝累積，卻仍被定位為方言。又如古羅斯因蒙古入侵而分裂出俄羅斯、烏克蘭、白俄羅斯三個部族，三者的語言可以互通。但蘇聯解體後，三者分別被各自的國家定為官方語言。再從學理來看，粵語是漢語中古音系的嫡派後裔之一，與官話及閩、吳、湘、贛、客家諸語並列七大方言，是言之有據的。

回觀一八四一年，今日港九新界地區的本土語言包括了粵語系的圍頭話、蜑家話，客語系的客家話，以及閩語系的福佬話。而英人登陸時，香港島上的三千居民，母語大概並非粵語（廣府話）。港島割讓通商，來自廣東各地的華人大量前往。作為廣東省權威方言的粵語，由於能使溝通無礙，很快流行起來。據記載，香港循道衛理會的俾士牧師（Rev. George Piercy, 1829-1913）於一八五一年初抵香港島，計畫到九龍開展傳教工作，卻遭遇到語言上的困難：原來當時仍屬清朝的九龍只講客家話，俾士縱諳熟粵語也一籌莫展。一八六一年，南九龍割讓，粵語才開始在此流行。隨著城市發展，港島、九龍的原生聚落稀釋、本土語言消失。而粵語的地位，也日益鞏固。

縱然如此，由於香港地區在清末民初與大陸交流頻密，粵語相對於官話（後來的國語），尤其是就全國普及性這方面來說，又呈現一定的弱勢。如一九三〇年代就有中學推行國語課程，正是這種情

況的反映。二戰結束時，香港人口才五十萬，至一九五〇年上升至二百餘萬。增加的一百多萬人口中，使用粵語者仍佔了四成，粵語的通用語地位已隱然奠定。「六七暴動」後，港府統一中文語文，將粵語定為唯一的中文語言。學校中文課皆以粵語講授，國語並非在地語言，且具有政治傾向，不再教授。電臺的潮州話、客家話新聞節目被取消，新界以圍頭話、客家話私塾也被迫改用粵語。因此，絕大多數南來外省移民的下一代也都以粵語為母語。粵語因而獲得香港語文的主導地位。

除了客觀環境因素外，粵語之壯大還歸功於自身特色。茲舉其要者以說明之：

一、 與廣韻音系的對應——漢語七大方言中，除閩方言情況比較複雜外，大率皆是以廣韻音系為代表之中古音的直系後裔。而這六大方言中，縱然大多數單字的讀音仍可與廣韻反切相對應，但韻母與聲調保存最為完善者厥推粵語。粵語韻母保存了三套鼻音（-n、-m、-ng）及三套入聲（-t、-p、-k），音調則分為九聲（陰平、陰上、陰去、陽平、陽上、陽去、陰入、中入、陽入）。這對於舊體詩的誦讀及創作大有裨益。

二、 沒有閩、吳方言式的連續變調——就朗讀來說，面對文言文、白話文時，粵語能輕易地逐字以本調唸出來（與國語相似）；就講話來說，粵語能自由選用文言及白話的詞彙，而非囿於固

有的方言詞彙。因此，說話者遇上「君子不器」、「君子之交淡若水」、「敘事詩」、「後現代主義」一類的書面用語，可輕鬆直接地以粵語講出，不必如閩、吳方言使用者般先有吟誦、讀書音的訓練，也不必臨時轉換成國語來唸。

三、　較少閩方言式的訓讀與文白異讀——閩南話存在大量訓讀字，如「燙」唸作「燒」、「香」唸作「芳」等。而粵語中的訓讀字為數極少，如「熨斗」之「熨」唸作「燙」、「劈皮」（削皮）之「劈」唸作「批」等。然而，「熨」、「劈」在其他情況下讀的本音，以粵語為母語者並不陌生。再如粵語中，「命」、「浮」、「正」、「染」、「惜」、「歪」、「使」、「近」、「斷」等字都存在文白異讀，但以粵語為母語者在口語和朗讀書面文字時基本上不會混淆文白讀音（正如北京人自然知道「色」字唸 shǎi 為白讀）。

四、　方言用字多有漢語本字可尋——如稱瓶子為「樽」、稱罈子為「埕」、稱大腿為「髀」、稱跑為「走」、稱看為「睇」、稱想為「諗」等，皆於古有徵。在學界推廣之下，社會上多習用本字。這對於文言文的學習也不無助力。

如果說文言文、白話文都能符合但丁所界定的「光輝性」，那麼在芸芸漢語「俗語」中，粵語是最能游刃有餘者，而其「光輝性」主要體現在與文字的互動上。以香港中文報紙為例，二戰以前多使用淺易

文言文，戰後較正式的新聞採用白話文，體育、娛樂新聞則夾雜粵方言，以增加親和力。再觀流行曲，閩南語歌曲因連續變調、文白異讀等特徵，一般只能以口語入詞；而粵語流行曲的歌詞既可使用粵語口語（如許冠傑的歌曲），也可使用白話文（如黃霑的歌曲）甚至文言文（如羅文所唱〈滿江紅〉）。因此，許多不諳粵語者對於〈上海灘〉、〈滄海一聲笑〉、〈海闊天空〉等琅琅上口，正因這些歌曲的歌詞皆以書面語為基調。可以說，香港戰後數十年間的中國語言、文化教育在國語缺席的情況下仍能繼往開來，粵語居功甚偉。走筆至此，謹以七律打油一首作結：

> 七大方言幾式微。難於省府論權威。
>
> 宮商紛列知音少，混沌早開聞道希。
>
> 偏惜雅絃都靜默，縱居俗語也光輝。
>
> 九原欲起諮多士，更誦何聲赴兩閭。

2018.06.14.

*本文原為筆者承乏主編《思與言》第 52 卷第 2 期「文化記憶中的香港」專號之導言的一部分，蒙車行健教授相囑，節錄修訂為本文，刊於《國文天地》第 34 卷第 6 期（2018.10），頁 6-8。

菫塘雜文錄：以寫療寫

長將鳥鏡薦軒轅

——破鏡與貓頭鷹

友人近日向我推薦本地組合 Mirror 的點題之作〈破鏡〉，聽至「憤怒一手打破鏡面／渴望一刻粉碎裡邊」，覺得頗有畫面感。以玻璃為材質、背面鍍以金屬的鏡子，乃是中世紀羅馬人發明，其後由威尼斯人改良。這種鏡子東傳後，明清之世已大量使用於富貴人家，如《紅樓夢》中劉姥姥在怡紅院見到的即是。一如巫鴻所言，《紅樓夢》中出現過兩類鏡子，除了讓劉姥姥迷惑的西洋鏡外，[1] 還有傳統造型的「風月寶鑒」，一面照紅顏，一面照白骨。

北方民族相信銅鏡是太陽的化身，薩滿會使用銅鏡跳神占卜、驅邪治病。而在中土，銅鏡早已是閨房恩物，與美相隨。漢代古鏡背面，往往可見「清光宜佳人」、「長相思，毋相忘」等銘文。舊題梁武帝〈河中之水歌〉中，少婦莫愁的居所「珊瑚掛鏡爛生光」，是更為文學化的描繪。梁武帝名下另一首〈東飛伯勞歌〉裡，也有詩句疑似帶著鏡光：

---

[1] 清末民初上海人也將「拉洋片」(peep show) 稱為「西洋鏡」，由於是根據光學原理而暗箱操作，顯得神秘，打開一看卻不過是幾張幻燈片，毫不稀奇，故有「拆穿西洋鏡」一說。

誰家女兒對門居。開顏發豔照里閭。

南窗北牖掛明光。羅帷綺箔脂粉香。

「豔」當然指美艷之色，而「發」字用得相當妙，女孩豔色的發出，像光芒一樣。下句的「照」字與「發」字正相呼應：女孩的明麗，照亮了她居處的整條里巷。古代民居簷舍密集，陽光未必能輕易普照，這在北京胡同、上海弄堂還可覓得遺風。詩中的女孩天真率性，一笑豔光四射，竟使這幽深的小巷充滿光明。至於「南窗北牖掛明光」一句，承接「發豔」、「照里閭」而發揮。有人認為「明光」指鏡子，我卻有所保留：這裡的「明光」應指牆上窗牖透亮，像鏡子一樣。透亮是因為陽光的照耀嗎？固然。但詩貴無理，我們未嘗不可解為女孩的豔光。她在室外已「照里閭」，自己的居所怎會不一片光明？她的美好令人乍疑牆上的不是窗牖，而是鏡子；穿透鏡子的不是陽光，而是她的豔光。這種以鏡為喻的陌生化筆法，是可與「珊瑚掛鏡爛生光」相參看的。「清光宜佳人」，旨哉斯言！

　　「鏡」、「鑒」（或作鑑）二字皆見於《說文》：「鏡，景也。」「鑑，大盆也，一曰鑑諸，可以取明水于月。」「鑒」、「鑑」從金從監，「監」字本為一人於水盆前舉目自照的形象，足見華夏民族最早的鏡子大概是盛水之盆。此外，不但「監」字有監視之意，從監從見的「覽」字在《說文》中也訓為「觀」。如不攬鏡，何以「自見」？

　　鏡子與觀看的關係，西方語言也如出一轍。英文 mirror 來自法文 miroir，法文則來自拉丁文 mirare，正是觀看、凝視乃至驚詫之義。看到奇觀是 miracle（神蹟），看到異像是 mirage（海市蜃樓），看到心心眼是 admire（仰慕）。至於義大利文 specchio、西班牙文 espejo、德文 Spiegel，則來自拉丁文 speculum，同樣觀看之義（試想 spectacle、spectator、spectrum、expect、prospect、inspect、respect……）。俄文 зеркало 也不例外，與 speculum 在原始印歐語中同源。

　　中式銅鏡相傳可追溯到軒轅黃帝時代。而據考古發現，甘肅齊家文化遺址便出土過銅鏡。黃帝是神話傳疑人物，但傳世文獻中倒頗與鏡子相關。如軒轅鏡便是照妖鏡：山精木魅縱然千變萬化，卻無法使自身的鏡影隨之變化。只要被此鏡一照，就消亡退走，不能為害。南宋趙希鵠《洞天清祿》記載，軒轅鏡「其形如球，可作臥榻前懸掛，取以辟邪」。不僅如此，北京故宮龍椅正上方的「盤龍藻井」中，龍嘴所叼圓球也是軒轅鏡。據說老袁稱帝時，擔心軒轅鏡掉下來砸死自己，遂下令將龍椅後移三公尺。可見這種「大鋼珠」不僅能三百六十度無死角地照妖，還能辨別真假天子。

　　其次，《史記》記載有位方士謬忌上書漢武帝，聲稱古代祭祀黃帝會用「一梟破鏡」。據曹魏時人孟康所言：「梟，鳥名，食母。破鏡，獸名，食父。黃帝欲絕其類，使百物祠皆用之。」梟（鴞）是今日所謂貓頭鷹，破鏡（後來又寫作獍）狀似虎豹而體型較小，兩者

都殺父害母，用作祭品是為了滅絕牠們的族群。這個流傳久遠的說法，遭到當代學者懷疑。就梟而言，此鳥是先民崇敬的猛禽，從史前到商周之際的文物中就有不少梟形器皿。有學者甚至認為《詩經·商頌》的玄鳥——殷族始祖，乃是貓頭鷹而非燕子。武王伐紂後，殷人崇拜的梟才逐漸背上惡名。以此推之，破鏡恐怕也非凶物，我甚至懷疑所指涉的是否動物。若說「鏡」一作「獍」，不知「破」又當何解？

說起破鏡，一般人都會想到破鏡重圓的故事。陳後主之妹樂昌公主，下嫁太子賓客徐德言。隋文帝平陳前夕，徐德言將一面銅鏡剖成兩半，夫妻各執其一，約定來年元宵節在長安街頭高價叫賣，以圖相認。陳亡後，公主遭掠，被賞給越國公楊素為妾，鬱鬱寡歡。次年元宵，公主派僕人到市面叫賣破鏡，引起徐德言注意。楊素查明真相，深為所動，遂讓夫妻二人復合，偕歸江南終老。銅鏡渾圓，固為美滿愛情的象徵。而破鏡與其說代表夫妻仳離，毋寧說是愛情之信符。考古學家指出，早在漢墓中便發現過夫妻各陪葬半枚銅鏡的實例，這類案例在唐宋時期為數更多。破鏡入葬，正正是照徹幽冥、長相廝守的隱喻。因此我懷疑同為漢人的謬忌，提及的破鏡並非什麼食父凶獸。所謂「一梟破鏡」，就是一隻鴟梟、兩枚半鏡。《淮南子·說林訓》曰：「黃帝生陰陽」，黃帝不僅是混沌的化身、陰陽二氣的源頭，同時也兼具祖神和婚神身分。故此，以象徵

夫婦好合的破鏡和玄鳥來祭祀黃帝，乃是古老生殖崇拜或愛情巫術的孑遺。

　　無獨有偶，梟鏡也能在西方找到「對應」。德國民間文學中有個搗蛋鬼提爾，為人詼諧而見微知著，常以文字遊戲作調侃。他的全名是 Till Eulenspiegel，姓氏剛好由 Eule（貓頭鷹）和 Spiegel（鏡子）兩個單詞組成。貓頭鷹是智慧女神雅典娜的恩物，中世紀又成了魔鬼之鳥，污名化過程西東如一。「鏡」在中世紀德語裡有「垂訓、箴言」之意，卻也令人想起後母的魔鏡；既意味著「自知」，也有可照徹他人愚昧。因此，插畫中一手持梟、一手執鏡的提爾形象，恰體現出他如何以笑話和惡作劇來亦謔亦正地諷世。

　　然而明鏡本非臺，何處惹塵埃？由於鏡像如真如幻，佛教既把鑒照萬物的佛法稱為法鏡，又把求不得的美好喻為鏡花水月。故而《紅樓夢》中〈枉凝眉〉一曲云：「一個是水中月，一個是鏡中花。想眼中能有多少淚珠兒，怎經得秋流到冬盡，春流到夏！」換成卞之琳的句子，那就是：「付一枝鏡花，收一輪水月……／我為你記下流水帳。」令人擲筆咨嗟。

七律曰：

清光自守一輪圓。往復幽明共彩鴛。

且種菩提成翠碧，長將梟鏡薦軒轅。

言隨正讜心無住，花隔琉璃景欲暄。

莫道難存形影好，時行時止總祇園。

2021.11.03.

*本文原刊於《無形》文學雜誌第 44 卷（2021.12），頁 6-8，題為〈破鏡與貓頭鷹〉。又轉載於「虛詞」文學網（2021.12.30）。

古來王道不偏安

一

魯哀公十六年（西元前 479），孔子去世。次年，弟子們在孔子故居設廟，陳列遺物，按歲時祭祀，這是歷史上最早的孔廟。《史記‧孔子世家贊》云：

> 《詩》有之：「高山仰止，景行行止。」雖不能至，然心鄉往之。余讀孔氏書，想見其為人。適魯，觀仲尼廟堂車服禮器，諸生以時習禮其家，余低回留之，不能去云。天下君王至於賢人，眾矣，當時則榮，沒則已焉。孔子布衣，傳十餘世，學者宗之。自天子王侯，中國言六藝者折中於夫子，可謂至聖矣！

可見縱然曲阜孔廟經歷了戰國紛亂、焚書坑儒、劉項稱雄，到了司馬遷之時，還依然保存著當年的廟貌。不僅如此，此地不僅是追懷孔子之所，還是青年儒生們習禮的場地。如果說孔子的遺物象徵著儒家艱難肇始的過去，習禮的儒生們則象徵著道統在滄桑變幻中傳承不斷，史公深受感動與感召，不言而喻。

138

孔子生前雖短暫在魯國擔任司寇之職，但大部分時間皆無緣官祿，故史公謂其為布衣，誠然。《三國志‧魏志‧文帝紀》稱譽他為「命世之大聖，億載之師表」，清聖祖玄燁更在曲阜孔廟題以「萬世師表」的匾額。孔子以前，豈無師徒之制？三代之時，學在王官，各種專業知識皆由家族所承襲，這種情況在春秋之際尚有存留。舉例而言，齊國太史兄弟三人先後直書「崔杼弒其君」，可見這個家族以修史為業。《莊子‧逍遙遊》記載宋國有世代以漂洗棉絮（洴澼絖）為事的家族，善製不龜手之藥，以防止皮膚在冬天凍裂——可見製造此藥本是漂洗業的專門知識。不難推想，學在王官的時代，從天子、諸侯、士大夫到庶人皆世守其業、世守其術。只是在當時看來，修史是較高尚的行業，漂洗是較低賤的行業，行業的差異決定了知識範疇的高卑。貴族子弟成年後有大用焉，故須學習詩書禮樂等高級知識，以應對四方、洞達古今，並培養有度的儀節、高雅的品味。但周室東遷，諸侯爭霸，小國貴族在國亡後淪為平民，也把詩書禮樂帶到了民間。孔子的祖先是宋國公族，後因避禍而逃到魯國。孔子雖自稱「吾少也賤」，但他十有五而志於學，未嘗非家學淵源之故。因此「萬世師表」的稱號，乃是贊許孔子開啟了中國「有教無類」的傳統，即便出身微賤者，也可一樣成為棟樑之材，平民教育不僅令知識廣為傳播，也讓不同階層、背景者透過詩書禮樂的學習而獲得尊嚴與尊敬，這正是仁義之大端。進而言之，祭祀孔子，與弘揚仁義之道，乃是一體之兩面。儒家言道統，必稱堯、舜、禹、湯、文、

武、周公、孔子，而孔子不同於先行者之處，正在於其布衣身分，這更體現出大道未必止賴於高位與重權方能流佈弘揚。

二

孔子之子孔鯉、孫孔伋、曾孫孔白、玄孫孔求皆以布衣終老。而六世孫孔箕曾為魏相，是孔子嫡裔出仕之始。八世孫孔謙被魏安釐王封為文信君、九世孫孔鮒被秦始皇封為文通君，當是封爵之始。漢高祖十二年（前 195），封孔鮒之弟孔騰為奉祀君，成為孔子嫡裔世襲的開端。這個爵位在漢魏六朝又更名為褒成君、褒成侯、褒亭侯、奉聖亭侯、宗聖侯、崇聖侯、恭聖侯、鄒國公、紹聖侯、褒聖侯等。唐玄宗開元二十七年（739），上孔子諡號文宣王，褒聖侯也擢為公爵，改稱文宣公。宋仁宗至和二年（1055），朝議以為祖諡不應加諸後嗣，因此改封孔宗願為衍聖公。衍聖公之爵號，歷經明、清、北洋時代，至民國二十四年（1935）方由國民政府改為大成至聖先師奉祀官。衍聖公一爵從創立至廢止，計有八百八十年之久（1055-1935）；若包括唐玄宗設立公爵（文宣公）之位，達一千一百一十六年之久（739-1935）；從漢高祖創設世襲爵位算起，更達二千一百三十年。再把非世襲之文信君、文通君一併相量，則為時猶長。

考察孔子的先世，一樣源遠流長。其十一世祖弗父何是宋閔公之子，與公子鮒祀為兄弟。閔公去世後，其弟煬公繼位，引起鮒祀

不滿，將煬公謀殺。鮒祀得逞後，敦促弗父何即位。弗父何考量情況，堅辭不受，於是鮒祀自立，是為宋厲公，並封弗父何為上卿。有人可惜弗父何一系與國君之位失諸交臂，實則弗父何當早已了解鮒祀勸進只是假意，若耽戀權勢不加辭讓，只怕重蹈煬公覆轍。再觀孔子十五世祖即微子啟、微仲衍，為商王帝乙之子、紂王的庶兄。武王伐紂後，將紂王太子武庚封於殷，不久引發三監之亂。據近人顧頡剛推斷，周公東征勝利後，武庚北奔，至遼西一帶建立北殷，對東北亞各族影響甚大。而周公封微子於宋，以繼承商王室香火。至於殷商始祖契（孔子四十四世祖）為帝嚳之子、帝嚳為少昊之孫、黃帝曾孫，則屬於神話時代的傳聞了。

值得注意的是，漢成帝綏和元年（前 8），訪求殷、周之後，授以爵位，以延續兩朝之血脈祭祀。於是命孔鮒之子孔隨的玄孫孔何齊為殷紹嘉侯，奉商王成湯祀，封地百里，食邑一千六百七十戶，至平帝元始四年（西元 4）更改稱宋公。高祖當年設立奉祀君之位，為何選擇孔鮒之弟孔騰、而非其子孔隨，今已難考。蓋因孔鮒於秦末加入陳勝軍隊，死於陳下；至劉邦立國後，一時無法覓得孔鮒之後，遂權封孔騰。一旦孔騰父子祖孫相繼，大勢乃成，無法改變。成帝時，孔鮒的後人已經覓得，且朝廷也知曉其方為孔子嫡長孫。成帝顯然認為，孔子一系相對於殷商王室只是旁支小宗，但殷室嫡裔已無法覓得，只好以孔子嫡長孫孔何齊奉祀成湯。如此一來有承祧大宗之意，二來對於孔鮒後人也算一種安撫，三來對於業已世襲孔子奉祀官的孔騰一系也不必異動。不過東漢以降，長房孔鮒一系的

殷紹嘉侯早已泯然無聞，次房孔騰一系的孔子奉祀官卻承承繼繼，瓜瓞延綿。這自然由於後人對孔子功德之感念，遠勝成湯武丁之故。（又曲阜城東有少昊陵，而少昊相傳為孔子四十七世嫡祖，但孔府歷來甚少祭祀少昊。）

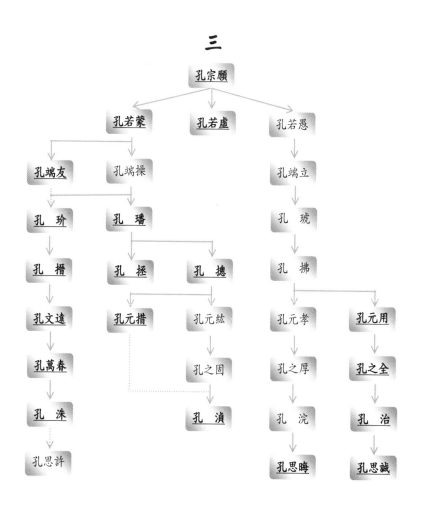

三

142

孔氏家族另一次著名的改嫡事件，始於宋金之際南北宗之分立，而以元代初年所謂「孔洙讓爵」最為人知，與宋金元三代更迭關係極大。靖康難後，衍聖公孔端友護送宋高宗南渡，定居浙江衢州。端友無子，遂以其弟端操第四子孔玠襲爵，是為南宗之始。此後歷傳孔搢、孔文遠、孔萬春，至宋理宗紹定四年（1231），年僅三歲的孔洙繼位。

　　孔端友南渡後，其弟孔端操留曲阜，金人遂令端操主持祭祀。端操有四子，除幼子孔玠隨端友南渡外，尚有孔瑄、孔璠、孔瓆三人。孔瑄其人或為庶長子，據記載為江西新建支始祖，其他難考。次子孔璠在端操去世權襲封衍聖公，是為北宗之始。此後歷傳孔拯、孔摠、孔元措。

　　孔元措無子，以其弟孔元紘之孫、孔之固獨子孔湞為後。孔湞之母為側室，不容於正室任氏。孔之固去世後，任氏將孔湞母子逐出，孔湞生母被迫改嫁李家。孔元措得知此事，把孔湞接回撫養。元憲宗蒙哥元年（1251），孔元措去世，侄孫孔湞襲封。

　　話分兩頭。金宣宗貞祐三年（1215），金人迫於蒙古侵略而南遷汴梁，令衍聖公孔元措赴汴京隨朝任職，元措族弟孔元用留守曲阜。五年後，蒙古佔領山東，孔元用權襲封衍聖公。又四年，南宋收復山東，未幾蒙古再次攻陷曲阜。兩度易幟，孔元用的衍聖公一爵卻並未變更。元太祖成吉思汗二十一年（1226），孔元用隨蒙軍進攻益

都而陣亡，其子孔之全權主祭祀事。金哀宗天興二年（1233），蒙軍克汴梁，得孔元措。元太宗窩闊臺仍以孔元措為衍聖公，免去孔之全衍聖公封號，只任曲阜縣尹。孔之全去世後，其子孔治承襲曲阜縣令，兼主孔廟祀事。

此時正值孔湞襲封。孔湞性喜畋獵，不修祀事，遭族人群起攻訐。孔治因此上書元憲宗蒙哥，謂孔湞為李氏子，並無繼承衍聖公的資格。任氏對於自己當年因妒逐出孔湞母子之舉極為後悔，力陳孔湞確是孔裔，卻無補於事。憲宗終於褫奪了孔湞的爵位，令其改任淮州知州，同時卻並未另選襲封之人。

憲宗去世後，世祖忽必烈即位，至元十三年（1276）滅宋，南宗衍聖公孔洙於宋亡後不仕。至元十九年（1282），元廷以為孔氏子孫寓衢州者為大宗，召孔洙赴大都，欲著其回曲阜襲封。孔洙卻以先世廬墓在衢，不忍遠離，願意讓爵位於曲阜宗弟孔治；又以母親年老，請求南歸。世祖稱許道：「寧違榮而不違道，真聖人之後也！」准其所請。據說孔洙無子，以族子孔思許為後。

孔洙「讓爵」前夕，孔治只擔任曲阜縣尹，代管祭祀，卻並非北宗衍聖公。直到成宗元貞元年（1295），孔治才正式襲封。大德十一年（1307），孔治去世，其子孔思誠繼位。不久，孔氏族人上書朝廷，指出孔思誠並非孔子嫡長孫，請求改命孔思晦為衍聖公。仁宗查閱孔氏譜牒後，於延祐三年（1316）下令，衍聖公之位由思誠族弟思晦繼承，思誠只擔任曲阜縣尹。南北宗之紛擾，至此才基本上落幕。

四

要進一步了解南北宗之爭，不妨從幾個關鍵點切入。首先，孔端友是長子嫡孫，毋庸置疑。然端友無子，而以其弟端操之第四子孔玠為嗣。過繼之舉不僅為孔氏族人，也必然為南宋官方所認可。但若僅從血緣而論，南宗孔玠卻是北宗孔璠之弟。

次者，歷代北宗衍聖公，皆為權襲封。可見金人雖以中原正統自許，卻仍以南宗為正宗。金興定四年（1220），蒙古佔領山東後，對孔元用的委任仍是權襲封。另一方面，南宋短暫收復山東次年，亦即宋理宗寶慶元年（1225），也命孔元用襲封衍聖公。當時南宗衍聖公為孔文遠，而南宋依然委任孔元用，顯然了解到南北對峙已久，仍須分治。

其三，就北宗而言，孔湞確為嫡系，卻遭元憲宗罷黜。今人或認為孔治上書乃是存心奪嫡，不為無因。但孔治的確更深於儒學，且管理孔廟有方，這是孔湞難以企及的。

其四，孔治去世後，其子思誠繼任，孔氏族人上書請求廢黜。此舉頗堪玩味。假如思誠非嫡裔，其父孔治也一樣不是。查孔元用、孔之全、孔治祖孫三代，乃是孔若蒙三弟孔若愚之後，顯然並非長子嫡孫。然因與元廷關係密切，長期權襲封衍聖公，負責祭祀。但孔氏族人依然認為，此支不是最佳選擇。思誠初立、根基尚淺，又值元仁宗崇儒，故而乘時上書。

董塘雜文錄：以寫療寫

其五，孔氏族人聲稱孔思晦「嫡長且賢」，理應襲爵。元仁宗親自查核孔氏譜牒後，所見亦同。然孔思晦曾祖父孔元孝乃孔元用次兄（長兄元直無後）、孔若愚玄孫，謂思晦為若愚一系嫡長則可，謂其為北宗、乃至整個孔氏家族之嫡長卻未必。但若蒙後裔中，南宗一系已經「讓爵」；元憲宗罷黜孔湞，未必因其血統，而是因其不學無術，如此定讞不宜翻案。加上思晦德聲昭著，因此眾望所歸。

其六，所謂南宗、北宗，主要是針對南宋金元時期而言。元仁宗冊立孔思晦，標誌著這位新任衍聖公及其繼承者已超越了南北之爭。今日所見孔府報本堂中供奉的孔氏先祖從孔思晦開始，其意在此。仁宗此舉顯然最為合理，否則其後來自南方的明太祖根本不必讓孔思晦一系繼續擔任衍聖公。

其七，孔洙「讓爵」後，元世祖為避免爭執，制定《整治孔子弟子違犯家規》，申令南宗孔氏不可背忘孔洙德讓之風範，不可覬覦衍聖公之位。南宗失爵，一度猥如庶氓。至明武宗正德元年（1506），方在衢州知府沈傑的支持下冊封南宗孔彥繩世襲五經博士，清代仍之。據南宗的說法，孔洙無後，遂以族姪孔思許為嗣；思許亦無後，彥繩為思許弟思俊的六世孫。然元代後期陳旅有〈送孔彥明教授建昌序〉，可證孔洙並非無後。孔彥明本名公輔，字彥明，為孔洙之孫。陳旅此文謂彥明將為建昌儒學教授，「求言於余。余告之曰：彥明，子兄弟必襲封而後為能世其家乎？蓋能傳夫子之道以教人者，誠世職也。」文字透露出孔彥明難忘祖父失爵，故加以慰藉。又據《國朝

獻徵錄》所載〈正議大夫資治尹刑部左侍郎孔公文英墓誌銘〉之言，孔彥明為墓主文英之祖父，「值宋季兵作，徙家武安，再徙邯鄲。父志學。又徙陝西安化縣，遂家焉。比再世皆積行，隱德弗耀」。而孔文英「於世利澹然寡嗜好」，景泰七年（1457）卒於官。此時距離孔彥繩授官不到五十年。今人趙文坦指出，孔彥繩於弘治十一年（1498）年改刊家譜，涉嫌偽造，以其高祖父思許接續孔洙，雖遭曲阜方面質疑，卻得到衢州知府沈傑祖護。故其後多有文人把孔彥繩一系當作「孔子嫡派」者。無論如何，孔洙嫡系後裔早已北遷，且默默無聞，當是事實。

民國二年（1913），北洋政府頒布《崇聖典例》，保留衍聖公爵位，而南宗五經博士則改為大成至聖先師南宗奉祀官，協助衍聖公祭祀工作，地位與四配（即亞聖孟子、宗聖曾子、復聖顏子及述聖子思）奉祀官地位相同。北伐後，改衍聖公為大成至聖先師南宗奉祀官，為特任官（相當於部長）；而南宗及四配奉祀官則為簡任官（相當於司長級）。國府不將改自衍聖公之奉祀官一職加上「北宗」字樣，顯然對於南北二宗及衍聖公爵位的發展演變過程是了解的。

附帶一提，近來有人嘗試以基因科學及出土文物為證，提出：蒙古人希望利用孔家來控制漢人，但是孔子後人並不配合，所以元廷策劃另找一個蒙古人（孔思晦）來篡奪孔氏血脈，並將一干孔子後人屠戮殆盡。此說聳人聽聞，卻頗有漏洞。孔思誠父祖與蒙元關係緊密，若元仁宗僅著眼於控制漢人，根本無須以思晦來取代思誠。

且孔思晦一介儒生，將孔裔屠戮殆盡居然無人知曉，可謂大奇。孔思晦去世不久後，明太祖以「驅除韃虜，復我中華」為號召而推翻元朝，隨即下令纂修元史。孔思晦若有此惡行，《元史‧孔思晦傳》的作者竟對傳主稱譽有加，也甚可怪。

筆者以為孔思晦的冊立，顯示作為孔子嫡裔須有三統之加持：其一為血統。就原北宗而言，孔思晦為孔若愚一系的嫡長孫，地位較孔思誠為高。其二為法統。元代孔洙「讓爵」、孔思晦繼立二事，並未遭受後世質疑。孔思晦之後裔在明、清兩代仍被奉為孔子嫡長孫可知。這固然因為元世祖、仁宗處理手法較為圓融，更因元代被視為正統王朝，其舉措受到包括明太祖在內的明、清歷代元首所支持、承認。其三為道統。歷代孔子嫡長孫皆以研習、講授儒學為業。與孔思誠相比，孔思晦的儒學修養與成就自然更容易令人歸心（孔滇遭黜的原因也類似）。

五

孔子家族在司馬遷之世才傳承十餘代，但時至今日則已超過八十代。生於民初的七十七代嫡長孫、末代衍聖公孔德成先生（1920-2008），可謂見證了中國現代史上的風風雨雨。孔先生為遺腹子，出生未幾，生母、嫡母也相繼去世。在成長的過程中，與他最親近的丁惟汾、莊陔蘭、呂金山、王獻唐、屈萬里、李炳南諸公，皆是同道師友。如此怙恃兩失的生活，對於一個孩子而言是可憐的，卻為他

潛心治學創造了最佳環境。抗戰爆發後，蔣介石為免孔先生遭日軍
挾持，特意安排他立即前往大後方重慶。在那裡，孔先生與大批學
者論道問學，打下了深厚的學術基礎。孔先生以推廣儒家文化為終
生職志，在臺灣大學任教五十餘年，死而後已。可是，他經常聲言
自己並非「傳教士」。記得旁聽孔先生授課時，他提出儒家三年之喪
乃是改造東夷舊俗而成，又相信《尚書‧堯典》乃晚出之作⋯⋯這
些「離經叛道」之說竟出自堂堂衍聖公之口，保守者也許覺得不可
思議，卻正正顯示出孔先生之通達。曾永義老師說歷代衍聖公中，
學問深如孔先生者並不多見，這不可不謂殷憂啟聖之功。

　　一九六○年代，臺灣發起「中華文化復興運動」，孔先生是重
要推手之一。舉例而言，他與臺靜農先生主持《儀禮》復原研究小
組，指導眾多青年學者為《儀禮》十七篇作註，並拍攝〈士昏禮〉影
片。另一方面，孔先生也積極參與臺灣各縣市孔廟的工作。目前全
臺孔廟達四十餘座，官立、私立者皆有。其中最早者為明永曆二十
年（1666）鄭經於臺南所立（其尊行的「雅樂十三音」發源於古府城
禮樂局，是臺灣最悠久的雅樂）。此後的清代、日據時代和國府遷臺
後皆有新建廟宇。如建於一九七四年的臺中孔廟參考曲阜孔廟，建
於一九七六年的高雄孔廟仿故宮太和殿規制，構築過程都得到孔先
生的指導。每年九月二十八日孔子誕辰，孔先生都會在臺北大龍峒
孔廟主持祭禮，主要祭儀共分三十七個程序。佾舞方面，佾生一直
由大龍國小學生擔任，男女皆可，採六佾編制，每佾六人，採用明

朝服飾。

　　任職宜蘭佛光大學的那些日子，暇時常會造訪廟宇。與香火鼎盛的觀音、媽祖、關公諸廟不同，宜蘭孔廟總予人清幽素淨之感。一次有幾位同學隨行，其中一位自稱略有「靈異體質」，在不同的廟宇中能感覺到不同神明的存在。哪知進了孔廟後，她卻說：「什麼都感覺不到。」週四如常到臺大旁聽孔先生的課，休息時言及此事。孔先生大笑道：「孔子是人不是神，什麼都感覺不到，這就對了。更何況『子不語怪力亂神』？」

　　轉眼之間，孔先生已辭世十載。今年研修假期，重返臺北。無論在臺大、臺北孔廟還是國父紀念館的展場，耳邊都不時響起孔先生的笑聲。當此之際，我情願相信真有一個神明世界，孔先生就在彼處與先祖、師友們開懷暢敘，而爽朗的笑聲，就是從那個世界傳來的。謹以舊作七律一首收結曰：

> 凌雲鶴駕欲追難。棣棣威儀思漢官。
>
> 此際六軍同躑躅，當時五馬異衣冠。
>
> 詩書猶幸昭鯤海，荊杞堪聞生杏壇。
>
> 霽色何年洙泗曉，古來王道不偏安。

2019.05.03.

* 本文原刊於微信公眾號「孔子與儒家文化研究所」（2019.05.21），題為〈細數孔家〉。後轉載於《華人文化研究》第 7 卷第 1 期（2019.06），頁 247-252。

加身空費黃袍計

——從宋太祖說起

「黃袍加身」的掌故，可謂膾炙人口：後周顯德七年（960）正月初二，朝廷得悉契丹南侵，派殿前都點檢趙匡胤率兵禦敵。軍隊抵達陳橋驛時，驟然譁變，把一襲黃袍披在趙匡胤身上，擁立為帝，是為宋太祖。這就是宋代歷史的起點。

黃袍，無疑是帝王和皇權的象徵。不過有趣的是，傳世幾幅趙匡胤的正式畫像中，卻無一幅身穿黃袍。那麼這件加身的黃袍，只是一種隱喻麼？這也許要追溯到十年前的另一場兵變。當時，後周的建立者郭威便是在譁變中被擁立的，軍中「或裂黃旗以被威體」（《通鑑》）。這面黃旗當然也具有隱喻性，但其色為黃，應無疑問。據說當時趙匡胤也在軍中，因此陳橋兵變不過依樣畫葫蘆而已。只是相比之下，宋太祖的軍中竟有黃袍，必定是預謀在先。

再翻閱歷代宋帝畫像，不難發現太祖、太宗穿的素白袍，真宗以降十餘帝大多穿素紅袍——無論白袍、紅袍，衣面都沒有任何圖案花紋，此之謂「素」，體現出宋代的淡雅美學。宋太祖即位後，便已推定宋朝為火德；到真宗時，才確定帝服尚赤。而太祖、太宗衣白，一般認為是禮制尚未規範之故。近來有學者指出，太祖、太宗畫像中的袍服摺縫處檢驗出黃色顏料，可見所穿袍服本為淺黃色，只是年代久遠而呈白色了。如此看來，宋代帝王是素黃袍、素紅袍

皆可加身，只是平日為體現火德，故穿紅袍較多。

五德終始觀念肇端於戰國，五行與五方、五色相配，東方青木、南方赤火、中央黃土、西方白金、北方黑水。宋帝因火德而著紅袍，不難令人聯想起秦帝因水德而著黑袍。秦德尚黑，家喻戶曉，影視作品如果拍出「黃袍加身」版的秦始皇，恐貽荒腔走板之譏。這與戲臺和螢幕上必須身穿觀眾期待之黃龍袍來與包青天演對手戲的宋仁宗相比，大相逕庭。

五德說由秦代正式採用，至南宋亡國而結束，始於水，終於火。在五德說左右政壇的一千五百年裡，幾乎每個新朝建立，都要「推五德、易服色」，也就是配合新德來製作顏色相應的袍服。不過綜覽列朝，以土德自居的只有新莽、曹魏、南陳和李唐而已——原來唐太宗李世民那幅著名的畫像，身穿黃袍乃是土德之故。或許出於對唐代輝煌的歷史記憶，令郭威、趙匡胤於其加身織物都選擇了黃色。明清兩朝，君權空前膨脹，不甘屈居一德而欲五德兼備。民間雖傳言「明火清水」，但官方卻不再推演五德。如此一來，明清帝王袍服的形制縱有不同，尚黃卻一以貫之，未因改朝換代而變異。而現代人對黃袍的記憶，也日益固化。

進一步看，黃色與中央土相配而稱尊，還有更深層的原因。這就要追溯到原始華夏族的上帝——軒轅黃帝。《山海經》中的黃帝「狀如黃囊，赤如丹火」，是太陽的化身。《說文解字》謂黃字的構造「從田從炗」，「炗」是「光」字的古文。《風俗通》則云：「黃，光也。」

可證黃、皇、煌、光等字在古代音近義通，都在狀述太陽之光明。（黃色在英語為 yellow、法語為 jaune、德語為 Gelb、義大利語為 giallo、俄語為 жёлтый、拉丁語為 helvus，皆來自原始印歐語 $*\hat{g}^h elh_3$-，亦即發光之意，可見心理攸同。）加上華夏族早期居於黃土高原，土色與日光相映，因此，黃帝這位「皇天」日神也逐漸包納了「后土」的特性。

再看《孫子》佚文，記載黃帝透過征伐而戰勝青、赤、白、黑四帝，成為天下共主。華夏族僻處西北，而其崇拜的黃帝卻號稱「中央之帝」，足見「中央」一名並非就地理意義而言，更隱藏著政治內涵。故五德說興起後，黃帝在五方帝間的地位就更崇高了。如《呂氏春秋》把青、赤、白、黑四帝分派春、夏、秋、冬四季，中央土不屬於任何一季，其實也就無所不在，恰如《白虎通義》言「土王四季，居中央不名時」，是由於「木非土不生，火非土不榮，金非土不成，水無土不高」。

黃、赤原本都用來狀述太陽的光明，一旦進入五方五色體系，就必須加以區隔。赤色顯眼，予人以天然的視覺衝擊。相形之下，黃色必須發展出自身的獨特表述。從《左傳》「黃，中之色也」到《白虎通義》「黃者中和之色」，在「中央」、「中和」等因子的影響下，柔和溫暖而不富於刺激性，逐漸成為黃色的新內涵。而較後起的神話中，黃帝也從日神轉化成更具有抽象性質的混沌之神了。

中國和西方的創世神話，都說開闢以前是一片混沌。希臘神話中的 Chaos 是黑暗與黑夜的源頭，《聖經·創世紀》開篇便云「淵面黑暗」，光明產生於黑暗之後。但中國先秦神話的混沌卻不然：它被視為太和元氣，必須兼備黑暗與光明的種子，才能萌生黑暗與光明——這正體現出中國古代二元而回環式（而非一元而射線式）的思維模式。《老子》說混沌至道「其上不皦，其下不昧」，「迎之不見其首，隨之不見其後」，便是此意。

混沌化身的黃帝，既是無為而無不為的「中央之帝」，必須有不偏不倚的神格，這種特性正是儒家和道家「中道」思想的來源。儒家主張「中庸」，庸者常也，並非平庸，而是恆久。一如雜技演員踩在鋼絲上，固須不偏不倚；若想維持這種不偏不倚的狀態，卻比傾向任何一側困難得多。至於道家，不是講柔弱勝剛強的道理嘛，怎麼會是「中道」？實際上，正因儒家提倡進取，道家才補足式地提醒人們不要忘了退守也自有好處。所謂「功成身退天之道」，功成顯然是身退的大前提。

現代作家深諳中和之道的，金庸大概首屈一指。第三次華山論劍結束後，東邪、西狂、南僧、北俠各就其位，黃藥師逗弄周伯通道：「中央的那一位，該當由誰居之？」又假意推舉黃蓉。誰知這老頑童完全不發急，反而高興而真誠地附議。原來他「天真爛漫，胸中更無半點機心，雖然天性好武，卻從無爭雄揚名的念頭，決沒想到自己是否該算五絕之一」。難怪聰明絕頂的黃藥師都稱許道：「老

頑童啊老頑童，你當真了不起，我黃老邪對『名』淡薄，一燈大師視『名』為虛幻，只有你，卻是心中空空蕩蕩，本來便不存『名』之一念，可又比我們高出一籌了！」何止如此，若徵諸《老子》「聖人無心」、「聖人皆孩之」、「明白四達，能無知乎」之說，混沌化身的老頑童甚至比他那道士師兄中神通王重陽都要高出一籌。

　　無心無知方能冠絕武林，不皦不昧方能溝通幽明，無首無後方能貫徹終始。黃袍可以青、可以赤、可以白、可以黑，黃土也可「be wooden」、「be fiery」、「be metallic」、「be watery」。中和之道，其在茲乎！謹以律偈一首收結此文曰：

> 渾沌莫分陽與陰。隨他東木復西金。
>
> 加身空費黃袍計，閉目方知碧海音。
>
> 難贊一詞道可道，常同百姓心為心。
>
> 柔堅自若安馳騁，得力功夫在寂岑。

2020.02.02.

*本文原刊於《無形》文學雜誌第 23 卷（2020.03），頁 2-5。

大名帝象避群凶

——孫中山幼名與北帝信仰

國父孫中山先生於一八八三年入讀拔萃書室時，注冊姓名為 Sün Tui Chew（即孫帝象，此為拔萃校友、中文大學數學系方穎聰博士首先發現）。舊時父母畏子女夭折，往往讓子女與神明上契。而孫中山原籍所在的廣東香山翠亨村，有一座著名的北極殿，奉祀北帝。孫中山乳名帝象，即認北帝為義父、蒙其庇佑之意。後人附會，說他出生後，其父孫達成請相士為他算命，相士稱他有「九五之尊，皇帝之命」，故孫達成為其取乳名為帝象云云。然考諸正史，國父之兄孫眉，乳名為孫帝眉。兩兄弟乳名皆有帝字，莫非都有所謂「皇帝命」？孫達成當時果真包藏此心，只怕老早就有「積極分子」告官問罪了。足見此說望文生義，實不可信。

負笈拔萃未幾，孫中山受洗加入公理宗，「異教」色彩的帝象一名自難再用。於是他改名德明，字日新（《禮記・大學》有明德日新之語），轉學皇仁後又以逸仙為號，與日新為一音之轉。由於信奉了基督教，孫中山與兄長孫眉發生爭執。孫眉一氣之下，把他送回了香山老家。回鄉後，孫中山視北極殿內諸神為迷信偶像，與陸皓東一起毀壞北帝神像的臂膀，遂為鄉里所不容。

少年孫中山此舉雖然過激，無疑卻是出於喚醒民智的良善動機。有趣的是，後來在臺灣竟出現了這樣的傳說：清代後期內憂外患，於是天界決定派一位真命天子來終結清朝，北帝獲薦中選，領受玉旨，下凡投胎成為孫中山，而其麾下的龜蛇二將即分別為蔣、毛。此說固然更為附會，卻可見孫中山早年與北帝的關係，後人依然記憶猶新。

　　北帝又名玄天上帝、玄武大帝、真武大帝，其淵源可追溯至上古時代的玄武——北方天帝顓頊的神佐、二十八宿的北方七宿。從古到今，玄武都被認為是龜蛇合體。而宋代以後，北帝逐漸演變成白面長鬚、身穿袞服、披髮跣足、腳踏龜蛇的形象。然而北宋初年，玄武（後改稱真武，封為佑聖真君）只是與天蓬、天猷、黑煞並列的北極四聖之一。大概宋仁宗以降，其地位才日益突顯。今天杭州有一條不太起眼的佑聖觀巷，南宋時代卻是龍興之所：原來宋高宗無子，選定孝宗為子，而孝宗的宅第就在此巷。孝宗之子光宗、孫寧宗，都在此出生。此後，宅第改為道院，供奉真武神，故名佑聖觀。（這與清世宗繼位後，雍王府改為雍和宮的方式如出一轍。）到了明代，佑聖觀每逢真武誕辰，舉辦各種活動，杭城男女青年皆頭戴薺花前來參加，有「三春帶薺花，桃李羞繁華」之民謠。此後觀內設火藥局，至清初順治十年（1653）七月發生爆炸，殿毀人傷，繁華景象遂不復存在。

董塘雜文錄：以寫蒼穹

南宋將孝宗龍興之所改為佑聖觀，可見北帝信仰在當時的地位。此後元世祖忽必烈建造大都時，龜蛇出現於高粱河，於是於昭應宮崇祀玄武。到了明惠帝時，鎮守北方的燕王朱棣甚至自稱是北帝轉世。靖難之變，燕王即位為明成祖，全國遍設北帝廟，北帝塑像皆以成祖御容為藍本。據說成祖召見雕塑匠時正在浴室，故北帝的形象為披髮跣足。此說未必可靠，因這種造型早在宋代便已經出現了。

滿清入關後，盡量在文化上消除前明的影響，北帝作為降妖除魔的戰神職能被關帝取代，作為保佑航海的水神職能被媽祖取代，而在廣東、福建乃至南洋卻尚能倖存。究其原因，一來是沿海地區距離京師較遠，二來南方屬火，當地居民相信要以北帝之水相濟，方能天下太平。即觀香港彈丸之地，著名的北帝廟確為數不少。如長洲玉虛宮，以每年一度的太平清醮知名。灣仔玉虛宮，二戰以前的每年「北帝誕」（農曆三月初三）皆會演劇誌慶，萬人空巷。馬頭圍北帝廟，後來遷到紅磡鶴園，但原址廟前馬路名北帝街，沿用至今，現為知名的消夜場地。如印尼民丹島的丹絨檳榔市，大小港口皆有玄天上帝廟，聲勢甚至較媽祖為盛。究其原因，當係在地華僑多為明代遷徙而來之故。據說如果聖號為「玄天上帝」，則往往有洪門背景，當年以反清復明為訴求；若為「元天上帝」，則係避清聖祖玄燁之諱，政治立場已然不同。不過，由於印尼的排華餘緒，道教廟宇一般會遭受政府苛責。因此玄天上帝廟中，主祀的北帝像左側往往以釋迦牟尼佛陪祀（佛教被視為國際化的宗教），如此一來，便

可逃過關閉大吉的命運了。佛因道而興、道因佛而存，不料放諸南洋亦然。

　　北帝在清代的影響除了沿海省份及南洋以外，不可忽略的還有湖廣一帶。原來著名的湖北武當山，乃是最大的北帝道場；再觀漢水匯入長江處，北岸的漢陽有大別山，南岸的武昌有黃鶴磯（因黃鶴樓得名），兩山被認為是北帝腳下龜蛇所化，明代以降分別改名為龜山與蛇山。而蛇山腳下的閱馬場紅樓，恰好就是辛亥革命的搖籃。如是觀之，武漢這個古城與孫中山，除了革命的紐帶，竟還隱藏著一條北帝文化的伏線。

　　繼去年南京之行後，拔萃男書院劉家業老師今年第二次組織歷史文化考察團，行程選擇了武漢與河南。河南白馬寺、龍門石窟、中嶽廟、開封府等處，大家都耳熟能詳，不待饒舌。由於我一向對神話傳說及近代掌故頗為關注，茲僅以武漢為例，鉤沉其與孫中山、粵港乃至拔萃的「特殊關係」，聊備看官談助，並壯考察之行色。唯今日午後恰好途經北帝街，以粵語七律打油一首，茲逐錄於此，以博看官一粲：

上契玄天好過冬。大名帝象避群凶。

回鄉反咗北極殿，受洗入埋公理宗。

壬癸為財水常緊，龜蛇繼位法難鬆。

又逢秦政回魂際，消夜依然四處龍。

2016.12.31.

新春寅虎說籤詩

——壬寅年初二車公靈籤為什麼這麼難解？

　　壬寅大年初二，鄉議局人員在車公廟抽出第三十八籤，隨即有好幾位作者撰文解讀，而我則僅在臉書分析格律和文字訛誤而已。茲蒙「虛詞」邀我詳加討論，只是珠玉在前，豈敢饒舌？於是另闢蹊徑，先就籤詩歷史略作介紹，再就車公籤詩之剩義闡發一二。不當之處，還請指正。

從北帝籤詩說起

　　籤詩是一種特殊的韻文體式。《詩經》、《楚辭》以來，漢語詩歌具有強烈的抒情傳統。即使作品中存在著哲理意味、敘事成份，究竟仍服務於抒情主旨。打開《昭明文選》，即使箴、銘、贊、誄等體裁同樣有押韻的要求，卻並不屬於傳統詩歌的類別。然而，籤詩既然以預測與勸善為依歸，其抒情性自然就讓位於說理性了。加上籤詩產生的背景往往不可考，因此並不容易從文學的角度加以研究。我在臺灣工作時，指導過一位碩士生撰寫學位論文《關帝及觀音籤詩比較研究》，尤覺難度甚大。

　　籤詩雖可以追溯至《周易》卦爻辭，但正式流行大概還在唐代。由於籤紙的面積有限，加上當時符合格律的近體詩已經發展成熟，

菫塘雜文錄：以寫兼寫

所以籤詩一般以五七言絕句為主。不過，古代籤詩流傳至今者為數有限，明代《正統道藏》收錄了十部左右的靈籤，但當今仍在使用的大概只有《四聖真君靈籤》（下稱《四聖籤》）。所謂四聖，即北極紫微大帝座下天蓬、天猷、黑煞、玄武四大將。其中玄武神就是玄天上帝，又稱真武、北帝，至今猶為閩粵港臺及南洋華人所崇祀。《四聖籤》大概產生於北宋年間，一套共四十九支，每支正文有三首合乎格律的七言絕句。後來，隨著玄武神越來越受信眾歡迎，於是又產生了一套《玄天上帝感應靈籤》（下稱《玄帝籤》）。《玄帝籤》收錄於《萬曆續道藏》，總共也是四十九支，每籤八首七絕，皆合格律，產生時間不早於北宋末年。八首七絕中，最重要的「聖意」一首轉錄自《四聖籤》，一脈相承，其餘則是新作。整體而言，《四聖籤》和《玄帝籤》的籤詩排序是一樣的，每籤還有品次（如上上、大吉、中平、下下等），但兩套籤詩品次相同的卻只有十支而已。

《玄帝籤》是至今唯一仍在使用的早期籤詩，在廣東、福建、臺灣仍然流行，其中又以汕尾元山寺為祖廟。現在網上流傳的「北帝靈籤」，就是元山寺籤。香港陳湘記書局印有一冊《北帝靈籤》，同樣也屬於元山寺籤系統。我曾發現，雖然廣東某些廟宇用的是陳湘記本子，然而香港的北帝廟好像沒有一間在使用（長洲玉虛宮用的是民初另撰的一套，共一百支；灣仔玉虛宮的五絕籤詩雖也見於陳湘記《北帝靈籤》，卻是近人補撰，並非《玄帝籤》所固有）。只是元山寺籤長期流傳民間，在抄錄時產生了不少訛誤，這些訛誤在與

《玄帝籤》比對時可謂一目了然。從版本學的角度來說，文本只要轉錄一次，就會產生訛誤，無論訛誤的產生是有意抑或無意。如果懂得平仄格律，這些訛誤至少就能考訂一半。因此，我在四年前寫過一篇拙文，考察北帝籤詩的版本源流及文本演變。[2] 有這樣的因緣，我對籤詩一直比較注意。

車公籤詩訛誤：以牛年第九十二籤為例

　　基於前文所言的理由，研究籤詩者多半是從宗教信仰或歷史文化的角度切入。但是，由於比較古老的籤詩一般都是合乎格律的絕句，如果沒有受過詩詞創作的訓練，未必能看出箇中訛誤——尤其是在沒有其他版本加以校讎的情況下。也許好奇的朋友會問：「難道籤詩一定合乎格律嗎？」如果籤詩產生於清末以前，一般皆合乎格律，因為絕句基本上都是近體詩。科舉時代，這些廟宇要吸引讀書人，籤詩必須有一定水準。試想在一個求籤的明朝書生心目中，天神降諭豈有不合格律之理？如果所抽籤詩格律亂套、素質低落，他還會相信這個神明嗎？（記得有師長輩寫過一篇論文，探討香港某個濟公乩壇的乩詩。每次濟公降神便寫一首七律，眾弟子紛紛和詩。由此可見，神明創作近體詩也十分在行。一粲。）因此，縱使合

2 陳煒舜、金玉琦：〈玄天上帝籤詩演變管窺〉，收入李瑞騰、卓清芬、李宜學主編：《回眸・凝視：明清文學與文化研究論集》（臺北：臺灣學生書局，2018），頁179-234。

乎格律的籤詩產生時代未必久遠，但不合格律的籤詩十之八九都產生於民國建立、近體詩創作不再流行以後。對於文學研究者，籤詩的格律既是選樣取捨的準則，也是研究起點的保障。

香港車公廟的籤詩基本上合乎格律，都是近體七絕，大概產生於清末民初或更早，其傳鈔訛誤也很明顯。去年新春，鄉議局人員抽得九十二號中籤，茲迻錄於下，並逐字標出平仄：

> 人生何在逞英豪，天理人情只要公。
> 平平平仄仄平平，平仄平平仄仄平。
>
> 天眼恢恢疏不漏，定然作福福來縱。
> 平仄平平平仄仄，仄平仄仄仄平平。

這首七絕為平起平收式，首句用韻，也就是一、二、四句押韻。但三個韻腳中，「豪」、「縱」都有問題。第二句最為可靠：韻腳為「公」，全詩應該押上平一東韻。但是，第一句末字「豪」為平聲，屬於下平四豪韻，與第二句並不押韻。（首句用韻則平收，不用韻則仄收，這是創作近體詩的常識。）

其次，第四句末字「縱」，「縱橫」之「縱」讀平聲（音宗），「放縱」之「縱」讀去聲（音綜）。此處既是韻腳，一定要讀平聲，但如果解釋為「縱橫」之「縱」，意思就有點生澀了。因此，「縱」疑是「從」的形訛。「從」雖為上平二冬韻，仍能以借韻的方式相押。

不過整體來說，全詩的格律還是工整的，可知創作者諳熟詩律，大概是清末讀書人。如果不懂平仄還字字格律工整，恐怕沒有這樣的機率。故此不難猜想，「豪」、「縱」二字當屬傳鈔之訛，與作者無關。此詩的原貌當為：

　　　　人生何在逞英雄。天理人情只要公。

　　　　天眼恢恢疏不漏，定然作福福來從。

車公籤詩試解：以虎年第三十八籤為例

　　虎年新春，鄉議局人員抽得三十八號中籤，茲仍逐錄於下，並逐字標出平仄：

　　　　人扳高處求真果，我向低邊拾芥薑。
　　　　平平平仄平平仄，仄仄平平仄仄平。

　　　　媚奧不如去媚灶，莫教涉獵逞英豪。
　　　　仄仄仄平仄仄仄，仄平仄仄仄平平。

試解之前，還是先指出一處傳鈔訛誤。此詩為平起仄收式，也就是首句不押韻，只有第二、四句押韻。但是第二句收「薑」，為下平七陽韻；第四句又收「豪」，為下平四豪韻。因此，這首籤詩同樣出現

了失韻的情況。那麼，抄錯的到底是「薑」字還是「豪」字呢？我認為「芥薑」是一個固定詞語，抄錯的機會比較小，而「英豪」很有可能是「豪強」的訛誤。「英豪」褒義，「豪強」略帶貶義，玩味上下文，用「豪強」也許更為貼切。而且「強」和「薑」都在陽韻，如此才能相押。因此，這首詩原來的版本應是：

> 人扳高處求真果，我向低邊拾芥薑。
>
> 媚奧不如去媚灶，莫教涉獵逞豪強。

幸運的是，無論是這一首「豪強」訛作「英豪」，還是上一首「英雄」訛作「英豪」，對於文義的影響基本上都不大。我在探研北帝靈籤時，的確發現過因文字錯抄而導致文義南轅北轍的現象。茲不贅言。

現在就全詩內容稍作解讀。第一、二句為對偶（雖然「真果」為偏正結構、「芥薑」為並列結構，不盡工整），兩句文義相反相成。「真果」即真實不虛的佛果，「芥薑」為非常普通的蔬菜。兩句類似《老子》所言：「俗人昭昭，我獨昏昏；俗人察察，我獨悶悶。」含有人棄我取之意。當人人都爭先恐後向高處攀登、追求心目中的最高理想時，我卻理解到平淡是福，即使腳下普通的芥菜、生薑，我也能發現它們的益處，俯拾即是，道不遠求。這正呼應了籤解「凡事守舊，自身平安」之意。

第三句「媚奧不如去媚灶」出自《論語‧八佾》，不少作者已經點出：

> 王孫賈問曰：「與其媚於奧，寧媚於灶，何謂也？」子曰：「不然，獲罪於天，無所禱也。」

所謂「媚奧媚灶」是當時的諺語。奧為土地神，是一宅之尊神；灶君專管廚房，品第則稍低。尊神一般在天上，而灶君卻住在家中，還會記錄這家人的言行上報天庭，利害更為攸關。衛靈公的大夫王孫賈引用這條諺語，是要向初到衛國的孔子暗示：與其討好衛靈公，不如巴結自己更有成效。這個道理，古人今人都很明白。滿人崇尚薩滿教，他們知道與其祭祀「民無能名」的上帝，倒不如祭祀上帝手下各個「功能組別」的神明。以前我小學讀官校，有學長說：「寧願得罪校長，不要得罪副校長。校長年年換，副校長一直在這裡。」同理，這幾年收到的釣魚電郵都是以系主任和院長的名義發出，幾乎沒有採用更高層的名義。可見詐騙集團也深明「媚奧媚灶」的道理。

但孔子卻回答：「如果犯下了滔天大罪，不管討好哪個神都沒有用。」為什麼如此回覆？孔子曾說過：「祭如在，祭神如神在。」無論神明是否在面前，甚至無論神明是否存在，做人都要抱持虔誠敬畏之心。這不僅是對所謂神明的虔敬，更是對生命、對人間的虔敬。生命與人間如此莊嚴，連心存僥倖都不該，何況是居心叵測呢！可

堇城雜文錄：以寫療寫

見孔子的回覆一方面表示自己不屑溜鬚拍馬，另一方面又諷刺了王孫賈的小人之心。

話說回來，籤詩「媚奧不如去媚灶」一句又是何意？從字面上看，完全是「與其媚於奧，寧媚於竈」的撮寫，這既是諺語的本義，又恰好與孔子的主張相反。既然籤詩以勸善為宗旨，會教人僥倖競進嗎？顯然不可能。此句言外之意（亦是本義）正是指向孔子的斷語：「獲罪於天，無所禱也。」不僅要虔敬面對生命與人間，更不應心存僥倖地取媚諸神，甚或因取媚後的一時成效而洋洋自得（莫教涉獵逞豪強）。師兄林保淳教授則認為：「俗人是不會想得如孔子般有深意的。籤詩為俗人說法，卜及吉凶，開其明路，寧可媚有力建言的人士，而不必直接向高層的人自薦。此為應俗之一法。蓋多數人自覺高明，以為自己稍有涉獵，便自認英豪過人，急於示現，此反而會造成反效果。」此解不僅雅俗兼及，三四句的文義也更緊密了。尤其是將建言者與竈君相比，絕妙。

不過無論《周易》卦爻辭也好，籤詩也好，都是開放性的體系。同一首作品，可以詮解個人、家事乃至國事。撥開文字迷障後，問卜者自能心領神會、各取所需。在這個意義上，籤詩畢竟保存了「詩無達詁」的性質與功能。孔德成老師曾說：「這個《易經》嘛，前人的說法，就像廟裡的籤詩，也像算命先生向顧客講解前途吉凶。他們人生閱歷多了，可以從顧客的穿著、容貌看出端倪，分析對方的

家庭、婚姻等等，往往都相當準確……」[3] 不過，籤詩的解釋縱然見仁見智，但至少作為哲理詩、勸善詩，還是不錯的。一念地獄，一念天堂，其斯之謂乎！

謅〈鷓鴣天〉一首曰：

達詁不存何所依。新春寅虎說籤詩。

楚子伏羣猶惡夢，懿妻卜婿也佳辭。

◎空岡兩，且委蛇。泯之貿布總蚩蚩。

文心本自通天地，朝發昆侖暮九嶷。

2022.02.02.

*本文原刊於「虛詞」文學網（2022.02.04），題為〈壬寅年初二車公靈籤為什麼這麼難解？〉。

3　鄭吉雄：〈回憶孔達生老師〉，載陳煒舜主編：《典型夙昔：前修緬思錄初集》（臺北：萬卷樓圖書公司，2021），頁 41-42。

滔滔江漢映卿雲

——試談北洋元首任內的詩作

民初北洋時期（1912-1928）前後有袁世凱、黎元洪、馮國璋、徐世昌、曹錕、段祺瑞、張作霖七人正式擔任元首。他們在晚清傳統文化中成長，同時也是中國現代化進程的親歷者。他們有著長期投身軍旅的經歷，但對人文事業也頗為重視，且傳統詩教意識仍存。除張作霖情況待考，其餘六人名下皆有詩作傳世。可以說，詩歌創作是北洋元首塑造自我形象的重要手段。不過，他們真正在任內創作的詩歌，卻為數不多。如徐世昌早年由科舉晉身，終生不廢吟詠，現存詩作達六千餘首。其擔任大總統接近四年（1918.10.10.-1922.6.2.），為袁氏以來在位最久者。但據筆者初步考察，若不計題畫之作，確定為他在任內所作僅六題七首而已。段祺瑞自一九二四年十一月二十四日至一九二六年四月二十日擔任臨時執政，前後大約一年半，期間所作散文如〈聖賢英雄異同論〉、〈內感篇〉、〈外感篇〉等有一定數量，而詩歌則相對較少，這般情況與徐世昌頗為相近。至於曹錕，任內更不見有任何作品。這除因諸人多為武將出身，大概也由於國事蜩螗、政務繁雜，無暇吟詠性情之故。本文略就諸人任內之作舉例討論，以求引玉。

宣統年間，袁世凱隱居洹上，相時而動，吟詠最為頻密，作品大都收入《圭塘倡和詩》中。鼎革之後，袁氏詩歌創作數量大減。唯宋達元在一九三三年《化報》第十三期發表〈寶木堂筆記卷之一：袁世凱感懷詩〉一文云：

> 世凱當帝制時代，意氣飛揚，精神倍于昔時。萬幾之暇，兼及文翰，有其手書感懷詩二首，于帝國鼎革後，為人鈔出，嘗出以示人，茲特錄之。詩雖不見典華，藉見當日袁公意旨。其一云：「薰風和悅日當中。一片熙熙萬國同。今日文明空古昔，中華景物冠西東。敢驕一姓千秋業，教養四方三尺童。帝國憲章原美事，漢高約法意相通。」其二云：「袞袞端坐向南方。祖國源流千秋長。旁及英俄兼日德，上窺文武與成湯。崢嶸岱岳五點小，澎湃江河兩線長。（原按：「長」字一韻兩押）此是祖宗發祥地，從今努力保吾疆。」

如果宋氏所言可信，吾人由此二詩中略可窺見袁世凱帝制時期的心態。其一所謂「帝國憲章」，乃是指一九一五年草擬的《中華帝國憲法（草案）》；因袁氏以君主立憲之名恢復帝制，故云「敢驕一姓千秋業」，且以教育興國為念。然他將「帝國憲章」與漢高祖約法三章相提並論，卻又不無自得之意。如此隱微之心情，當非捉刀代筆所能。其二主要強調愛國保土之思。兩詩文字誠如宋達元所言「不見典華」，且「『長』字一韻兩押」，殆非定稿。蓋袁氏作此二詩，一則

固有抒發情志之意，二則亦有帝制告成後鼓舞國民之念。然帝制未幾取消，袁氏羞憤而死，二詩終未修訂妥善，更勿論發揮鼓舞國民之功能。

一九一六年袁世凱去世後，黎元洪繼任大總統，後因張勳復辟下野，總統一職由直系首領馮國璋代理。馮氏少時在私塾、書院求學多年，方才因家道中落而投筆從戎。馮氏現存詩作不多，如廣東小雅齋拍賣有限公司二〇一六年秋季藝術品拍賣會上，展示一馮氏書法立軸，上有行書七絕一首：

> 萬古千秋大統歌。仁風慈雨滿山河。
>
> 積威迫遠蠻夷服，寶祚逢綿四海和。

此作不無傳統宮廷富貴雍雅之氣息，蓋係其在總統任內自製。然其措辭如「大統」、「仁風慈雨」、「蠻夷服」、「保祚」等，仍接近帝制時代之套語，不易展現出民國之共和體制乃至其個人作為共和國家元首之身分。

馮國璋於一九一八年卸任，徐世昌由安福國會選為大總統。四年任內，徐氏所作詩歌在內容上較少與政局發生直接關係，卻也偶能體現其元首身分，相關詩作多收入《歸雲樓詩集中》。如辛酉除夕為一九二一年一月二十七日，徐氏作〈辛酉守歲〉七律云：

此夕人間酒滿卮。時平民亦自娛嬉。

童孫解篆延年字，稚女能吟守歲詩。

盆盎梅開晴雪後，街衢竹爆夜寒時。

新華門外春先到，廊下華鐙幾百枝。

尾聯「新華門」、「華鐙幾百枝」點出了詩人之元首身分：一九一三年，袁世凱將中海與南海闢為大總統府，內務總長朱啟鈐主持將寶月樓改建為中南海正門，稱「新華門」。全詩頗有與民同樂之意。再如〈題蓮花石〉二首云：

海上濤頭幾萬重。白雲晴日見高松。

蓮花世界神仙窟，孤鶴一聲過碧峰。（其一）

漢武秦皇一剎過。海山無恙世云何。

中原自有長城在，雲壑風廊獨窳歌。（其二）

詩中所詠蓮花石在北戴河聯峰山下。北戴河所在之秦皇島瀕臨渤海灣，相傳為秦始皇求仙時駐蹕之地。光緒二十四年（1898），清廷正式將北戴河開闢為「各國人士避暑地」。一九一九年，時任安福國會參議院副議長的朱啟鈐在北戴河創建公益會，建蓮花石公園，修路築橋、設亭置景。蓮花石前立有一碑，碑陽額曰「徐大總統宸翰」，

碑身鐫刻徐氏手書二詩。唯詩集中「風廊」二字，碑上作「風林」。碑陰〈蓮花石公園記〉為朱啟鈐撰文、許世英手書，記載公益會建造蓮花石公園之始末。文末云：「今大總統徐公賜詩，有『海山無恙』之名，謹沐手拜嘉，勒之貞珉，以壽此石。中華民國八年歲次己未八月十五日。」可知徐詩乃應朱氏之邀而作，所作時間當在一九一九年中秋以前。這般安排當然是基於徐氏之元首身分。徐世昌信奉道教，故題詩「孤鶴一聲過碧峰」等句自有仙氣襲人之感。其二則從「出世」與「入世」兩方面論述秦始皇之心態，而以漢武作陪，託古感今，內容更為可圈可點。首聯總言秦皇乃一世之雄，奢望長生而求神訪仙，卻早化作歷史過客、金棺寒灰。世事變幻，而海山依舊。首聯由「出世」角度感嘆秦皇之誕妄，尾聯則進一步由「入世」角度申發之。長城係秦始皇為抵禦匈奴而建，也是他留下的記憶所繫之處（lieu de mémoire）。然而，長城空有銅牆鐵壁，卻無法阻止三百年前的八旗健兒從秦皇島山海關進入中原、定鼎天下。可見秦皇「入世」之舉同樣誕妄。不過，竊以為尾聯尚有深一層涵義在焉：中原大地雖不再需要秦皇所築之長城，卻自有其長城——那就是芸芸志士仁人。《南史》記載，劉宋時期名將檀道濟遭到宋文帝猜忌而被捕處決。檀道濟無比悲憤，感嘆道：「乃壞汝萬里長城！」若扣上秦皇島及明末清初的史實，明思宗誤中皇太極的反間計而賜死袁崇煥，同樣是自毀長城。如果在上位者能因良法美意而知人善任，讓仁人志士同心同德、守外安內，才能保得國家康寧，蓮花石

也可因而仍舊擁有雲壑風林、超然塵外之佳景。且一九一九年適為五四運動爆發之時，作為國家元首的徐氏在這場運動中扮演了重要角色。「長城」之意象，更不應輕易略過。總而觀之，徐世昌此詩下筆，畢竟與其當時身分貼合得宜。

直皖戰後，曹錕、吳佩孚以「法統重光」之名迫使徐世昌辭職，由黎元洪回朝擔任總統一年（1922.6.12.-1923.6.14.）。黎氏平時甚少吟詠，但「藝術家」網站近年展示的一幅黎氏行書七絕作品，據筆者推測，乃是黎氏第二任期內的詩作：

> 笑爾何知色是空。尋芳不計路西東。
>
> 此花看罷過牆去，只見鄰家花更紅。

詩後落款「莘田先生屬書」。香港星輝拍賣行「藝海拾貝—中國書畫（二）」專場（2020.8.8.）另一件黎氏書法，同樣為這首七絕，唯末句所謂「只見鄰家」釋作「七八鄰家」。兩幅作品皆不著日期。星輝本釋文疑有訛誤：所謂「七八」二字甚小，實為一「只」字，且下文並無「見」字，蓋抄錄時偶爾遺漏。此詩標題雖未見，但玩味內容當是詠蝶之作，文字且脫胎自唐人王駕〈雨晴〉詩：「雨前初見花間蕊，雨後全無葉底花。蜂蝶紛紛過牆去，卻疑春色在鄰家。」然黎氏所書將「春色在鄰家」之意進一步引申至「色即是空」，則「鄰家花更紅」一句似有隱喻民初政壇如走馬燈、並暗諷政客見風轉舵之意。

考近代以「莘田」為表字之知名人物首推語言學家羅常培（1899-1958）。據記載，羅氏於一九一六年高中畢業時，祖父去世。當時恰逢袁世凱病故，黎元洪繼任大總統。羅常培為餬口，便到黎氏舊國會眾議院秘書處當速記技士，期間考入北京大學中國文學門，半工半讀。一九一七年，黎元洪被督軍團逼迫解散國會，隨即下野，羅常培也因而去職。一九二一年，羅氏自北大畢業。一九二二年，黎元洪在直系曹錕、吳佩孚擁戴下二次上臺，重啟眾議院。羅氏也因此恢復了眾議院秘書廳速記技士的職務，同時兼課於京師公立第一中學。羅常培兩度供職於眾議院，首次年僅十七，再次也不過廿二歲，黎、羅重逢卻已是故人。兼以羅氏此時大學已經畢業，故黎氏雖年長三十餘歲，仍稱其為「莘田先生」。換言之，筆者推測黎元洪落款「莘田先生屬書」的一幅書法應為一九二二年或稍後所作。此詩內容切合黎氏數起數落的政壇經歷，即或非親撰，當也係幕僚揣摩其語氣捉刀之作。黎元洪於國會重見羅常培，蓋不無「同退同進」之感，故贈以此詩。然黎氏縱使復職，依然未能掌握實權，故詩中之感慨幽微而深沈，無怪其不止一次迻錄此詩贈人。

黎元洪的後繼者曹錕在任內並無創作，但一九二四年北京政變下野後卻留下〈玄玄奧旨歌〉十六首及墨梅題詠百餘首。其政治生涯的終結卻標誌文化生涯的開端。段祺瑞繼任臨時執政前後一年半，所作政論散文多於詩歌，茲不詳論。至一九二七年六月，張作霖就任安國陸海軍大元帥，行使大總統職權，成為北洋時期最後一位正

式元首。張氏年少失學，文化水平視其前任為低。檢索所得，其名下至少亦有三首詩作。其一題為〈到片瀨觀〉：「得意詩成好句多，吟肩高聳骨峩峩。憶君相對心常樂，數曲屏山一幅波。」出自網上流傳之張氏書法作品，或經其幕僚所潤色。其二云：「江南塞北雪紛飛，疑是天公彈棉被。輕撲漫捲無邊舞，鋪就乾坤萬重瑞。」詩意略近張宗昌之〈下雪〉。其三云：「本帥有原則，墨字寫成黑。不是我寫錯，寸土不能失。」文字較為淺白，內容蓋為好事者矚栝自一著名逸事：據說張氏出席日人酒會，受邀題一筆虎字，落款曰「張作霖手黑」。隨從以為「黑」乃「墨」字之誤，張氏答云：「我豈不知『墨』字寫法？此之謂『寸土不讓』！」張氏名下諸作源頭存疑，遑論是否任內所作，姑錄於文末，聊備掌故而已。

二〇一四年有武漢之行，至漢陽歸元寺，見黎元洪於民國四年（1915）所題「歸元古剎」之匾額，悠悠百載，令人興慨。又聞其陵墓在武昌洪山，欲訪而未得，遂作七律一首。茲迻錄以作結曰：

滔滔江漢映卿雲。顧盼旌旗五色紋。

揖讓千秋承玉曆，呻吟萬姓倦瓜分。

鼎湖徒道衣冠渺，蓮海未妨籩豆焚。

墟墓煥然忘甲子，譙周堪復論元勳。

2022.04.25.

*本文原刊於《國文天地》第 451 期（2022.12），頁 88-92。

重撫殘篇說大荒

　　一九九〇年代考入中文大學商學院，副修義大利文。由於家中長輩關係，我幼年已與中大結緣；但迎新、開學之際，總覺得本部過於卞急喧囂，與我的童年記憶截然不同，陌生感驀然而生。恰好歐洲研究組（European Studies Section）位於新亞書院人文館，錢穆圖書館所藏又以我所喜愛的中國文哲類書籍為主。當時尚無蒙民偉樓（更無天人合一亭），此地與本部的連接只靠校車與「新亞梯」，兼以海光山色，故儕輩戲稱「天涯海角」。對半推半就入讀商科的我而言，新亞是一個頗具吸引力的「避世」之所在，幾乎成為無日不往之處——儘管我並非隸屬於該書院。正是從圓形廣場的畢業生名單中，我發現最早的一位為余英時，一個在預科中國文化課上聽過的名字。

　　我並非中文系學生，因此在錢穆圖書館看書全然不帶功利性，得以盡情享受「泛覽無歸」的快樂，而「泛覽」重點之一，便是《紅樓夢》研究資料。一日下午無課，我從書架上取來四本書隨意翻閱——依次是王昆侖《紅樓夢人物論》、高陽《紅樓一家言》、王蒙《紅樓啟示錄》和余英時《紅樓夢的兩個世界》。若謂前三者如珠璣紛陳，余書中的同名文章則嘗試從敘事體系的高度來解析這部名著。一九

七三年秋，余氏從哈佛來到中文大學擔任副校長，在十週年學術講座上選擇以〈紅樓夢的兩個世界〉為題。他認為，《紅樓夢》中存在著兩個對立的世界，其一是象徵著烏托邦的大觀園，其二是大觀園以外的世界。「清」與「濁」、「情」與「淫」、「假」與「真」乃至風月寶鑒的反面與正面……兩個世界截然對立；而大觀園世界的最終幻滅，便構成了全書的悲劇主題。讀畢余文之際，天色已晚，沿著「新亞梯」下山，一直走到火車站。途中，只感到那獨坐館中的閱讀之樂竟於剎那間化為烏有，教人猝不及防。

我曾疑惑：余氏以思想史家之姿關注《紅樓夢》，是否僅因受到中大當年濃郁的紅學研究氛圍感染？抑或這部小說只不過是他思想史研究之大脈絡下芸芸個案文本之一？當我讀到余氏另一部名著《陳寅恪晚年詩文釋證》，便略有所悟。曹雪芹、陳寅恪皆不世出，各為一代之雋髦，其小說、其詩歌又不約而同在肅殺蒼茫之環境下寫成，不得不採取暗碼系統來進行幽微書寫（esoteric writing）。而余氏認為陳寅恪自創暗碼，「皆因寫作時最重要是發洩自己的滿腔孤憤，不是弄文字猜謎的遊戲」；故其為這些謎樣的文本解碼，燭幽顯微，當是要了解文化在成住壞空之曲線中的種種殊相、共相與異相。《紅樓夢》的兩個世界以大觀園的圍牆為分際：圍牆內為潔淨，圍牆外為溷濁；而陳寅恪的兩個世界卻只能以詩人的皮囊為分際：皮囊內為精神界，皮囊外為物質界。這固然基於文本體裁的差異，卻也似乎隱喻著理想世界之萎縮，竟爾一至於此。

雖然余氏之說或貽人以深曲穿鑿之譏，但在我看來，其言往往別具隻眼。究其原因，竊以為他除在義理、考據方面功底堅實，還是一位特出的舊體詩人。正因如此，余氏在處理《紅樓夢》、陳寅恪詩等文學文本時，能於義理家之周延、考據家之穩當以外，益之以詞章家之敏銳。縱然余氏傳世詩作不多，然環視其平輩之思想界賢達，詞章修為能並駕齊驅者實未數數然也。觀其詩風，亦頗受陳寅恪影響。如於二○○七年五月所作〈讀「反右運動五十年祭」感賦四絕句〉，其一云：

> 右袒香肩夢未成。負心此夕淚縱橫。
>
> 世間多少癡兒女，枉託深情誤一生。

余氏自註：「『右袒香肩夢未成』，陳寅恪詠『反右』句。」查陳詩題為〈丁酉七夕〉：「萬里重關莫問程，今生無分待他生。低垂粉頸言難盡，右袒香肩夢未成。原與漢皇聊戲約，那堪唐殿便要盟。天長地久綿綿恨，贏得臨邛說玉京。」丁酉七夕即一九五七年八月二日，正值反右運動全面開展之際。所謂「右袒」，有網友餐雪提出典故出自《太平御覽》卷三百八十二引《風俗通義》逸文，其言甚辯：

> 齊有一女，二家求之。其家語其女曰：「汝欲東家則左袒，欲西家則右袒。」其女兩袒。父母問其故，對曰：「願東家食而西家息。」以東家富而醜，西家貧而美也。

餐雪且指出:「所以右袒者,貪其顏色,以為所遇良人也。而人非其人,好夢不成。」此句的深層涵義,自然是指知識分子響應政策,「大鳴大放」,後果堪虞。而余氏所作七絕以在事過境遷五十年後,當事人猛然回首,應有「誤一生」之語。以香奩之體託香草美人之思,古已有之。然陳寅恪詩之複式書寫,與現實環環相扣而無跡可尋,費解之甚也高明之甚;而余氏詩,亦可謂偏得其真傳爾。

一九七八年十月,余氏參加「美國漢代研究考察團」至中國大陸訪古,與錢鍾書定交,其後兩人頗有書信往來、詩作唱答。如《管錐編》第三、四冊問世,錢氏以航空郵寄,余氏得書後,作〈讀《管錐編》三首〉,其三曰:

桀紂王何一例看。誤將禍亂罪儒冠。

從來緣飾因多欲,巫蠱冤平國已殘。

此詩題詠《管錐編》第三冊一百一十一條〈《全晉文》卷三七〉,該條引《晉書‧范甯傳》批評王弼、何晏之語,謂王、何開啟了清談玄風,以致士大夫無心國事,最終引發五胡亂華、西晉覆亡,「二人之罪,深於桀紂」。全條論述乃就此而展開,而余詩首句「桀紂王何一例看」即歸結了全條的主旨。又西晉的亡國宰相王衍,正是喜好清談、懶於政務的代表,故該條復引《晉書‧王衍傳》之記載,謂永嘉四年(310),王衍被前趙將領、羯族石勒所俘,石勒斥責他:「破壞天下,正是君罪!」石勒此言固然在理,但余詩云:「誤將禍亂罪儒

冠」，卻是借題發揮。後兩句舉漢武帝為例，謂武帝多欲而往往自我緣飾，終在其晚年導致巫蠱之獄，此後冤案雖獲平反，而國家元氣業已斲喪。如是看來，此詩之性質與其說是酬謝，毋寧說是詠史。而詠史一體以借古諷今為上，余氏筆底的漢武帝、巫蠱、儒冠所指維何，洵然不言而喻。

近見網友輯錄余氏詩詞，然猶有遺珠。如七律〈丙辰中秋即事〉初載於《明報月刊》一九七六年十月號，筆名「觀於海者」：

> 帝子乘風御翠華。不周山下萬旗斜。
>
> 倦隨夸父追炎日，漫訪吳剛問桂花。
>
> 恒鳥已嚐玄圃水，嫦娥空守煉爐砂。
>
> 蒼茫大地無情甚，欲主沉浮願總賒。

詩中多化用毛氏詩詞，如「帝子乘風下翠微」、「不周山下紅旗亂」、「吳剛捧出桂花酒」、「寂寞嫦娥舒廣袖」、「問蒼茫大地，誰主沉浮」等。結合毛氏於當年九月九日故去的史實，不難窺探此詩主旨。（余氏在《歷史人物與文化危機》一書中就此詩有所解釋，讀者可自行參考。）又如一九八〇年六月，周策縱教授於美國威斯康星大學舉辦「首屆國際《紅樓夢》研討會」，來自兩岸及美、英、加、日等國的學者達八十多人，余氏提交〈曹雪芹的反傳統思想〉之論文，又於席上作七絕一首曰：

重撫殘篇說大荒。雅音一曲聽埋香。

終憐木石姻緣盡，任是無情也斷腸。

此詩前所未見，蒙香港初文出版社黎漢傑兄提供手稿圖片，當係漢傑整理周策縱先生遺著所得，四十年後得以公諸於世，實為幸事。末句顯然化用《紅樓夢》六十三回中狀述寶釵之語：「任是無情也動人。」(詩句出自唐人羅隱〈牡丹花〉)原書讚頌寶釵「豔冠羣芳」而「無情」，而余氏可謂奪胎換骨，將寶釵工於心計的小「無情」提昇至天地不仁的大「無情」。套用余氏自己的話：「大觀園的乾淨本來就建築在會芳園的骯髒基礎之上。並且在大觀園的整個發展和破敗的過程之中，它也無時不在承受著園外一切骯髒力量的衝擊。乾淨既從骯髒而來，最後又無可奈何地要回到骯髒去。在我看來，這是《紅樓夢》的悲劇的中心意義，也是曹雪芹所見到的人世間的最大的悲劇！」「回到骯髒去」乃是大道運行的必然趨向，但那一爿曾經的「乾淨」卻足以令人思之斷腸。如果那「乾淨」從未存在過，倒也許不至令人感念疇昔、悲涼悽愴、臨風隕涕，而有愧於太上之忘情。

話說回頭，余氏〈紅樓夢的兩個世界〉一發表便引起巨大迴響，也招致不少批評。但身為小說研究門外漢的我，由初讀開始便對其說印象深刻。甚至稍後決定「棄商從文」，多少也出於追尋那個美麗潔淨的理想世界之心。二〇一五年春夏之際，與大四畢業論文導生在口試後前往中大正門合影，隨即口占一律：

白賁皤然猶煥章。從初為學本多方。

長懷吾道應濡翰，不墜斯文慎括囊。

素願終憑銜木鳥，高情豈嘆失途羊。

沁芳闈外知蕪穢，且惜襟前姑射霜。

詩成才驟然察覺，「兩個世界論」於我竟已「淪肌浹髓」了。近日得
悉余先生駕歸道山，咨嗟不知所云，於是勉強拉雜而成此篇，聊表
追思之意。

2021.08.08.

附記： 近日得知有學者正在整理余先生詩集，聞之甚喜。昨至大學
圖書館瀏覽香港《人生》雜誌，偶然檢得余先生詞作六首。
其筆名為「白知」，詞題為《山外詞》，似為詞集之名。茲一併
迻錄於下：

望江南

江南憶，最憶是初逢。春意漸隨春草綠，梅花開到十分濃，
俏語說吳儂。（一）

江南憶，最憶是申江。當日同行嫌路短，而今入夢恨途長，
往事怕思量。（二）

江南憶，最憶旅途中。江上激流翻作雪，田間麥浪笑迎風，信誓一重重。（三）

江南憶，最憶太湖濱。百轉千迴湖畔路，有人回首笑言頻，那得不銷魂。（四）

江南憶，最憶晚春時。湖上波微風細細，低頭無語弄花枝，心事兩心知。（五）

好事近

心緒苦徬徨，又是鶯飛時節。為問窗前春雨，點滴幾時方歇？夜來最怕夢江南，才見還須別。但記殷勤青鳥，把相思細說。

諸篇之後又有編輯之「更正」文字曰：「山外詞作者白知先生（即余英時先生）進來函對本刊一四四期所發之山外詞更正兩處：一、沁園春一詞中之『如今纏償』改為『如今纏結』。二、金縷曲一詞中之『偶向人間投宿』，改為『偶而人間邂逅』。意在使其更協律也。」如是可見，余先生早年刊登之詩詞作品，輯佚者頗堪留心。復諉輓聯一副，以寄哀思云：

滄海英風，安向故園微夏禮；

玄穹時雨，常隨新日翼春苗。

2021.08.30.

又及：拙文刊登不久，即得悉有學者編輯整理《余英時詩存》，聞之且嗟且喜。轉瞬半年已過，昨日黃昏拿到樣書，隨即讀過一通，並略有批記。此書印製精美，網羅放佚，甚是難能。詩以人存，舊詩尤其如此。余教授之佳作不待多言，而其生前常稱己作為「未是稿」，亦「詩不厭改」之意。若能指瑕，或於學者略有微補。然轉念一思，若因此貽人以「見小文而忘大道，嘩眾取寵、唐突先賢」之譏，反為不佳矣。姑誌於此。

2022.04.24.

*本文原刊於「虛詞」文學網（2021.08.10）。

秉燈憶說佛桑華

——木槿花絮語

一

　　今年十月回臺灣佛光大學開會，與東國大學的朴永煥教授一行重逢。同行的李燕博士邀我為微信公眾號「中韓研究協會」寫篇小文，談談對韓國的記憶和觀感。若就早年記憶方面來說，並非一件很容易的事：無可否認，韓國或朝鮮文化的影響在日常生活中時而可見，但在我個人數十年生涯中，卻又顯得過於支離破碎，很難將之綴合成文。舉幼年往事為例，常聽外婆常提起的老上海影星金燄（1910-1983），便是韓國僑民。小學社會科老師說韓國國旗為太極旗、國花為木槿；音樂科老師所教兒歌〈小白船〉，乃是韓國音樂家尹克榮（1903-1988）所作。甚至《西遊記》中幾乎與唐三藏長得極為相似的地藏菩薩，原來採用了新羅王子金喬覺（696-794）的形象……升讀中學後，認識一位同班好友 Alan。如果我沒有弄錯，他祖父是韓戰時遷居香港的僑民，父親對於韓語大概會聽不會講，他自己則聽講皆不會（雖然他大學時代去過韓國交換）。印象中，我們在一起時從未談過關於韓國的任何事。Alan 自小儀表俊朗（真有幾分金燄的小生氣息），被大家推為班草，但個性謙柔，常遭同學善意調侃。我想如果當時韓流已興，Alan 的玉照恐怕早登上《Yes!》雜誌，成

為萬人迷，不用受我們那些「窩囊氣」了。

中學時代正值盧泰愚在位。當時香港新聞指盧氏繼全斗煥獨裁統治後，通過公平公開的選舉而成為總統，形象討喜，人氣甚高，與他後來入獄、名譽掃地不可同日而語。他任內舉辦的漢城奧運會，被視為促成民主化的重要契機（儘管當時我們更關注的是中國跳水運動員熊倪，因為受到外國裁判的不公平對待而屈居盧根尼斯之下）。我還記得一九九三年盧泰愚任期屆滿時，親自演唱墨西哥歌曲〈我多麼幸福〉（Besame mucho），錄成卡式帶分贈眾人——當時香港新聞津津樂道，現在上網卻幾乎完全搜尋不到這則消息，足見時移世易。金泳三繼盧泰愚而當選，標誌者韓國進一步的民主化與經濟騰飛。這當然也包括了韓劇從此在東亞地區大行其道，但對忙於高中、大學、研究所課業的我而言，卻失之交臂。每當父母輩或表弟妹們聊起韓劇的情節，我除了《順風婦產科》以外，大概無從置喙。

二

對韓國有較為深入的了解，要到研究生時代。我兩篇學位論文都涉及《楚辭》，又協助指導教授執行研究計畫，因此接觸了一些韓國學者及相關文獻。畢業先後任教於臺灣佛光大學、香港中文大學，時常參加屈原學會主辦的研討會，故而得識前輩朴永煥教授。朴教授早年求學於海峽兩岸，師從張高評教授、褚斌杰教授，專精楚辭

之餘，對於古今東亞文學文化有深刻的認知與研究，且和藹幽默。更有趣的是，我們有好些次巧遇的經驗，無論是在臺北的書店，臺南的校園，還是香港的博物館……乃至日後任何場合偶遇，我們都會欣悅地相視一笑。有次會議後，朴教授塞給我一個小紙包，道：「上次我們一家四口到香港歷史博物館遊覽，想不到遇見你和令堂。這份小禮是送給令堂的。」短短一番話，卻令人感動不已。

　　二〇一五年春夏之交，朴教授到香港浸會大學訪問，本欲邀他移駕中大演講，可惜時間緊迫，無法安排，只好相約在中大校園遊覽、聚餐。臨行前，朴教授說十一月將與佛大中文系新任主任蕭麗華教授合辦「文學、文化、地域與創新國際研討會」，既然我與佛大有淵源，也歡迎一同參加。我於是塗鴉一首曰：

西湖猶憶酒騷筵。秋水春山總凤緣。

階拾黃泥參勢至，車驅赤崁泝心傳。

鳳雛雙舉冰壺下，蓮駕共隨香海邊。

信是三韓風物好，星槎來復待明年。

我固然十分樂意參與學習，只是暗忖未來半年庶務繁冗，恐怕論文寫不出來。不料韓國未幾爆發禽流感，會議延期至翌年五月底——真不知道是不幸抑或幸運！我因而得以爭取時間，以近人瞿宣穎《燕都覽古詩話》為對象，勉強完成了一篇合乎大會主題的論文。

　　五月底，我如約前往東國大學，得到朴教授及其一眾弟子的熱情接待和週到安排，且和與會的佛大新舊同寅相聚。學術交流之餘，我們前往景福宮、青瓦臺、兩韓邊境（DMZ 非武裝地帶）等處參訪，進一步了解這個國度的文化歷史。最記得有晚，研究生帶我們到仁寺洞觀光；我來回逛了一趟後，倒被街角的景象所吸引：一位短髮女性唱著法國香頌天后琵雅芙（Edith Piaf）的名曲〈La foule〉、〈Padam Padam〉、〈Hymne à l'amour〉、〈Je ne regrette rien〉……令我駐足聆聽了一個多小時。當晚回飯店謅七律一首曰：

> 縹緲忽傳琵雅芙。雨星深淺落芳衢。
>
> 海桑回首元無悔，窮達捫心且若愚。
>
> 鳳老清音識群籟，寒輕彩袖動仙姝。
>
> 我聞諸曲襟霑遍，攜酒歸來盡一觚。

那滄桑而不失婉囀的歌聲，極似原唱而別出機杼，真可謂餘音繞樑。會議結束，依依惜別，朴教授和蕭麗華教授都對我說：「明年的會議輪到佛光主辦，你一定要來！」

三

　　轉瞬一年又過，我回到睽違七載的佛大中文系，參加「2017 東亞漢學國際學術研討會」（這次的論文探討袁克權、張伯駒詩詞中的袁家往事）。時值中秋雙十連假，許多故人都不在校內。而蕭麗華、

張寶三、廖肇亨、林以衡諸教授帶領的團隊，盡心盡力，令人感佩。

尤其貼心的是，我發表的那場安排了當年的所長潘美月老師主持，同場發表的以衡兄與東國大學金華珍博士都是舊識，整場會議在論學同時更溫情洋溢。與會韓國老師除了朴教授及金華珍、李燕兩位年輕博士外，還有金相日、黃仁奎兩位資深教授。金教授溫雅而深於杜詩，黃教授豪邁而長於佛理，惜我不諳韓語，幸有李燕博士從中翻譯，溝通無礙。

正如蕭麗華老師所說，此地我也算半個主人，於是趁會間茶點時間，把幾位韓國老師帶到雲起樓五樓東北角的教師休息室，從林美山的最高點一覽蘭陽平原、龜山島和太平洋美景。這個房間本是創校校長龔鵬程教授的研究室，他離去後才改為今用，室內還有不少佛大從前出版的書籍，可以隨意取閱。一隔七年，此處卻絲毫未變。韓國老師們在此飽覽美景之餘，也「滿載」而歸。會議數日把酒論學，言笑晏晏，其後又聯袂前往臺北，於臺大鹿鳴堂、公館易牙居聚餐。臨別更期後會，朴老師取出裝潢精美的乾菊茶一瓶，說是贈予家父母的禮物。無以為報，遂復作七律一首答謝：

> 幾度相逢任海涯。騷壇久未續懷沙。
>
> 作牢畫地笑鑿齒，以食為天稱易牙。
>
> 聯袂喜貽仙菊瓣，秉燈憶說佛桑華。
>
> 早忘辛亥來時路，且盡杯中五色霞。

　　走筆至此，忽然憶及諸位韓國老師有晚聊到中韓日三國皆好唐詩，但各有不同：中國愛李白，韓國尚杜甫，日本好白居易。這誠然與民族性頗有關係。我當下聯想到二〇一三年日本電影《一代茶聖千利休》：年輕的利休救走被擄的高麗公主，兩心暗許而言語不通，公主於是寫下白居易的詩句：「槿花一日自為榮，何須戀世常憂死。」最後在追兵包圍下殉情。大家談起，皆甚為動容。

　　如今尋思，這段情節很可能出於虛構，但仍體現出編劇的匠心：韓國國花不正是木槿麼？木槿又名無窮花、扶桑花，象徵著百折不撓而希望長在；而其暮落朝開，又與太陽的特質相符。並非巧合的是，槿花古稱為舜，與那位神話的日神、儒家的聖人同名，虞舜就是太陽與槿花之品德的人格化呈現，可謂三位一體：「其為人也，仁義人也。求其所以為舜者，責於己曰：『彼人也，予人也；彼能是，而我乃不能是。』早夜以思，去其不如舜者，就其如舜者……」這股自強不息的精神，無疑是東亞文化圈共享的財富，也是人們走出疆界、以友輔仁的根基。

2017.10.21.

*本文原刊於微信公眾號「中韓研究學會」（2017.10.24），又轉載於《大公報》2017 年 12 月 10 日，題為〈木槿花絮語〉。

遊園易悟有為法

——二〇〇四年對聯置換事件一瞥

　　千禧年時，佘汝豐老師在中文大學「詩選及習作」課上講過一則故事：他有次到九龍寨城公園遊覽，在某處觀讀鐫刻的文字。一位老翁走過來對他說：「文字都不對、都不對！」佘老師點了點頭。老翁見狀很欣喜，問道：「你也懂？你也知道文字不對？」佘老師微笑回答：「懂一丁點吧。」講到這裡，同學滿座粲然。由此可見，寨城公園落成初期新鐫的詩詞聯語出現問題，已有市民覺察。

　　不久後的二〇〇二年十月一日，香港康文署組成「中文評審顧問委員會」，成員包括了四位來自本港各大專院校的教師，亦即何文匯教授（中大）、劉衛林教授（城大）、黃坤堯教授（中大）與韋金滿教授（浸大）。幾位委員皆曾長期擔任香港公共圖書館自一九九一年開始舉辦之「全港詩詞創作比賽」的評判，於詩詞聯語格律允稱專家。二〇〇三年，評委會為康文署轄下十八個公園中的對聯、匾額、橫額及其他文學作品進行評審建議。委員於二〇〇三年先後三次造訪康文署的公園，發現其中九個公園內共廿二副對聯、一個匾額及七項其他文學作品有可改善的空間。評委會建議署方分兩階段進行改善工程。第一階段是為九龍寨城公園的對聯進行改善工作。第二階段將為其餘康樂場地內的文學作品進行改善工程。這些

薑塘雜文錄：以寫療寫

場所包括：荔枝角公園第一期、荔枝角公園第三期（嶺南之風）、鴨脷洲體育館、港灣道花園、園圃街雀鳥公園、斧山道公園、沙咀道遊樂場、馬鞍山亭等處。

　　各委員的評審意見，主要是就格律而論，包括格律不合、對仗不工、用字不當、犯孤平等方面，亦偶爾就論文字內容，包括語句不佳、格調低、文句劣等方面。評委會只對作品進行審議，並提供改善建議，未有深究作品出於何人手筆。而這些物品是在多年前建設各公園時加設的裝飾，署方並沒有個別對聯裝置費用的紀錄。以九龍寨城公園為例，其建築初期之詩詞聯語，需要移除者共有十五件／處（不計題匾及古人作品）。新聯共計十副，是由評委會邀請名家，每人提供一副對聯，以供委員會選用。當年四月二十二日，《壹週刊》登載題為〈政府附庸風雅浪費公帑〉的報導，引言云：

　　「縱目獅山遠，仰首明月高。」這副懸掛在九龍寨城公園的對聯，驟看意境深遠，但原來平仄不符，雖然只有國學水平甚高的人方懂得「抽秤」，一旦被發現，卻凸顯香港的文化水平低落。特區政府最近終於知醜，除臚列全港十八個公園共二十二副失格楹聯，還找來正音專家替換新聯，無端浪費公帑約二十九萬。

在不諳格律者眼中，如此舉措固然浪費公帑，對於撰寫者的情感也不無傷害。不過，撰寫者採用的本為詩詞聯語形式，而完成的作品竟不符合格律規範；如此縱以「雅俗共賞」為說，恐亦不得。尤其九龍寨城在兩岸四地甚為知名，遺址所興建之公園也參與了香港國際形象之建構。若因園內詩聯撰寫不慎而產生格律訛誤、進而貽笑大方，香港所承受的損害就遠非木石毀棄之費用可以彌補。事件發生當年，那些有問題的對聯已懸掛甚久，撰寫者往往難以詳考，遑論與之商量修改；因此，直接置換不失為一種簡單而穩妥的辦法。而在本文中，筆者會從當年遭置換之作品中略舉數例，逐一分析其格律缺失，並提出修訂建議，既為來者昭示鑑戒，也為初學撰寫對聯的人士提供參考。

前引《壹週刊》提及的五言聯，原本掛在九龍寨城公園的邀山樓，茲標示該聯平仄如下：

縱目獅山遠；
仄仄平平仄

仰首明月高。
仄**仄**平仄平

上聯「縱目獅山遠」之基本句式為「仄仄平平仄」，十分穩妥。下聯之基本句式則宜為「平平仄仄平」，與上聯相對。然而，下聯敗筆在於「仰首」，第二字應平而作仄，導致全句失律。（底線標示為

平仄訛誤處，斜體標示為可平可仄之處，下同。就粵語九聲而言，一、四聲為平聲，其餘七聲皆為仄聲。）筆者初步修訂成：

縱目獅山遠；
仄仄平平仄

昂頭桂魄高。
平平仄仄平

「仰首」如果改為「昂頭」、「抬頭」，乃至「仰頭」、「舉頭」或「舉眸」，平仄便合。若再論詞性，「獅山」、「明月」縱皆為偏正結構，「獅」、「明」二字各用以修飾「山」、「月」二字，但「獅」為名詞，「明」為形容詞，詞性並不相同，充其量只能算做「寬對」而已。「明月」或可改為「桂魄」、「蟾月」等，「桂」為植物，「蟾」為動物，與「獅」對偶更為工整——當然，有朋友也許認為「蟾月」對普羅大眾來說較為生僻，不及「明月」。一旦保留「明月」，「獅山」大概就要改為「青山」或「蒼山」之類；如此一來，聯中地標性的內容就不得不被移除。粵語所謂「針無兩頭利」，誠然。

《壹週刊》又引述評委何文匯教授的話道：「『大鵬驟看舞紅日，飛虎咆哮動引擎』的對聯，『驟看』與『咆哮』，『紅日』與『引擎』均出現對仗問題。而且機場已遠，啟德再看不到上述景象。」此聯的平仄，筆者也標示如下：

大鵬驟看舞紅日；

仄平仄仄仄平仄

飛虎咆哮動引擎。

平仄平平仄仄平

「大鵬」固然指大鵬灣，也兼喻飛機；與之相對的「飛虎」令人聯想到抗戰時期的空軍飛虎隊，其構思自有巧妙處。上聯的基本句式為「平平仄仄平平仄」，「大」字以仄聲居平聲位，無妨。「看」字亦必須讀仄聲，方能合律。「舞」字也以仄聲居平聲位，雖然較為少見（如李白詩「此地一為別」之「一」），但前人猶能接受，或稱為「單換詩眼」。下聯之基本句式，相應作「仄仄平平仄仄平」，文字的平仄並無問題。但觀乎詞性，下聯使用「引擎」一詞，雖然尖新，帶有本土色彩，卻也存在問題。考「引擎」本為晚清民初上海的洋涇浜英語單詞，由 engine 音譯而來；後傳至香港，粵語因而沿用至今。然就字面而言，「引」、「擎」皆為動詞，可謂並列結構（傳統稱為「蜆殼詞」，以其如蜆殼之兩扇，全然相似）；再考慮其外來語因素，充其量只能視為連綿詞（一如「玻璃」、「琵琶」等）。與之相對的「紅日」卻為偏正結構，「紅」為形容詞，作定語修飾名詞之「日」，如此屬對不無寬汎之感。又下聯「咆哮」為連綿詞作動詞，而上聯對應之「驟看」乃偏正結構，「驟」為副詞，修飾動詞「看」，兩兩相對有失妥貼。且「咆哮」一詞有兩義，其一為怒吼，

唐代常建〈空靈山應田叟〉詩:「日入聞虎鬥,空山滿咆哮。」其二形容人氣勢勇猛剛健,如唐代白居易〈漢高祖斬白蛇賦〉:「一呼而猛氣咆哮,再叱而雄姿抑揚。」但在今日,此詞往往帶有貶義,如「大聲咆哮」、「咆哮如雷」等,最好避免不必要的歧義。此聯建議修訂為:

大鵬直上追風日;
仄平仄仄平平仄

飛虎高吟動引擎。
平仄平平仄仄平

「直上」、「高吟」皆為偏正結構,第一字為副詞,修飾第二字的動詞。「直上」出自〈逍遙遊〉:「摶扶搖而上者九萬里。」「高吟」出自李白〈猛虎行〉:「朝作猛虎行,暮作猛虎吟。」大鵬所摶之扶搖為旋風,而「風日」為並列詞組,與「引擎」差可對仗。

又如荔枝角公園三期「嶺南之風」,原有一副八言聯:

苦心構園,難盡人意;
仄**平仄**平,平**仄**平仄

寄情翰墨,但得自然。
仄平仄仄,仄仄**仄**平

198

一般來說，八言聯中每聯有兩個複句，格律當為：「仄仄平平，平平仄仄；平平仄仄，仄仄平平。」此聯之上聯第一複句之「心」以平字居仄位，第二複句之「盡」以仄字居平位，皆失律。此外，但凡「仄仄平平」的句式，第三字當保持平聲，不宜用仄聲字。然此聯「構」、「自」二字皆為仄聲，不佳。就詞性與文法而言：「苦」為形容詞，「心」為名詞，「苦心」為偏正結構。「寄」為動詞，「情」為名詞，「寄情」為動賓結構。「構」為動詞，「園」為名詞，「構園」為動賓結構。「翰」、「墨」皆為名詞，乃並列結構。「人意」、「自然」皆偏正結構，但詞性對仗仍不工穩。因此，筆者建議修訂為：

　　著意林園，差孚人望；
　　仄仄平平，平平平仄

　　寄情翰墨，但得天然。
　　仄平仄仄，仄仄平平

「著意」、「寄情」皆為動賓結構，「林園」、「翰墨」皆為並列結構。「人」、「天」可謂正對，「望」、「然」皆有動詞色彩。如此屬對，似更熨貼。此外，原聯用「難」字，把話說死了，似乎不宜；「差」為勉強之意，自謙之餘也不失自信，詮釋空間更大一些。

再如港灣道花園中，有兩處作品遭到置換。第一處云：

月來一池水；
仄平仄平仄

雲起一天山。
平仄仄平平

這兩句大概出自清代鄭板橋詩：「萬里隔間關，回鄉鬢已斑。月來滿地水，雲起一天山。」所謂「月來滿地水」（格律為三仄尾），是指銀白的月光照耀之下，整片大地都似乎有蕩漾之感。「雲起一天山」則謂天上雲起之際，朵朵白雲都有聳立之貌，宛如座座高山。誠然佳句。此處改為「一池水」（格律為單拗），似乎要表達月光照滿水池，令整個池面看上去就像一輪明月，也自有其意趣。可是上下聯「一」字重出，對聯並無此作法，倒不如沿用鄭詩的「滿」字而作「月來滿池水」。否則，猶可改為「月來半池水」，蓋明月亦有陰晴圓缺之美也。第二處云：

靜念園林好，
仄仄平平仄

人間良可辭。
平平平仄平

此二句出自東晉陶淵明〈庚子歲五月中從都還阻風于規林二首〉其二。我們知道，聲律論產生於南齊永明年間，而晉宋之際，格律詩尚未出現。陶公此二句皆為律句，可謂巧合。饒是如此，兩句在文法上卻並無對仗關係。一般來說，從前人詩作中擷取兩句成為門聯、楹聯，大抵都是現成的對仗、對偶句，如前文所言「月來滿地水，雲起一天山」即是。又如唐人高適〈古樂府飛龍曲留上陳左相〉，雖號稱「古樂府」，實為五言排律。其中有一聯：「天地莊生馬，江湖范蠡舟。」對仗工整，故近世商家或懸掛於店舖大門。

　　如果前人的佳句本來並不對偶，則要考慮使用集句的方式。如清人梁章鉅《楹聯叢話》卷十二記載，杭州湧金門外藕香居茶室有這樣一副門聯：

　　　欲把西湖比西子；
　　　仄仄平平仄平仄

　　　從來佳茗似佳人。
　　　平平平仄仄平平

　　上下聯皆出自蘇軾詩。〈飲湖上初晴後雨〉：「水光瀲灩晴方好，山色空濛雨亦奇。欲把西湖比西子，淡妝濃抹總相宜。」〈次韻曹輔寄壑源試焙新茶〉：「仙山靈草濕行雲。洗遍香肌粉未勻。明月來投玉川子，清風吹破武林春。要知冰雪心腸好，不是膏油首面新。戲作小詩君勿笑，從來佳茗似佳人。」可見這兩句在各自的原詩中

皆不對偶，一旦集在一處卻珠聯璧合。換言之，即使原詩中的「欲把西湖比西子，淡妝濃抹總相宜」、「戲作小詩君勿笑，從來佳茗似佳人」再怎麼美妙都好，卻畢竟不是對偶句，內行人還是不會把它們直接當成門聯或楹聯掛起來的。

根據以上所舉五副對聯的相關討論，我們可以從錯誤中學習，進一步了解對聯知識。作為詩詞文化的重要組件，對聯似乎烙上了較為顯著之傳統精英色彩的印記。誠然，舊體詩聯發展到今天這個後現代思想盛行之世，大抵已窮極了變化。現代人有些詩作老氣橫秋，的確陳腐可厭。因此，筆者並不反對以輕鬆與通俗來解構如此「傳統精英色彩」，這也正是筆者不時會以語體文或粵語來撰寫「聶紺弩體」——白話打油七律的原因之一。殊不知古希臘每一個悲劇作家，都同時是喜劇作家。以此為證，作者根本無須畏懼喜劇意識，擔心它消解了自己作品中的悲劇性、嚴肅性、崇高性。

然而另一方面，假使但凡看到詩詞聯便輕率地嗤為陳腐、不分好歹地加以「解構」，則是過猶不及。若說寫詩詞聯像成年人參加晚宴、必須精心裝扮，寫打油詩就有些像小嬰兒上街，怎樣穿都可愛。可是風氣再開放，成年人也未必適合以小嬰兒的裝束去參加晚宴，一如我們不能以時代進步、詩詞聯過時為理由而隨意塗抹拼湊。自家的門聯、揮春怎樣寫，各有自由，但像廟宇、園林、燈會等傳統場所、場合中的門聯、楹聯出錯，就只能貽笑大方了。能不慎之哉！粵語七律打油曰：

人生起落仄還平。成世邊能做巨嬰。

晚宴週身踢死兔，晨光幾線聽新鶯。

遊園易悟有為法，出律難逃無影燈。

天籟調聲原淺顯，揮毫唔怕四圍騰。

2023.03.24.

*本文原刊於「虛詞」文學網，題為〈為全港公園動手術〉(2023.04.25)。

第三輯

影劇聲光

二八年華暮未遲

——記江樺女士城大文化沙龍

　　二〇一六年十月初，香港城市大學中國文化中心的張為群老師賜告，十一月十七日晚上將舉辦一次文化沙龍，邀請八十八歲高齡的聲樂家江樺女士擔任主講，講題為「怎樣欣賞聲樂」，問我是否有興趣參加。張老師說，江樺女士前幾年罹患過癌症，但現在還是很精神，能自己開車，更經常去游泳，能邀得她主講，實在因緣殊勝。我對江樺女士慕名已久，一直無緣見面，因此不假思索便答應敬陪末席。據我所知，江樺女士原名江文璁，祖籍蘇州，生於鄭州，成長於上海。一九四九年來港，一九五〇年代是長城影業的當家花旦。一九五七年赴義大利學習聲樂，是第一位在歐洲主演歌劇的華人女高音。大半個世紀以來，江樺女士培養聲樂人才無數，不僅眾多歌手出自她門下，業師何文匯教授也曾受教於她。再者，江樺女士的兄長江濟梁先生，是我的中學音樂老師；中學母校的管弦樂團、合唱團數十年來在校際音樂比賽及國際競賽中屢獲佳績，濟梁老師居功至偉。回想起濟梁老師的好，更促使我參加這次沙龍，一睹江樺女士的風采。

　　沙龍當晚，在主持人李孝悌教授的介紹下，身穿粉紫色套裝的江樺女士翩然登場，儀態端莊嫻雅，言談生動可親。江樺女士開宗明義談道，聲樂不同於器樂，不能買樂器、依賴工具，而是要靠自己來製造優美的聲線。作為一個合格的歌者，必須懂得如何聽音準、打拍子、咬字，以及怎樣處理歌曲、表達感情。她指出，與平時講話不同，歌唱時要知道怎樣運用丹田與橫隔膜。而歌曲可分為兩個組件，由不同器官來負責：鼻腔負責聲音共鳴，嘴舌負責唸誦歌詞。而演唱時，自己得分飾兩角，一邊演唱，一邊抽離觀察、提點自己。

　　與國語、英文相比，粵語講話時動作較小、口腔位置較低，而美聲卻非常注重頭腔共鳴，所謂「Above Cheekbone」。因此，以粵語為母語的歌者，務必學習善用頭腔、橫隔膜，丹田尤應多用。好的聲音不會扁平而生硬，是圓潤而飽滿的聲音，有共鳴、有振動、會前進，聲音有生命，一如水是有波浪的。每種語言都有元音，而元音就是歌聲所憑依的關鍵。開口大的元音如 [a]、中元音如英文的 [ɔ]、[e] 及法文的 [œ]、開口小的如 [i]、[u] 等，各有不同的處理方式。口腔就像房間，每個元音好像一個人，每人都要容納在相應的房間中。無論人的高矮肥瘦如何，務必房高於人，將人全部容納。唱高音時處理大元音，喉嚨要打開，有撐起耳洞的感覺。即使處理中小元音，嘴唇沒有很開，但喉嚨還是要打開，打個比喻就像高跟鞋，前端不必高，而後端必須高。如此一來，那個「房間」才夠容納

得下相應的「人」。常人都有兩個轉聲區（Passaggio），當旋律跨過轉聲區時，聲音由於轉換而可能變得扁平。這時，即使是低音，也要擺高位置，當它是高一點的音來唱，就舉重若輕了。

就歌唱而言，每種語言都自有其特色。如中文的尖團音對立（如平舌的四、子和翹舌的十、知）、前後鼻音差異（如前而淺的琴、陳和後而深的情、程）等必須分明。英文多輔音尾音（如 put、need、love、farm），不能吃掉，輔音尾音應與後文聯誦（Legato），舉例而言，像「Time is over」，很多人唱歌時會把「is」的「s」吃掉，其實必須唱成「Time i- sover」，才能字正腔圓。德文的輔音特別多，尤其是「ch」音，如「Ich liebe dich」（我愛你），可謂「嘻嘻哈哈」之感。法文的小舌音「r」不好唸，有學聲樂者向一般法國人請教，此音都會有送氣的成份，如常聽到的「Vive la France」（法蘭西萬歲），就是如此。可是唱歌卻不同，「r」如果與平常講話般送氣，就會漏氣，聲音可能站不穩了。相比之下，義大利文的「r」音更重，如「Roma」（羅馬），有滾動的感覺。漢語中沒有此音，我們從小沒有機會練習，多半不懂得如何發出這個滾音。如有機會，嘗試舌頭兩邊收緊、輕掃上顎，發義大利文單詞「Tre」（數字三），久而久之會漸入佳境的。總而言之，有很多人雖然天賦好嗓子，卻不應以此為滿足，必須好好練習各種語言的發音。正如選美參賽者，必須美貌與智慧並重，如果徒有天賦美貌，而沒有後天的努力學習，那是肯定不夠的。

聲樂與其他種類的音樂不同之處，在於聲樂作品有歌詞，而其他種類的作品沒有。歌者演繹時，不能死記硬背，必須了解歌詞的意思，才能全情投入。表演時，要進入大膽而忘我的境界，淡定而不能心急。不必害怕觀眾，因為他們是來欣賞你美好的一面，不是來尋釁挑錯的。因此上臺時絕對不能緊張，要緩解這種緊張的心情，可以表演前先站穩腳跟，一方面讓觀眾看看你的髮型、衣著，一方面也讓自己定定神。演唱時無須望觀眾，直望遠方投入自己的想像便可；一旦與觀眾有太多眼神接觸，恐怕會恍神了。唱完後不要馬上走，要大方接受觀眾的掌聲，好好謝幕就是與觀眾的最佳互動，等掌聲退潮時再行離開不遲。

學習聲樂，當然趁年輕學為佳，一來聲帶沒有老化而富於彈性，二來記憶力好。像歌劇的歌詞篇幅龐大，與其死記，不如多練習，熟悉了自然會記牢。歌劇舞臺上也會有提場（小型舞臺一人，大型舞臺兩人，都躲在舞臺高出處的背後），當演員忘詞時進行幫助，但決不能倚賴他們，還是要靠自己努力。進而言之，歌者不僅要熟記自己的歌詞，還要知道對手的歌詞乃至整體的旋律，這樣演出才能滴水不漏。當然，如果只是學習練聲，則任何年齡開始都為時不晚。

聲音的練習與保養，因人而異。練習時間應該多久？要依據個人體質來拿捏，適中就好。江樺女士直到最近十月還有登臺演出，但平時卻並未天天練習；但因為天天上課，依然起到了練習的功

效。不過她笑言，教育、帶引學生應該以鼓勵為主、好言相勸：當老師的想一想自己曾經付出了多少歲月與努力，就不應該過於指責剛起步的學生了。至於聲帶的保養關鍵，則在於平時不要講太多話、更不要太大聲講話，以免聲帶受到損傷。食物方面，雖然有人有嗜辣、嗜冷的習慣，但帶有刺激性者還是少碰為妙。

演講告一段落後，江樺女士耐心解答了不少觀眾的問題。其門人也先後獻唱〈康定情歌〉、〈茶山情歌〉、〈Sì, mi chiamano Mimì〉、〈O mio babbino caro〉、〈Nessun dorma〉、〈Mon cœur s'ouvre à ta voix〉等名曲，最後由四位女弟子合唱歌劇《蝴蝶夫人》詠嘆調〈Un bel dì, vedremo〉，結束了這晚的活動。謹謅七律一首以誌：

音容顰笑憶吾師。二八華年暮未遲。

含露一新清唱曲，過雲依舊碧梧枝。

猶傷國變流離處，亦喜園開桃李時。

往事都如黑龍水，晨昏不舍動遙思。

2016.11.18.

附記：去年十一月蒙城大張為群老師相招，參加年近九旬的著名女高音江樺女士主持的文化沙龍，其後將筆記整理成文字，題為〈二八華年暮未遲〉。復蒙為群老師青眼，附驥《南風》期刊。樣刊今日收訖，謹謅一律，以致謝悃。

韻託五絃歌慶雲。阜財解慍賴南薰。

羨他斐若聲同楚,獨我塊然頑似殷。

虩虩驚雷猶匕鬯,喈喈鳴鳳自清芬。

幾行筆墨都陳跡,聊備興觀怨與群。

2017.03.09.

*本文原刊於香港城市大學通訊《南風》第 25 期（2017.01.26）,頁 8-9。後轉載於拔萃男書院校刊《集思》2017 年號,頁 101-108,與〈往事都如黑龍水:關於江濟梁老師的回憶〉併作一文,題為〈撫今追昔總佳音:記江樺女士與江濟梁先生〉。

詩心總向月輪孤

——〈一個人在途上〉的詩樂軌跡

　　或因幼年看過好幾部與唐明皇、楊貴妃相關的影視作品,「造就」了我一種性格,那就是往往會把理性與感性分開來。盛世因明皇荒政而走向崩壞,理性上應該加以譴責,但如此並不妨礙在感性上覺得他充滿魅力。這像極了愛情——愛情、文藝是感性的,婚姻、歷史卻是理性的。如果說明皇的例子比較久遠,那就再舉一個不那麼久遠的例子。末代蘇聯領袖戈巴卓夫(M. Gorbachev, 1931-2022)在位時期,正值我們中學時代,至今我們這一代人依然對他的風儀記憶猶新。換言之,戈氏參與建構了我們的青春,而青春應該是感性的。二〇一八年,德國導演荷索(W. Herzog)推出紀錄片 Meeting Gorbachev。片末,年近九旬的戈氏朗誦起萊蒙托夫(N. Y. Lermontov, 1814-1841)的絕筆詩〈一個人在途上〉(Выхожу один я на дорогу),令人太息。

　　萊蒙托夫是俄國文壇繼普希金之後影響最大的詩人。他的文學觀念雖與普希金頗有差異,但兩人至少有幾處相似:都因叛逆言行激怒沙皇、都經歷過流放生涯、感情生活都多姿多彩、都在決鬥中英年早逝。正因如此,〈一個人在途上〉才會如此打動人心:

孤單單我一個人在途上
迷霧裡卵石路光明滅
寂寥夜，荒漠在祈禱穹蒼
星與星兒正私語竊竊

浩浩蒼天如此美麗肅穆
深藍的大地正在入眠
為何我的一生滿是困苦
等什麼？我因何而悲怨？

對生活我早已沒有期盼
對過去我絲毫不後悔
我要追尋的是自由平安
我只希望遺忘與夢寐

我期望能永遠夢寐不窹
卻並非永遠躺臥墓中
夢寐裡氣息輕柔地起伏
生命力充盈於我心胸

願甜美的聲音不分晝夜

在耳際唱著愛情歌曲

願我頭上黑橡樹的枝葉

永遠橫斜，永遠地喁語

這首詩中，作者感受到宇宙大化的莊嚴、神奇與永恆，並渴望與自然相融，化為一體。這種相融並非一般意義上肉身之死亡，而是將精神安頓於永恆，因著永恆而獲得永生。鄭騫說過：「千古詩人都是寂寞的，若不是寂寞，他們就寫不出詩來。」萊蒙托夫是時代的弄潮兒，對自己的猝死毫無準備。他因戲言引發決鬥，而被一槍擊斃。但詩人在絕筆的字裡行間似已逆料到死亡，也預測到不朽：他的詩句會憑藉著橡樹枝葉的沙沙響聲，永遠向繆思女神傾訴衷曲。只有從喧囂人群走向自然天地，方可在詩意與孤獨中沈澱出力量，從容面對生死。

我在中學時代首度接觸此詩，並非因為詩集，而是因為男中音 D. Hvorostovsky（1962-2017）的演唱。他的嗓音溫潤深沈而富於穿透力，令人激昂而低迴。不久，又聽了女歌手 Anna German（1936-1982）的演繹，空靈沈靜，別是一番韻味。當時發現作詞者為萊蒙托夫，作曲者為無名氏，既感詫異，又在意料之中。後來我從萊氏詩集的中譯本裡找到這首詩，雖然譯本行雲流水，卻因先入為主，

嫌它不能入樂，於是依照原文的音節數和押韻模式，重新譯成可唱的中文——也就是前文徵引的版本。

　　東西方文化人都會采風，如中國古代的國風、漢樂府、吳歌西曲等，以及英國〈綠袖子〉（Green Sleeves）、法國〈雅各兄弟〉（Frère Jacques，亦即〈打開蚊帳〉、〈兩隻老虎〉）、德國〈聖誕樹〉（O Tannenbaum）、義大利〈啊朋友再見〉（O Bella Ciao）等，都采自民間，不足為奇。神奇的是，俄國文學起步雖晚，但文豪們的詩作不僅被古典音樂家一再配曲（如筆者在《文學放得開·詩都好玩》一集唸誦費特〔A. Fet〕的〈絮語，羞懦可可的氣息〉，至少便有 Balakirev 和 Rimsky-Korsakov 兩種配曲），更在民間由無名音樂家配樂，廣為流傳。舉例而言，電玩遊戲「俄羅斯方塊」主題曲〈貨郎〉（Korobeiniki），歌詞便來自 N. A. Nekrasov 敘事長詩的頭幾段。而這首〈一個人在途上〉，直到一九六〇年代依然在南俄民間膾炙人口。如此情況，也許只有倉央嘉措情詩在藏區的流傳可以比擬；但倉央之作真偽互見，遠不及這些俄國「民歌」作詞者來得可靠。

　　對於稍長於我的師兄們來說，〈一個人在途上〉也是一道語碼。郁達夫以此為題創作散文，而這篇作品曾是高中中國語文科的指定篇章。到我讀高中，這篇課文雖已被移除，卻依然「久仰大名」——能令那些「番書仔」感嘆不已、乃至在校刊發表書評的課文，委實不太多。對於喪子之痛，高中生是不大可能透徹理解的。但篇末所云：「自家只一個人，只是孤零丁的一個人。在這裡繼續此生中大

約是完不了的飄泊」，卻足以讓那些即將離校者產生冷水澆背之感。

　　然而如此感覺未免太沈重。即使年近三旬的萊蒙托夫所追求的永恆，也仍須蒼天、藍地、星語、樹聲來文飾，何況慘綠少年！所幸達明一派一九八七年推出的同名歌曲，承擔了一些文飾功能：

　　　　心是晚空的情人

　　　　星際是我知心良朋

　　　　每晚上和我接近

　　　　佔據我一生

　　　　飛越過滄海無垠

　　　　衣襟盡染風霜泥塵

　　　　一顆心尋遍世上

　　　　卻也找不到純真……

此曲以星光、滄海、泥塵的具象來點綴孤獨的抽象，而曲末「落魄的這段人生／交織滿孤單腳印」兩句，卻顯然是在向郁達夫致敬。我不知道詞作者是否讀過萊氏詩作，但對於高中生也無關緊要。帶著藻麗的冷水澆背感，未必能成就當下頓悟，卻能為未來作出預言。二〇〇四年，周耀暉也填過一首同名歌曲，歌詞有云：「夕陽

在我後面低沉／低沉的紅色染我身／我身後是我一生／一生的紅塵。」儘管聽眾世代已經交替，孤獨感卻一以貫之──脂粉堆裡的寶玉聽到「赤條條來去無牽掛」一句還潸然淚下；而唱起「渺渺茫茫兮，歸彼大荒」的豁然，畢竟要等到雪地裡披起大紅斗篷。

說回戈巴卓夫，他不寫詩，卻具有文藝細胞。聽過他八十歲時演唱的〈漆黑的夜〉（Темная Ночь），以及悼念亡妻萊莎的〈舊信〉（Старые Письма），誠摯動人。而荷索說，當自己拍攝紀錄片時，是以一個詩人（而非新聞從業員）的身分來面對戈氏。他在戈氏返鄉時感到孤獨，在戈氏誦讀萊蒙托夫絕筆時感受到詩意、甚至俄羅斯的靈魂。而二〇二一年為戈氏九十誕辰演出的一部話劇中，最後一幕就叫〈戈巴卓夫與孤獨〉（Горбачев и Одиночество）。我們每個人都棲居於一具華麗皮囊，赤條條來去，聚散有時。寶玉、郁達夫、萊蒙托夫、戈巴卓夫如此，唐明皇也如此。當他以太上皇之名成為太極宮內的囚徒，常誦讀一首〈傀儡吟〉：

> 刻木牽絲作老翁。雞皮鶴髮與真同。
>
> 須臾弄罷寂無事，還似人生一夢中。

有人說這首詩是明皇嗟嘆受制於子、失去人身自由，似乎還是解得淺了些。實則七十老翁何所求，他固然悔恨往事，這片悔恨也使他看透了盛衰之風景。所謂「人生一夢」，恰與萊蒙托夫的「遺忘與夢

寐」互文。他此時應已領悟到這副傀儡皮囊不僅與政治歷史，更與宇宙大化相互制約著。從感性的角度觀之，明皇和戈氏比郁達夫、萊蒙托夫高壽許多，卻不見得高明許多，因為他們的靈氣在大半生的權力鬥爭中消磨殆盡。但幸運的是，這縷靈氣終在桑榆晚晴中悄然復歸，而那正是因著詩意與孤獨的力量。對於很多人來說，如此力量是終其一生都未曾擁有、未必覺察、乃至一旦失去而永不復歸的。

　　歸根於樸縱歧途。牽掛此生來去無。

　　重幕偏教分竹鐵，隻形豈必判同殊。

　　能招紫笛三聲鶴，且據紅塵一段梧。

　　寤寐晨昏繫駒隙，詩心總向月輪孤。

2021.06.27.

*本文原刊於《無形》文學雜誌 40 卷，頁 11-13，題為〈一個人在途上〉。復轉載於「虛詞」文學網（2021.08.26）。

我所思兮在九歌

——黎海寧《九歌》觀後隨感

　　在漫長的古典時代，產生於南楚大地的屈騷是少數尚未被儒家禮樂所馴化的文本。東漢班固批評屈原「狂狷景行」而不合乎中道，南宋朱熹則謂《楚辭》「馳騁於變風變雅之末流」。再觀秦漢之際，中原仍嘲諷楚人「沐猴而冠」：猿猴喜歡學人穿戴衣冠，卻性情急躁，虛有其表而不脫粗鄙本質。（義大利語中的名詞「猿猴」為Scimmia，動詞「模仿」為 Scimmieggiare，英語無論名、動詞皆為ape，與「沐猴而冠」異曲同工。）直到明中葉，楚地儒者郝敬為自著《藝圃傖談》題辭道：「方內目楚為『傖楚』，楚人為『楚傖』；楚風氣剽悍，人卞急而少淹雅。」不無自嘲之意。次者，楚國風俗信鬼而好祠，《楚辭‧九歌》展現滿天神祇，未必符合儒家「敬鬼神而遠之」的古訓。文獻難徵，則導致歷來對諸神淵源背景與職能的爭論。舉例而言，當代神話學家蕭兵認為〈九歌〉中的山鬼是由夔梟陽——亦即某種未知的巨型靈長類動物幻化而成、含睇宜笑的小美女，一旦遭遇情緒波動就會變回原形。這般看來，楚地文化精粹多少倒體現於山鬼了。

　　關於〈九歌〉的眾說紛紜，客觀上又促使其成為一個開放的詮釋體系，從古到今一直都是書畫、音樂、舞蹈作品的熱門主題。如

臺灣雲門舞集一九九三年首演的《九歌》，概念雖以屈騷為基礎，卻以編舞家林懷民所引申的現代解讀與聯想為主體，古為今用。而香港黎海寧編舞的《九歌》首演更早於雲門兩年，此後又於一九九四年、二○○二年兩回重演。然而，我要直至三十年後的二○二一年十一月，才有緣欣賞第四度公演。身為現代舞的門外漢，我仍相信黎版《九歌》掙脫了朗麗綺靡、耀豔深華的傳統羈絆，以瑰詭而傷情的觸感，講述不安穩的現世，同時還將現世與洪荒相聯通，展現出人類在衣冠禁錮下那躁鬱真誠、任性任情的「裸猿」本色。

全劇劇本及唱詞為譚盾所作，共分為九場，計有〈日月兮〉（東皇太一與雲中君）、〈河〉（二湘）、〈水巫〉（河伯）、〈少大司命〉、〈遙兮〉、〈蝕〉（東君）、〈山鬼〉、〈死雄〉（國殤）、〈禮〉（禮魂），大體與屈原〈九歌〉十一篇相對應，乃至對話。如第一場〈日月兮〉，題目來自〈雲中君〉「與日月兮齊光」一句，而整場的唱詞不但將〈雲中君〉與〈東皇太一〉鎔接一處，更以〈大司命〉「壹陰兮壹陽，眾莫知兮余所為」的詩句為開端。也許正因如此，在一聲哀慟的長嘆下所開啟男祭司引領的群舞，便寄託著對天地不仁的深沈叩問。有了〈日月兮〉，安排給日神東君的場次轉而題為〈蝕〉（Eclipse），逆向映襯。該場完全不錄用〈東君〉原詩，而身穿黑裙的女舞者在整齊劃一的迴旋姿態中，依然令人感受到「衽若交竿」的獷厲之美。至於〈遙兮〉並不與屈作對應，屬於新增的場次。男女舞者將白巾搓成圓球，相互拋接，配上靈動活潑的民歌唱腔，是全劇中唯一的輕

鬆場次。將之安排在第五場，自有讓一直屏息的觀眾暫時回氣的考量。

再者，此劇雖以現代舞為基調，卻不時洋溢著芭蕾、民族舞乃至法蘭明歌（Flamenco）的意態。音效方面，無論是京劇、民歌、美聲的唸白或歌詠，還是二胡、古箏、陶塤、編鐘等樂器（或真或模擬），都予人一種陌生化的刺激感。如編鐘本來是姬周禮樂的化身，此處卻帶有一種不可剪裁的狂簡力道。古箏與山鬼相隨，似乎象徵著雅潔，又因山鬼的舞姿而染上譎怪的色調。

毫無疑問，死亡意識貫穿著整部劇作，而其呈現方式則層出不窮。如〈日月兮〉中是湘西趕屍般的舞姿。〈少大司命〉中是分娩的瀕死體驗，以及舞者們不停旋轉、不停倒下的輪迴。〈死雄〉中是舞者以粉筆在地上畫出人形，又解開手中的黑布團，倒出象徵骨灰的細砂將人形填滿。再如〈水巫〉以河伯娶婦的習俗為本，已經緊扣死亡。而該場的一眾女舞者不僅戴著新娘蓋頭，時蓋時掀，迸發著本能的衝動（法國人將「欲仙欲死」稱為「la petite mort」，字面翻譯為「the little death」）；兩位領舞者女立男臥，一如少女騎鯨、又如陰陽交泰，且隱喻著女性對情慾不可忽視的宰制能量。不過一塊紅布也好、一塊白布也好，蒙住雙眼也蒙住天，愛與死、毀滅力與再生力從來都是同構的。

此外，前後三次從舞臺頂端注砂於地，同樣可圈可點。第一次的白砂出現於〈河〉，第二次的紅砂出現於〈水巫〉，第三次的黑砂出現於〈蝕〉，三次注砂都發生在群舞之後，彷彿意味著宗教儀式誘發的集體意識真的能夠動上蒼、雨天粟。當然，在一以貫之的死亡意識下，細砂的顆粒特徵未必意味著穀物。其流動，宛如一道溝通天人的扶搖龍卷，也使整個舞臺化為一枚碩大無朋的砂漏；而其稍縱即逝，卻又呼應著屈原筆下諸神降臨之短暫：「靈皇皇兮既降，猋遠舉兮雲中」（〈雲中君〉）、「荷衣兮蕙帶，儵而來兮忽而逝」（〈少司命〉）……靈性之門的開啟止於一瞬。如〈河〉那一場的注砂過後，男舞者先是繞砂嗟嘆，然後捧起砂粒，一路走遠，將砂粒撒弄出一道漫長的軌跡。靈性之門關閉後，時間就停止了，那一堆委地的砂粒不過只是時間的廢墟與殘痕。準此觀之，〈死雄〉一場的舞者從各自的黑布團中倒出砂粒、填滿人形，模擬出一個個小型的龍卷或砂漏，無補於事則不言而喻。

〈山鬼〉一場，女舞者身上略帶能劇風味的白衣同樣是神來之筆。這襲白衣綴滿如紙屑般紛紜的布料，如喪禮上的靈旛，又似薩滿的羽衣。當她把「紙屑」撕下，卻復令人想起那些撕裂衣服以表哀痛的《舊約》人物。屈原筆下，山鬼的戀人爽約不至，令她愁腸寸斷。而舞劇中，首場飾演祭司的男領舞，此時卻化身為一個乞丐般的人物，以不無訝異的舉動來試探著山鬼那木偶般的姿態，似乎向好奇的觀眾展示，這位山中女神不過只是一個畫皮般行屍走肉的紙

片人。進入末場的〈禮〉，乞丐裝束的男領舞一直停留到終場。到底他仍是開場的祭司，抑或已經「奪胎換骨」？不得而知。我聯想到的卻是普希金（A. Pushkin）詩劇《沙皇鮑里斯》（*Boris Godunov*）終場的那位聖愚（юродство）：他看到未來的重蹈覆轍，為俄羅斯的命運而悲嘆。

所謂聖愚，是東正教中的遊民傳教士或苦行僧，渾身污垢、半瘋半裸，卻被認為是受天啟者，具有預言能力。Ewa Thompson 指出，沙俄以「開拓基督疆土」之名東征時，卻在西方列強面前對聖愚諱莫如深：聖愚的存在，正意味著俄國人不知不覺間吸納了「異教」色彩的東北亞薩滿文化。在華的俄裔阿爾巴津人，索性把聖愚稱為薩滿。難怪十九世紀西歐有這樣一句諺語：Scratch a Russian and you will find a Tatar——姑譯曰：「羅剎撕開見韃子」吧。在泰西貴族優雅的法眼中，俄國人因長期與東北亞草原民族混居，「不文」之風早已淪肌浹髓了。不過聖愚的形象，在華人眼中並不陌生。翻開文獻，無論是寒山拾得、布袋和尚、濟公、《聊齋・畫皮》中的乞丐，還是《紅樓夢》中的一僧一道，都和聖愚十分接近。這個傳統還可進一步追溯到同樣是楚文化著作的《莊子・德充符》篇：當人們相好莊嚴、衣冠楚楚，卻往往會迷失於凡塵虛華；而那些貌寢形殘的人，則能掙脫世俗束縛，充其德而實其道。故此黎版《九歌》中，時齋時豐的裝扮、中西雜糅的唸白，總能讓我浮想連翩。

人打從一出世便走向死亡，如何應對死亡是每個人的終極問題。當若許宗教的答案都不過差強人意，人們便嘗試再度尋繹自身的根源。隨著近數十年來人文社會科學的發展（也許還包括「新紀元運動」的興起），古老的薩滿文化重獲新生，在西方社會成為另類時尚。而將華夏文明納入薩滿文化圈、重新審視的嘗試，也屢見不鮮。在如此語境下，無論重讀屈原那些「儋楚」之作，還是觀賞黎版《九歌》，都能讓我站在時間的廢墟上，對那些榛榛狉狉、悲喜無拘的洪荒歲月心往神馳。唯有如此我才知道，從槁木溼灰的死亡意識中，一樣能開出鮮花。

楚歌曰：

> 我所思兮在九歌。歡樂極兮哀情多。
>
> 我所思兮在東皇。撫劍鳴璆兮自鏗鏘。
>
> 我所思兮在雲中。長太息兮憂忡忡。
>
> 我所思兮在二湘。求而不得兮淚浪浪。
>
> 我所思兮在河伯。魚有頩兮黿有白。
>
> 我所思兮在司命。九州壽夭兮焉有定。
>
> 我所思兮在東君。杳冥冥兮待朝暾。
>
> 我所思兮在山鬼。年歲既晏兮春有幾。

我所思兮在國殤。隔世生死兮兩茫茫。

我所思兮在禮魂。楚不祀兮空啼痕。

我所思兮思何遙。時已丘墟兮路寂寥。

2021.11.27.

*本文原刊於「虛詞」文學網（2021.12.02），題為〈從死亡意識中開出鮮花〉。

蓮花血脈證仙真

──舞劇《一個人的哪吒》拾遺

楔子

今年四月初，在何杏楓老師引薦下，我與區永東教授取得聯繫。區教授告知，香港舞蹈團會在六月份上演舞劇《一個人的哪吒》，藝術總監、導演楊雲濤先生「以現代香港的視覺重塑中國傳說，觀照哪吒與父母長輩、朋友、社會的關係，為他的孤獨寂寞尋找一個浪漫的表述」。區教授的「一月一藝術『刀神』導賞計劃」團隊希望與我做一個訪談，討論有關哪吒的典故。稍後，還會把訪談整理為錄像，讓觀眾多了解一點哪吒的故事，增進欣賞藝術的興趣。我對哪吒這個人物，可謂既熟悉復陌生。答允接受訪談後，區教授又郵來團隊同仁擬出的問題，如哪吒形象在不同作品的描述是否有所不同？哪吒其人是否也存在一定教化作用？家庭關係對哪吒的人物塑造有何影響？等等。這些問題很具啟發性，刺激了我的思考。四月二十三日在逸夫書院進行訪談，與各位同仁互動良佳，也使我決心在觀劇後塗鴉一篇感想。

同仁 Maze 本為我預留了六月十日（週五）的門票，誰知我在四天前收到通知，謂週五晚有一講座安排，無法推卻。於是，為免造成劇團的困擾，我先行自購了週六晚的門票，再請 Maze 將原來的留

票另作處理。週六劇終後，楊導與區教授舉行了座談環節，令我對該劇有了進一步理解，獲益良多。翌日，我便決定寫一篇較長的文字，將訪談與觀劇的感想共冶一爐，以求引玉。本文之劇照，則由劇團執行監製曾寶妍女士提供。

哪吒的印度淵源

哪吒藝術形象之家喻戶曉，要歸功於明代後期神魔小說《西遊記》和《封神演義》的問世。追本溯源，這個人物的雛形最晚在印度史詩《羅摩傳》（*Ramayana*）中便以夜叉的身分出現，名為捺羅俱伐羅（Nalakuvara 或 Nalakubera，下文簡稱捺羅）。史詩中，捺羅的未婚妻遭叔父、魔王羅婆那（Ravana）侵犯。捺羅於是詛咒叔父：「羅婆那若再擄掠女子，除非對方心甘情願，他將永遠無法得到該女。如果他霸王硬上弓，頭顱必然裂成七塊。」由於這個詛咒，縱使羅婆那後來綁架了男主角羅摩（Rama）的妻子悉多（Sita），悉多依然保持了貞潔。

《羅摩傳》中的捺羅是青年而非兒童，法力也不見得十分高強，但其名字卻為中土的哪吒故事埋下了伏筆——哪吒即是捺羅的音變。梵語中，捺羅（Nala）有幾種意思，包括蓮花、根莖等，這似乎對應著日後蓮花化身的情節。而俱伐羅（Kuvara）的涵義更為多樣，計有海洋、美麗、苦澀、陶匠、駝背等，可謂莫衷一是。不過參

考《博伽梵歌》（*Bhagavata Purana*），便可窺見其由來：北天王毗沙門（Vaisravana）又名俱伐羅（Kubera），生有二子，一為捺羅俱伐羅，一為摩尼揭梨婆（Manigriva，下稱摩尼）。我們知道，毗沙門便是中土佛教四大金剛中的北方多聞天王，元明以降轉化為道教神祇、托塔天王李靖。因此捺羅俱伐羅一名，意即俱伐羅之子。換言之，《博伽梵歌》已經道出了哪吒的親緣關係，並為後來的佛道二教所承襲。

不僅如此，《博伽梵歌》還記載了一段重要的故事。捺羅、摩尼兩兄弟在恆河中與天女們戲水，恰逢聖人那羅陀（Narada）路過。天女看到聖人，馬上穿回衣服，捺羅兄弟卻依然赤身露體。聖人深感受到褻瀆（一云哀矜兩兄弟沉溺酒色、耗費生命），於是把他們變成兩棵樹。多年後，嬰兒時代的大神奎師那（Krishna）途經這兩棵樹，大發悲心，把他們變回人身，捺羅兄弟終於幡然悔悟。這段情節雖與今人熟悉的哪吒故事頗有差異，但我們仍能看出幾點似曾相識之處：

一、捺羅在恆河戲水，與哪吒在東海沐浴相對應。

二、捺羅因不敬聖人那羅陀而受罰，哪吒因追殺父親李靖而受罰。

三、捺羅被聖人化成了一棵樹，哪吒則被燃燈道人關在塔中。兩種懲罰雖不同，卻皆有禁足之意。

四、捺羅最終由奎師那解救，哪吒則在剔骨還父、割肉還母後由太乙真人還魂。

五、捺羅化為樹，哪吒憑依於蓮花之身。

六、奎師那的嬰兒形象，與哪吒也有應合之處。

七、捺羅的兄弟摩尼，或云即是哪吒二兄木吒的原型，待考。

比較《博伽梵歌》和《封神演義》，主角受罰之原因雖皆本於道德操行，但前者近乎宗教、後者基於倫常，反映出兩大文明不同的側重點。（還有學者指出，哪吒報父的情節出自波斯典籍，此亦有俟進一步論證。）

佛經中的哪吒一直以北天王毗沙門之子孫、法力高強的青少年形象出現，但往往只是次要角色。如東晉十六國時所譯《佛所行贊‧第一生品》云：「毗沙門天王，生那羅鳩婆。一切諸天眾，皆悉大歡喜。」那羅鳩婆即捺羅俱伐羅的另譯。又唐代不空譯《北方毗沙門天王隨軍護法儀軌》云：

> 爾時那吒太子，手捧戟，以惡眼見四方白佛言：「我是北方天王吠室羅摩那羅闍第三王子其第二之孫。[……]我護持佛法，欲攝縛惡人或起不善之心，我晝夜守護國王大臣及百官僚，相與殺害打陵，如是之輩者，我等那吒以金剛杖刺其眼及其心。若為比丘、比丘尼、優婆塞、優婆夷起不善心及殺害心者，亦以金剛棒打其頭。」

由於北天王為夜叉首領，因此哪吒的主要職責也在於「掌鬼」，亦即驅邪護正。經文稱他有「惡眼」，可見是現忿怒相。他不僅如北天王般震懾妖魔，也不放過世間惡人，要以「金剛杖刺其眼及其心」、「金剛棒打其頭」。唐宋筆記小說中，還有哪吒護衛中土僧人的故事。而早在宋代，哪吒就被道教收編為護法神，號稱三太子、中壇元帥。民間若遇見難解的災厄或妖魔作祟，便會設壇祈求中壇元帥保庇。時至今日，香港深水埗的三太子廟依然頗為知名，臺灣主祀哪吒的廟宇更為數不少。不僅如此，臺灣民俗藝陣團體將電音與三太子相結合，表演形式大受歡迎，體現出哪吒文化歷久不衰的生命力。此外，明代以後哪吒的外型開始兒童化，故而漸被視為兒童保護神，這也十分值得注意。

哪吒的兒童形象

關於哪吒的形象，二階堂善弘在〈哪吒太子考〉一文中指出：

> 祂的形象完全是個小孩子。這種形象在民間信仰中也是很特別的，除了少數神明之外，沒有那樣的神。另外，哪吒在許多文學作品中，是特別出色的人物。特別是《封神演義》裡的鬧龍王宮、蓮華化身、父子相剋的故事等，隨著《封神演義》的流行，膾炙人口，成為人們都熟識的故事了。

毋庸置疑，哪吒的兒童形象雖可能受到奎師那神的影響，卻是在中土才形成的。宋代佛典《景德傳燈錄‧天台山德韶國師》云：「那吒太子，析肉還母，析骨還父，然後於蓮華上為父母說法。」德韶（891-972）生於唐末，卒於宋初，則《封神演義》中的相關情節，在唐宋之際似乎已廣為流傳。而元明之交長谷真逸所編《農田餘話》云：「燕城係劉太保定制，凡十一門，作哪吒神三頭六臂兩足。」如果此言可信，則意味著元代立國時，劉秉忠奉忽必烈之命建設大都，便是依照哪吒的形象——當時哪吒三頭六臂兩足的外觀，也深入人心了。

此外，明代前期成書的《三教源流搜神大全》，可謂現存最早而較完整記錄中土哪吒故事的書籍：

> 那吒本是玉皇駕下大羅仙，身長方六丈，首帶金輪，三頭九眼八臂，口吐青雲，足踏磐石，手持法律。大嘅一聲，雲降雨從，乾坤爍動。因世間多魔王，玉帝命降凡，以故托胎於托塔天王李靖。母素知夫人，生下長子軍吒、次木吒，帥三胎哪吒。生五日，化身浴於東海，腳踏水晶殿，翻身直上寶塔宮。龍王以踏殿故，怒而索戰。帥時七日，即能戰，殺九龍。老龍無奈何，面哀帝。帥知之，截戰於天門之下，而龍死焉。不意時上帝壇，手搭如來弓箭，射死石記娘娘之子，而石記興兵。帥取父壇降魔杵，西戰而戮之。父以石記

為諸魔之領袖，怒其殺之以惹諸魔之兵也。帥遂割肉刻骨還父，而抱真靈求全於世尊之側。世尊亦以其能降魔故，遂折荷菱為骨、藕為肉、系為經，葉為衣而生之。

《搜神大全》係為統合道教神系而撰，哪吒的基本故事，也因此漸趨豐盈。有了如此文化累積，哪吒日益為世人所知。此書謂哪吒出生第五天便到東海沐浴，第七天便屠龍，可以看出與《封神演義》之間的聯繫，但嬰兒與七齡頑童仍是有差別的。且《搜神大全》謂哪吒乃是「方六丈」的「大羅仙」，似乎最後還是成年了——或起碼達到青少年階段。至於殺九龍、打死老龍，也與《封神》中擊斃龍王三太子敖丙與夜叉李艮不同。而還魂重生後追殺生父的情節，此處更未見記載。

學者指出，成書於明代中葉的《西遊記》「首次將成年哪吒變為小兒哪吒，給他安上了風火二輪，塑造了一個生動可愛的小將形象」。而稍後面世的《封神演義》中，哪吒的形象與故事不僅更為完整，與《西遊記》合觀也幾乎全無牴觸之處。《西遊記》中的哪吒只是配角，在哪吒出場的環節，吳承恩（1506-1582）理所當然地將之描寫成兒童，似乎如此形象乃眾所周知。試想，如果小兒哪吒的形象為吳氏首創，若要避免過於突兀，他必會多花一些筆墨加以介紹說明。因此我們相信，小兒哪吒的形象，理應出現於《搜神大全》面

世以後、《西遊記》出版以前。至於《封神演義》一書，或云係道士陸西星（1520-1606，一說許仲琳）編撰。如此看來，《封神》顯然是道教神系的又一次統合，難怪後世民間信仰中包括哪吒在內的不少神祇，其本事往往都追溯至《封神》。

那麼，為什麼明代要將哪吒的形象定格為罕見的兒童神呢？學者指出：「哪吒外貌和法器的兒童化，與農耕民族的審美心態和多子多福的文化心理密切相關。」如乾坤圈、風火輪、混天綾等法器，都是由童具、童玩變化而來。（黃宇玲、唐銘珠〈哪吒頑童形象論〉）進而言之，從《搜神大全》和《封神演義》來看，哪吒的故事可謂一部成長小說（Bildungsroman）。但是，以凡人為主角的成長小說一般皆以主角的成年為終結，而哪吒畢竟是神祇，具有見機說法的職能。如中土的觀音菩薩是「現婦女身而為說法」，其協侍龍女、善財雖早已成為菩薩，卻為要向大眾表法而現兒童身。準此，哪吒同樣要「現童男身而為說法」，才能更好地吸引兒童信眾，並產生「先迷後得」的示範作用──雖然《封神演義》說他「年方七歲，身長六尺」，也可謂巨嬰了。

再者，道家宗師老子曾提出「如保赤子」、「專氣致柔能嬰兒乎」的觀念，似乎赤子、嬰兒就象徵著至善至美。然而，讀過《蒼蠅王》（*Lord of the Flies*）的人無不震懾於那群兒童的慘酷──人性，終歸是善惡兼具的。黃宇玲、唐銘珠也同樣點出這種「殘忍」天性：

由於頑童性格的核心是遊戲精神，他的行為動機是「有趣」而不是禮儀教化的那套社會化規範，所以頑童們往往自發地帶有「殘忍」天性。哪吒屠龍、殺石磯徒弟的行為，與一般小兒閒時斬斷蚯蚓、掰折知了腿、給蟻穴灌水的行為並無二樣——成人或覺殘忍，兒童卻不以為然。哪吒這種輕視生命的行為，大概就是許仲琳所說的「天數」。什麼是「天數」？「天數」不就是兒童的天性和本能嗎！不就是自然的人性嗎！

若再與《老子》相扣，哪吒所作所為不也恰好契合了「天地不仁」之說麼？比照殺人如麻的李逵，金聖歎竟說他是「《水滸》中第一尊佛」，思過半矣。不過，李逵究竟已經成年，如此混沌未開的莽夫在故事中作為配角尚可，一旦擔任主角，實在不易討喜。但哪吒的外形則是七歲小兒，「遍體紅光，面如傅粉」，可愛之極；即使犯了錯誤，觀眾不但會以「有怪莫怪細路仔唔識世界」為說詞，還可在欣賞其快意恩仇的過程中得到心理補償。

　　秉性頑皮、快意恩仇的哪吒是天道的化身，而事事顧忌、畏縮無能的李靖則是人倫的化身——入世愈深、觀世愈久，則羈絆愈多。二者成為父子，能不電光火石乎！蔣勳《孤獨六講》將哪吒視為背叛父母倫理的漏洞：

　　哪吒是割肉還父，割骨還母，他對抗父權威到最後，覺得自己之所以虧欠父母，就是因為身體骨肉來自父母，所以他自殺，割肉還父，割骨還母，這個舉動在《封神榜》裡，埋伏著一個巨大的對倫理的顛覆。

然而，道教不同於道家，現實也不同於理想。哪吒要吸引世俗信眾、要在神系中佔有一席之地，就必須被馴化、必須與倫理妥協。因此，割肉剔骨之舉被講述成一人行事一人當、不願累及父母的孝心。而燃燈道人以寶塔制服哪吒後，將寶塔贈與李靖，的確令人氣結，卻也是人倫現實中的必然。綜觀此後各種以哪吒為主角的文本，往往替哪吒開脫。如傳統民間故事認為是龍王一家要吃童子肉，派夜叉強搶兒童，才引得正在洗澡的哪吒大開殺戒。現當代影視劇本，也一樣在改編時不得不將龍王父子塑造成形象單薄的惡勢力，並略去石磯徒弟遇害一段。哪怕是蔡明亮拍攝的時裝電影《青少年哪吒》（1992）借用哪吒的叛逆來顛覆臺灣社會固有的倫理，但劇終的小康畢竟是成長覺醒了。可見無論在哪一種文本中，現兒童身的哪吒都遠非我們想像那麼簡單。

舞劇《一個人的哪吒》

　　舞劇《一個人的哪吒》，英文名稱為 *Nezha: Untold Solitude*，儼然有向《孤獨六講》致敬之意。但其推出無疑建基於更多前文本的積厚，故能後出轉精。導演楊雲濤先生說：「在劇中，哪吒不僅是一個角色，更是一種生命的狀態。這種狀態是人們所共有的，因此觀眾可以透過自己所處的世界與經歷來面對這場演出。」哪吒的孤獨，來源於成長過程中自身天性與社會環境間產生的巨大張力；而對社會環境「異質性」之感知，必然始於家庭與世代。身為父親的楊導，對這種張力與「異質性」有更深刻的理解：「個體是非常重要的，我們必須重視個體，但個體之間也必須合作、協同。我是誰？我要怎樣認識自身？我自身又扮演著怎樣的角色？」

　　舞劇的海報及宣傳品中，把「哪吒」二字的口字邊設計成兩個圓形，分別對應著舞臺上空始終懸掛的巨型乾坤圈，以及那張半個舞臺大小的圓形白紙——既代表著哪吒出生時肉球胎衣，也隱喻著孕育生命之水與土。圓者常旋。乾坤圈隨著劇情發展而變化光與色，有時碧海蕩漾、有時烙上文字、有時甚至如幽浮或土星光環，使用非常巧妙。而白紙不著一字，卻是生命運動之憑依與軌道。第一場〈破土〉描述哪吒的誕生，那張白紙皺成一團地包裹著主角，但觀眾當時並不能看出白紙的形狀。而天上的乾坤圈，正如楊導所言，就是一座井口，眾生都在坐井觀天。但最後一場〈蓮生〉中，舞者環繞著攤平的同一張白紙跑步，則表示哪吒重生後的生命，已與大道

融為一體。而乾坤圈與此同時的下降，實際上意味著包括哪吒在內的眾生從井底上升，最終會跳出井外、自我超脫。

另外，劇中值得注意的還有南音演唱的〈靈珠子〉與〈觀世上〉。〈靈珠子〉是開場不久後在舞臺熄燈中播放，將哪吒的身世娓娓道來，為不熟悉情節的觀眾作解說。〈觀世上〉則出現於結束前，對整個故事加以詠嘆。的確，舞臺所傳遞的訊息並非言語可以形容，過於偏重文字可能使觀眾左顧右盼，對舞蹈本身造成傷害。但是，語言也是一種聲音，文字也是一種圖像。那些對情節瞭然於胸的觀眾，不僅不需倚賴這些語言文字，反會在聲音與圖像中體察到美感。

關於李靖，楊導說：「作為父親的這個角色，明顯是被賦予的。我希望藉著這部舞劇來探討人與人之間的狀況，包括一個父親的心中在想什麼。」記得有學者評論《左傳・鄭伯克段於鄢》道：「母愛是無條件的，而父愛是有條件的。」如此表述當然是相對的，但母親關注的是孩子的飽暖安康，幾乎發自純粹天性，故云「無條件」；父親關注的卻是家族的興衰榮辱，往往涉及倫常，故云「有條件」。如果說《封神》中李靖的形象有欠單薄，我們不妨拿《紅樓夢》中的賈政為參照。他拘謹古板、酸腐無趣，令寶玉畏之如虎，但又是老爺輩中難得的正面人物。其實這位二老爺，少時天性也詩酒放誕，只是為官、當家後責任重大，不得不收斂起天性志趣。也許正因如此，舞劇中的李靖的服裝採用了文武袖：若謂文袖象徵著飽讀詩書、被社會人倫所收編，武袖則暗示他也有著早已消逝的、快意恩

仇的過去。寶玉—哪吒的個性，能說毫無賈政—李靖的遺傳？

　　另一方面，《封神演義》中哪吒與敖丙排行都是第三，似乎已為二者的鏡像關係埋下了伏線；而最後一回中，姜子牙將敖丙的魂魄敕封為華蓋星君，其意義也一直遭到忽略。這些因子一直要到兩年前才得到動畫片《哪吒之魔童降世》的注意。此片將敖丙塑造成揹負龍族復興使命的青年（點出了華蓋星君的職能），與哪吒不打不相識、惺惺相惜，一如巴比倫史詩中的吉爾迦美什（Gilgamesh）與恩啟都（Enkidu）。《一個人的哪吒》雖未沿襲動畫片的情節，卻同樣注意到敖丙一角的巨大作用：他和李靖一樣，從另一個層面映襯著哪吒。劇中第三場〈鬥耍〉以哪吒殺敖丙為主題，無疑是最絢爛、最吸引、也最令人屏息的一場。敖丙和諸夜叉不僅服飾華麗，背後的四面靠旗更模擬龍鬣魚鰭。敖丙的出場與離場，都設計為懸浮半空，以見其身分之尊貴。而小說中的哪吒抽龍筋，則象徵性地演繹為拔下靠旗戲耍，尤見心思。敖丙死去那一刻，飾演者倒懸於空中。我當下不由想起古希臘木馬屠城故事中最悲情的一幕：特洛亞城太子兼主將赫克托（Hector）陣亡後，遺體被阿喀琉斯（Achilleus）拖在馬車後繞城三匝。赫克托和敖丙即使不知道自己的死敵是上天眷顧之人，也必然見識過對方的神勇，但他們卻依然迎戰，不惜一死。如果說阿喀琉斯參戰只是為了生前身後名、近乎重生以前的哪吒，赫克托則肩負著家國安危、庶幾格鬥而死的敖丙。阿喀琉斯與重生前的哪吒只屬於他們一己，赫克托與敖丙卻屬於社會人倫。家與國

的擔子並不容許赫克托與敖丙如他們的死敵般愛惜一己之榮、只逞一時之快。

赫克托的遺體被阿喀琉斯帶走後，他的老父、特洛伊國王普里阿摩斯（Priam）深夜潛入希臘軍營，向阿喀琉斯索回赫克托遺體安葬。二〇〇四年電影《木馬屠城記》（*Troy*）中，彼得‧奧圖（Peter O'Toole）飾演老國王，這一段情節的臺詞尤為動人：

> 你屠戮了多少他人的表親？多少人子、人父、人弟和人夫？多少，英勇的阿喀琉斯？我認識你父親。他死得很早。但他也很幸運，沒有活著看到兒子的墮落。你奪走了我的一切。我的長子、我的王位繼承人、我的王國捍衛者。我無法改變現實，這是天意。但是請對我發一點悲心。我愛我的兒子，從他把雙眼睜開直至你讓它們閉上的每一刻。讓我清洗他的身體，讓我為他禱告，讓我在他雙眼放上兩枚硬幣，送給冥河的船夫。

相比之下，《封神演義》中哪吒對於敖丙之死始終並未在意。他在天宮寶德門外攔截告御狀的敖丙之父、龍王敖光時說：「偶在九灣河洗澡，你家人欺負我；是我一時性急，便打死他二命，也是小事，你就上本。」誠可謂雲淡風輕。如果從「天地不仁」的角度來看，殺死敖丙也許真是無傷大雅的必要之惡（Necessary Evil），反正他終有一

天也會受封為華蓋星君；但在老父敖光心中，這怎麼可能是小事？童年時，看到哪吒在敖光與李靖夫婦對質下剖腹剔腸而償命那一段，總覺得激憤不已。但成年後重讀《封神》原文，當敖光聽得哪吒願意承擔後果時說道：「也罷！你既如此救你父母，也有孝心。」我已難以簡單視之為虛偽客套語。而前一回中，敖光索回敖丙龍筋、「見物傷情」一段，更令我想起特洛伊老國王索回愛子遺體的情節。儘管舞劇中沒有敖光出場，但我在觀看時，未嘗不將相關情節理所當然地視為潛文本。

敖丙所象徵的內涵必然會被重生前的哪吒所摧毀，如此內涵到最後又必須為重生後的哪吒所承襲。哪吒的重生以敖丙之死為代價，其新生又超越了敖丙的境界——劇中，重生後的哪吒所穿既不復為招牌的紅肚兜，更非敖丙的華服，而是換上了與其他舞者一樣的尋常裝束。明代思想家李贄在揭櫫「童心說」的同時，也指出「穿衣吃飯，即是人倫物理」。（《焚書・答鄧石陽》）在這個意義上，哪吒終於透過重生而成長了，但他依然是個孩子。

結束拙文前補充一點：據說舞劇本來安排了眾多舞者，最後卻因為疫情關係，改為採用全男班，人數才及原來之半。但如此一來，卻能在舞臺上洋溢出濃烈的男性荷爾蒙，進一步發揮叛逆精神，竟是塞翁失馬了。不過這也引發我的好奇：男女合演《一個人的哪吒》，又會是怎樣的面貌？作為父親的李靖固然象徵著權力與社會，若把母親殷夫人請上舞臺，又會迸發怎樣的新火花？我拭目以待。

調寄鷓鴣天曰：

塵世堪嗟父子親。穿衣吃飯豈人倫。

平妖自有乾坤鐲，逐北還須風火輪。

◎驚蟹將，揭龍鱗。蓮花血脈證仙真。

詳勘聖者皆孩理，天地不仁方至仁。

2022.06.13.

＊本文曾連載於「橙新聞‧文化本事」之「伯爵茶跡」專欄（2022.06.17、06.24、
07.01）。

紅白玫瑰事也虛

——「誤讀」舞劇《#1314》

關於詩的格律

隨著世代的更迭，詩韻、舞姿和畫風都經歷著形式上的鬆綁——至少這種鬆綁只在視覺上。相對於古典舞的優雅、古典畫的存真，現代舞的肢體語言、現代畫的構圖技法，無不在解構傳統規律，或予人以無所憑依、恍然若失之感。然而，如此解構既建基於古典的積澱，也在嘗試以現代生活經驗與古典對話。中國古典詩歌中，唐代近體詩格律至為精巧，由此到唐宋長短句轉用寬韻、到元明散曲平仄通押、到清代戲曲捨曲牌而用板腔、到現代歌詞棄用律句……每一次鬆綁，都是對當世生活面貌的一次呼應。可以說，中國古典詩歌的興象玲瓏、不可湊泊，原因之一便在於看似天衣無縫的華美韻律。而綠葉劇團的舞劇《#1314》到最後，伴舞者們一個個脫下七彩繽紛的外套，以肉色內衣在臺上立臥奔走，儼然隱喻著詩歌形式的終極鬆綁，繁華落盡見真淳。

《#1314》所依據的莎士比亞十四行詩（Sonnet，詞源為拉丁單詞 sonus，即聲音之意）同樣講究韻律。十四行詩是起源於十三世紀義大利的一種抒情詩體（lyric poem），一譯商籟體，讀起來果如清商隨風、地籟齊鳴。記得在《文學放得開：仙氣襲人》一集中，我曾誦

董塘雜文錄：以寫療寫

讀但丁的處女作〈我的戀人如此嫺雅〉（Tanto gentile e tanto onesta pare），這是一首典型的義式十四行詩。全詩分為三段：首段、次段各四句，第一、四、五、八句皆用-are 韻，二、三、六、七句皆用-uta 韻；末段六句，九、十四句用-ira 韻，十、十三句用-ore 韻，十一、十二句用-ova 韻。以字母依次指代每個韻腳，形式就是 ABBA-ABBA-CDEEDC。這種「抱韻」（enclosed rhyme），我戲稱為「洋蔥韻」，尤其是末段那六句，一層一層內外包裹，更為形似。到了英式十四行詩，形式就變成了 ABAB-CDCD-EFEFGG。我想如此變化有兩個原因：首先，義大利語詞彙大多數以元音收結，容易押韻，且元音響亮，容易造成聽覺的停留，那怕三層抱韻也毫無問題；而英語中同韻的詞彙不及義大利語多，因此採取隔句押韻的辦法。其次，英國文學傳統中有一種「英雄雙行體」（heroic couplets），喬叟（Geoffrey Chaucer）便有不少名作。而英式十四行詩把「英雄雙行體」吸收進去，有利於在篇末營造高潮與弦外之音。如《#1314》場刊中所舉：

Lo! Thus, by day my limbs, by night my mind,

For thee and for myself no quiet find.

這是莎翁十四行詩（編號 27）的末二句，抽離來看正是一首「英雄雙行體」。難能可貴的是，劇團還製作了精美的導賞手冊，簡明扼要

地介紹了十四行詩及中國新舊體詩的特點，以及粵語聲調、平仄，讓觀眾更能進一步與劇本加以比對、欣賞，功莫大焉。

《#1314》的莎詩新詮

不過十四行詩無論義式也好、英式也好，皆措辭典雅——膚淺地說，往往將十四行從頭唸到尾也找不到幾個句號。因而詩內真情層層包裹何止像洋蔥，更似蠶繭一般，令初接觸者茫然不得其門而入。然而，《#1314》的創作者與演繹者們卻以獨特的方式為莎翁原詩抽絲剝繭，作註解、語譯、詮釋、對話，從而產生多邊的互文關聯，「怪異反常的肢體盛載濃濃詩詞，引發身體與話語猛烈對碰，不受拘束、拋開邏輯，一場比現實更真實的劇場經歷」，令觀眾與讀者的神魂在文本的張力波面流轉如不繫之舟。

如莎詩編號 97 云：

How like a winter hath my absence been

From thee, the pleasure of the fleeting year!

而劇本云：

與君別離後　　多像是過冬天

你是時光流轉中唯一的快樂

董埗雜文錄：以寫療寫

245

原詩將與情人的離別比喻成冬天，冰冷、黑暗、荒蕪，而劇本則將「離別」具體落實於別後獨處的時間，而這種冰冷、黑暗、荒蕪則以度過冬天——對時間與節候的主觀感知經驗來呈現。如此一來，便與後文將情人比喻為時光流轉之快樂相和應了。這般翻譯顯然令原詩的寓意更為清晰。又如莎詩編號 96：

How many lambs might the stern wolf betray,

If like a lamb he could his looks translate;

劇本云：

小紅帽　　與屠夫　　也被野狼吞沒

如果裝傻扮癡　　如綿羊一樣

儘管文義基本上忠於原詩，卻於意象、措辭有所增益。如原詩僅談及狼與羊，而劇本增入的「小紅帽」使讀者思緒與狼外婆的故事相勾連，「屠夫」的出現更強化了野狼之兇殘。再如莎詩編號 115：

Those lines that I before have writ do lie,

Ev'n those that said I could not love you dearer.

Yet then my judgment knew no reason why

My most full flame should afterwards burn clearer.

劇本云：

> 我寫過給你的詩是謊話
>
> 我寫過無法愛你更深嗎
>
> 當時我可會懂得去疑惑
>
> 後來我竟會不斷燃亮吧

兩個感嘆詞的運用，側重強化了反問甚或自嘲的意緒（縱使竊以為「嗎」字比「吧」字用得更為自然）。而將原詩的隔句押韻幾乎轉變成逐句押韻（「惑」字雖為入聲，卻未嘗不可視為 Garcia Lorca 式的韻腹押韻），令節奏更為緊密。若是種種，皆不難發現創作者與莎翁心境一以貫之、舉而反之。且歌詞語言清朗可唱的特質，也令觀眾容易受落。如此皆可覺察到創作者的良苦用心。

關於愛情

　　早期十四行詩所承載的內容多以愛情為主，莎翁諸作也不例外。作為人類永恆謳歌的對象，愛情之為主題也可謂最具有可塑性。如屈原〈離騷〉也好，《聖經·雅歌》也好，倉央嘉措情歌也好，都被賦予「香草美人」的涵義，認為是藉男女之歡情來隱喻君主、上帝、佛法乃至社會與人的關係。即便莎翁自身也有如此嘗試。如十四行詩（編號 130）云：

My mistress when she walks treads on the ground.

翻譯家飛白說：「一般詩人總喜歡用詩的詞藻把情人比喻得天花亂墜，如當時的許多十四行組詩無例外地把情人比作女神，把頭髮比作金絲。莎士比亞卻把這些陳詞俗調諷刺了一番，把流行的比喻——加以否定；對自己的情人則口口聲聲說她不美，但實際上卻通篇用反話對她作了讚揚。全詩的高潮是『我情人走路時，腳踩在土地上』，這成了一個人文主義者最崇高的讚詞，表現了人對神的自豪感。」可見此詩在措辭上的「叛逆」，正呼應著文藝復興時代由神而人的人文關懷。但無論如何，莎翁依然選擇愛情的主題來表達自己推陳出新的意念。

站在前人的肩膀上，《#1314》結合目下世代的經歷，將愛情主題延拓為「虛位」，讓觀眾各適其適地在此虛位上安放「定名」。一如簡介所言：「《#1314》以詩意的身體碰撞詩意的文字，帶來一場血腥的戀愛；一次浪漫的殺戮。身穿最華麗的服裝，口說最溫柔的詩句，手握暴力的拳頭，催情的空氣節節擊潰人的意志……因愛生怖，互相角力、互相撕殺，虔誠的人總是頑強地負傷愛下去。」全劇之中，男主角威廉（莎翁魅影？）的愛情都糾結於白紅（紫？）兩朵「玫瑰」（姑容我如此稱呼）之間。白玫瑰象徵著不帶附加條件的理想之愛（Urania），清澈無玷，「影像把黑暗照得通亮」。紅玫瑰代表著世俗的追求（Pandaemonia）——肉慾、金錢、權勢如繩纆相糾，

更會主動進襲，所謂「我愛你和你愛別人一樣正當」。這三角關係對於威廉來說，乃是一種靈與肉不可得兼的撕裂。在了無休止的纏繞下，紅玫瑰竟化作一尊雕像，而白玫瑰卻被禁錮於雕像的基座。物慾至上、理想遭囚，原是我們這個世代的常態。威廉竭盡全力，終於摧毀基座、推倒紅玫瑰、救出白玫瑰。但到了劇末，白玫瑰褪下白衣、泯然眾人，紅玫瑰卻仍舊儀容鮮麗，可見威廉在世俗眼中充其量只是另一個唐吉訶德罷了。不過回想一開始，明明就是白玫瑰的歌聲喚醒了沉睡的威廉和紅玫瑰，足見多少物慾都是假理想之名而誕生！物慾也者，本來便是人類自出娘胎便帶來的熱毒。這一具有漏之軀，恐怕會讓我們一輩子都要服食冷香丸──尤其是假如我們依然虔信白玫瑰終有一天會重披白衣的話。

本劇於二〇一六年初演，二〇二一年聖誕連續在沙田大會堂上演三日。原訂二十五日觀劇，我卻誤認時間而錯過；所幸二十六日尚能補救，令人寬慰。觀後本擬參加分享會，竟因故提前返家，委實抱歉。火車上翻閱舞劇資料之際，偶見一家三口，太太在喋喋間對攻讀神學博士的遠房侄兒極盡揶揄之能事，恰好為我對舞劇的誤讀增添了一個現實的例證。遂掩卷閉目，默默吟成七律曰：

不須熊掌不須魚。紅白玫瑰事也虛。

蚊血牆邊猶失彼，月光樓上總愁予。

鑄身安辨金還石，通感空懷椒與糈。

十四行詩吟未罷，寂寥誰共一床書。

2021.12.27.

＊本文原刊於「虛詞」文學網（2022.01.12）。

榻向天方付夜譚

——電影《*Drive My Car*》窺隅

　　電影《*Drive My Car*》是一條龐大而精巧的互文馬賽克隧道，自愛情與慾望的摹刻，至戰爭與和平的隱喻，無所不包。其面世與《羅生門》一樣，是作家與導演的相互造就。一如黑澤明把芥川小說〈羅生門〉和〈叢林中〉的主題精心糅為一體，濱口龍介同樣把村上的〈*Drive My Car*〉、〈雪哈拉莎德〉和〈木野〉的情節有機嫁接一處，遑論其對契訶夫（A. Chekhov）戲劇《凡尼亞舅舅》（*Uncle Vanya*）臺詞的裁剪勻注。此片上映後，相關評論為數甚夥。筆者不揣淺陋，亦略作管窺，以求引玉。

故事說後怎麼辦？

　　村上小說〈雪哈拉莎德〉中，女主角每次與男主角羽原行房，都會給他講一個有趣而玄妙的故事，「現實與推測、觀察與夢想似乎交織在一起，難以區分」，就像《天方夜譚》的王妃雪哈拉莎德（Scheherazade 為德文譯音，歐洲諸國及臺譯仍之；阿拉伯文為Shahrazād，陸譯山魯佐德）一樣。「她給羽原講故事，只是因為她自己想那樣做，或許也是想慰藉一下每天只能呆在家中的羽原」。於是，羽原便在小小的日記本上簡單記下她的故事。而在電影裡，話劇演

員家福悠介之妻音的情況則頗為不同了：她的故事是在歡愛之際下意識地講出來的，而聲情並茂，文不加點也自成章；家福翌日的紀錄十分詳盡，乃至可以代妻投稿，絕非「簡單到即便日後有人看到也看不明白的程度」。音這種薩滿降神式的敘述方式靈異玄幻，而家福在顛鸞倒鳳之餘竟能逐一牢記故事細節，似乎也不可思議。但不難猜測，音的迷狂（ecstasy）未必全然來自肉慾，而家福在聆聽故事時獲得的滿足到底是生理性的還是文學性的，也莫可究詰。實際上，音的「迷狂」源於多年前幼女夭折之創痛的自我醫療，而同受創痛的家福顯然深知其因由。既然他總在枕席上保持著一定程度的理智，大抵不可能予音以太多肉體上的快慰。（因此，他後來對高槻宣稱自己與音床第和諧，應該打上問號。）小說〈Drive My Car〉中，家福很難理解妻子為什麼非同別的男人上床不可，尤其是兩人在結婚以來作為夫妻和生活伴侶一直保持著良好關係。而電影則多少解答了這個疑問。正因兩人的相互關愛（concern）與默契，正因兩人同樣有著揮之不去的喪女之痛，這就注定了全然靈肉合一的狀態在這段夫妻關係中的缺位。音曾猶疑是否嫁給家福，擔心婚後從夫姓叫「家福音」會遭人訕笑，不由令人想起《新約・哥林多前書》告誡夫妻要注意「撒旦趁著你們情不自禁，引誘你們」。無論音的迷狂與虛脫，抑或家福的清醒與拖延，都出於喪女之痛，家庭責任弱化乃至消解了閨房之樂，使這段關係「清淨」如福音一般。這也是心懷關愛與愧疚的家福縱不情願卻仍對音的屢次出軌視而不見之主因，他的怯懦只是催化劑而已。

音由於喪女之痛無法繼續演出，只能擔任編劇。而劇本就是床第間講出的、由家福記錄的故事。既然這些故事純屬虛構，並非基於音本身的經歷，費心記錄還會影響魚水之歡，那麼由此導出的弔詭在於：家福記錄的動機何在？是對文學的耽迷，是為一次次不圓滿的歡愛留下印記，是讓音保持劇本產量，還是令音有機會藉劇本內容吸引小鮮肉（高槻便是一例）？無論哪一種動機，都有著顧此失彼、買櫝還珠之嫌，回頭窒礙了兩夫妻的感情溝通。當這種模式變成習慣，便化作了兩刃之劍。

至於那些小鮮肉男伴，音與他們的關係更無法達致靈肉合一。她的迷狂、她講故事的動因，其實來自一己之內心，衽蓆只是催發的契機而已，故而她才會在不同的男伴身邊繼續講述同一個故事。她在話劇上演期間物色演員，與之發生關係；演出結束，關係則隨之斷絕。這乍看不過極普通的「獵豔」方式，但細思之下，恐怕仍是冀圖借演出過程中與男伴的精神交流，鋪墊出靈與肉的和諧。不過這些男伴中，僅有高槻才能如家福般被音所說的故事深深吸引，並牢記內容（反諷的是與家福相比，高槻的記錄動機更不具功利性）。我們難以確知其他男伴是否會如高槻一樣，或許他們比高槻更能盡到「春風一度」的責任，卻畢竟對音空虛的靈魂愛莫能助。如此看來，音在臨終那天以溫柔而決斷的口吻和家福約談的事情，就未必是謎團了：深諳靈肉合一之難，她要麼向家福建議別再記錄故事，通過再次懷孕抹去過往的痛楚；要麼提出分手，然後與高槻再婚，

忘記從前。但這些建議都會打破家福勉力營造的、自欺欺人的歲月靜好，令他心驚。

房車與卡式帶

其次，婚姻中的家福似乎從未出軌，然而這遠遠不指向完美。他那架開了多年的紅色房車，甚至連音都不讓代為駕駛。根據家福的說法：他只有在開車之際，才能自由自在地排練對白。（小說則寫道，他可以享受上下換檔的樂趣，等信號時悠然仰望天空，觀察流雲和電線杆上的鳥……）當然，他還能在車上向音覆述八目鰻故事的內容。然而，家福究竟會因情緒波動而發生交通意外，並非如他宣稱那麼自由自在。更值得注意的是，他反覆播放的《凡尼亞舅舅》，對手的臺詞都是由音在去世前夕所錄製。這無疑是個強大的隱喻。房車就是婚姻與家庭的化身。在婚姻與家庭中，兩人雖然相敬如賓、默契十足，但已逐漸化為虛應故事，其實處於兩個不同的頻道。卡式帶內妻子的聲音，家福只期待它一如既往，毫無即興的「脫口爆肚」，而自己卻報以沉默；卡式帶外，無論家福怎樣隨帶排練，都不可能把自己同樣一成不變的聲音加錄到既有的沉默中去。而欣賞那些可有可無的街景、流雲、棲鳥，乃至覆述故事，更佔用了他排練以外僅餘的注意力。易言之，家福開車時的「自由自在」，乃是建基於兩人的一成不變、毫無新互動：他既不願對這種單方面界定

的「自由自在」有所調整，又不願退居後座。音去世前向家福約談，正是嘗試要打破長期以來的悶局。家福雖深愛著音，卻情願只聽她在卡式帶中一成不變的唸白，而害怕面對新的「脫口爆肚」。在喪女後的這些年，家福並沒有盡力引領音，讓她與自己並肩走出創痛，而是嘗試以「靈勝於肉」的關愛之名處理兩人關係，並默許音在一次次「肉勝於靈」的出軌中輪轉無休。在這個意義上，他的怯懦只是一種因循苟且的殘忍。直到他遇上與亡女同齡的女司機渡利，被迫把房車交給渡利，省下駕駛所耗費的注意力來與自己和解，用心聆聽自己的排練，才為生命開啟了另一道門，但此時的音已經消殞成一道迴響（Echo）。

高槻的崩壞與家福的再生

渡利的故事脈絡很清晰，她對於家福產生的影響也十分容易理解，片末的三個細節——韓文車牌、導盲犬和臉上疤痕的消失，說明了一切。值得咀嚼的是高槻一角的作用何在。竊以為，他應係家福年輕時的鏡像。高槻固然是鮮肉紅星兼浪蕩子，個性卻非常真誠——尤其與時下許多花面迎人、最終人設崩壞的青年偶像相比。高槻能看出自身空洞無物，且對音的傾慕大大超過春風一度的層次，甚或能從音的身上感受到家福的存在。否則，他不會清晰記得音講過的故事，更不會冒險來到廣島投考家福執導的《凡尼亞舅舅》演

董塘雜文錄：以賞敍寫

出。一如家福在酒吧所說，高槻還不善於自我控制，作為社會一員並不合格。他因「衰十一」而失業，到廣島未幾便與言語不通的 Janice 率爾上床，還兩度出手攻擊偷拍的狗仔，這些行為都印證著家福對他的評斷。但家福更看到了他的演藝特長，毅然讓他擔綱飾演凡尼亞一角。家福理解高槻，是因為在這個素昧平生的年輕人身上找到了自己的青春：「如果希望真正看清別人，只能深深地筆直凝視自己的內心。」第二次攻擊狗仔後，高槻知道自己犯下誤殺罪，卻並不聲張，而是回到家福的房車後座，自憐憐人地含著淚光，詳細覆述家福從未聽過的、音口中八目鰻故事的後段。翌日排練，他終於體會到凡尼亞的心態，演出首度獲得家福稱賞。他在警察面前對誤殺罪供認不諱，臨行前向家福九十度鞠躬，足見他驟然成長為合格的社會成員，即便日後要在囹圄中度過青春。

　　警察帶走高槻後，臨危受命的家福為什麼對再度飾演凡尼亞有著如此大的心理陰影？這與高槻的成長同樣肇因於契訶夫這個劇本。《凡尼亞舅舅》是個「為偶像犧牲了一生」的故事。凡尼亞是個世俗眼中的大好人，一輩子為自己的偶像——姐夫謝列布里雅科夫教授（Prof. Serebryakov）勞碌奔走，到暮年竟發現姐夫的偽善與不學。姐夫教授號稱「科學和文化的象徵」，外表光鮮，譽滿天下，卻只會追逐名利美色，以自我為中心，於他人全無同理心。此時此刻，凡尼亞才知道自己是個傻瓜。而在家福身上，兼有凡尼亞與教授的雙重人格特徵。他年輕時對名利美色的追逐，大概與教授不遑多讓

（這從高槻身上差可覷見）；其後與音的二十年婚姻中，一直努力做世人眼中的好人好丈夫，卻以「靈勝於肉」的關愛之名對夫妻間的深層危機視而不見，無法修補兩人精神上的疏離與裂痕。他曾向高槻表示，人際交往並非只能透過性愛來加深了解，這對輕率展開一夜情的高槻來說固然沒錯，但對他自身來說，這句話卻顯然成為了妨害他與妻子溝通的兇器。直至音的猝逝，才讓家福意識到自身的罪惡。他說妻子去世那天，自己原本無事卻鎮日在外開車閒逛，如果早些回家，興許可以避免悲劇。但這只是最後一根稻草。音之死，說明家福的「好人」人設本來就孕藏著沉默與平庸之惡，在毫不起眼的避重就輕、得過且過中滋蔓，階於禍亂。正因如此，《凡尼亞舅舅》的劇本令家福的罪惡感進一步放大，讓他難以面對自我，也醒悟到人設的摧毀以音的死亡為代價，毋乃過於昂貴。

音去世後兩年，家福前往廣島排演《凡尼亞舅舅》。在這個積澱著創痛的城市，他與各位應徵的話劇演員相遇，也與女司機渡利結緣。在渡利駕車以後，家福終於退至後座，傾聽自己長期被掩沒的心聲，進而用心感受那些話劇演員的日語、韓語、國語、菲律賓語乃至手語，以及通過訪舊之旅來助人自助……這一切的總和，不止是為了自我療癒、和解。正如渡利在故家廢墟上所講的：音臨死前的約談也許沒有任何謎團可言，她只是一直等著家福開口。這在當局者的家福可謂久困迷城，但在旁觀者的渡利卻是直指心性。他將終獲再生，感到卡式帶中亡妻的聲音穿越幽明，重新與他娓娓對話，

他將責備她，同時乞求她原諒，使自己的心靈獲得終極的救贖。

七律曰：

傳奇幾許究曾諳。魚水得成聊共耽。

故鬼重來心似結，芳塵一散事如雲。

車隨母舅迷秋夢，榻向天方付夜譚。

覺有情時休認我，居無伴處若為男。

2021.12.21.

*本文原刊於《華人文化研究》第九卷第二期（2021.12），頁274-276，題為〈好人的創痛、罪惡與救贖——電影《Drive My Car》窺隅〉。又載於「虛詞文學網站」（2020.04.07.）。

紅顏白骨都難識

——《誰與誰共母》中母系與父系的平行與交會

一

　　從前葉方濟老師（Dr. F. A. Gritti）上義大利文（四）時談到《神曲》（*La divina commedia*），自謂喜歡〈地獄篇〉遠甚於〈天堂篇〉——因為地獄的罪孽如恆河沙數，永遠充滿新鮮；天堂的光輝卻亙古一貫，教人審美疲勞。葉老師之說，恰好應和著《安娜・卡列寧娜》（*Anna Karenina*）的開卷語：「幸福家庭都相似，不幸家庭各各不同。」（筆者曾將之「奪胎換骨」云：「上課理由都相似，蹺課理由各各不同。」）站在文學審美的角度，天堂、幸福、上課屬於「正」，接近儒家式的平實說教；地獄、不幸、蹺課屬於「奇」，有著道家式的斑斕陸離。中國小說戲曲中，只有「傳奇」，沒有「傳正」，並非正道正理不足傳揚，而是奇人奇事更能引起普羅大眾的興趣。不過奇正相生，始於奇，終於正，方為創作「傳奇」的「正道」。

　　艾慕杜華（Pedro Almodóvar）執導的電影素以奇情著稱，最新作品《誰和誰共母》（*Madres paralelas*，臺譯《平行母親》，下文簡稱《平》片）上映有日，才得至戲院觀賞。該片就情節而言，仍是「始於奇，終於正」，毋庸置疑；但就主題而言，卻有著史無前例的深廣。筆者對艾慕杜華每片必看的紀錄，是在 2011 年《我的華麗皮

囊》（*La piel que habito*）後才斷裂的。記得當時驚豔於此片「印證了艾慕杜華精神層次的進一步提昇」，可惜的是下一部《High 爆雲霄》（*Los amantes pasajeros*）也許只能印證大師於悟道後對「道在 XX」的宣示。職是之故，當有朋友對《平》片略表失望，觀看此片的意欲就沒那麼熱切了。不過正所謂「反者道之用」，意外驚喜往往是以失望為基礎的。

影片開始未幾，當女主角 Janis 的露水情人 Arturo 提出兩人所生女嬰長得「不類己」，觀眾就可能猜出醫院擺了烏龍。然而，他倆被調換的親生女嬰 Anita 如非猝逝（這般設定固然使人悲感），此片大抵不過重襲是枝裕和《如父如子》（*Like Father, Like Son*）套路，可觀性便打了折扣。固然，Janis 得知親手撫養的 Cecilia 並非己出、而是高中生院友 Ana 之女以後，母愛卻未稍減退，可以窺見拉丁民族對血緣的重視程度，與大和民族畢竟不同。

另一方面，《平》片題材獨立而五臟俱全，卻又與艾慕杜華的不少舊作互文：既有《浮花》（*Volver*）之母系表述、《蕩女 Kika》之男性暴力，又有《情迷高跟鞋》（*Los tacones lejanos*）、《胡莉糊濤》（*Julieta*）之代際張力、《論盡我阿媽》（*Todos sobre mi madre*）之人性溫情，甚或《慾望之規條》（*La ley del deseo*）之同性老少配、《我的華麗皮囊》之靈肉分殊……至於宏觀視野下的西班牙——尤其是一九三六至三九年間的內戰史，《平》片不僅正面觸及，更由這條脈絡引導出男歡女愛、易子共母的另一脈絡，首尾呼應，密線細針。

此片上映後，影評即如雨後春筍，新見紛出。但筆者無法畢讀，只能信手信腕，略陳隅見而已。

二

有人說：「我們總在不知不覺間長成了自己討厭者的模樣。」世代間的輪迴往往是一種宿命，而壞的宿命往往讓我們更覺無助，因此也更想跳出輪迴。這是艾慕杜華在其眾多作品中處理的一項重要課題。如《浮花》中，Raimunda 被父親性侵而生下 Paula，Paula 又險遭 Raimunda 後來下嫁的丈夫 Paco 在酒後侵犯。Raimunda 之母 Irene 當時雖不諒解 Raimunda，卻因縱火燒死正在小木屋中與鄰婦偷情的丈夫，客觀上為女報了仇；而 Paula 在自衛之際誤殺 Paco，Raimunda 得知後便與女兒一起掩埋屍體（當然也不無自我救贖的成份），神不知鬼不覺。那首 Raimunda 演唱的破題歌曲〈歸來〉（Volver），似乎不僅意味著 Irene 的「魂兮歸來」，更點出重來的還有宿命。難怪 Raimunda 在拍手擊節中將這首阿根廷探戈轉化為法蘭明歌時，會淚光滿眼。而《平》片中，Janis 自言家中從外婆開始就是單身母親，這未必可稱為宿命，卻無疑也是一種輪迴。

《平》片中，Janis 得悉 Ana 的女嬰（也是自己的親生女兒）Anita 夭折，[1] 於是提議 Ana 來家中幫傭，一起照顧 Cecilia。後來 Janis 再

---

[1] 西班牙文中，Anita 是 Ana 的暱稱（diminutive），一如英文之 Nancy、法文之 Annette、義文之 Annetta、德文之 Ännchen、俄文之 Anya。

度懷孕時說：「如果嬰兒是女生，就以 Ana 來命名；如果是男生，就以外曾祖 Antonio 來命名。」毫無疑慮。而《論盡我阿媽》中，Manuela 由於丈夫 Estaban 變性為 Lola 而無法忍受，即使懷孕也要仳離。然而，Manuela 明顯是因愛成恨——她誕下的兒子與父親同名，可以佐證。小 Estaban 在成長中一直希望了解父親的情況，卻始終不得要領，且在十七歲生日那天慘死於車禍。這時，年輕修女 Rosa 在 Lola 引誘下懷孕，更染上愛滋病。Rosa 無法向家人、教會說明，只能向 Manuela 求助。Manuela 慨然為 Rosa 提供臨終照顧，並撫養她生下的孩子（同樣叫 Estaban），視為己出。

《浮花》也好，《論盡我阿媽》也好，似乎都將傳統紅顏禍水（或云「女人是茶煲」）的論述移轉於男性，似乎唯有取消此性天下才會太平；而許多男性觀眾看了不僅不以為忤，更大快於心。的確在父系社會中，女性往往被視為慾望的對象（sex object），殊不知男性才更是因著精神之名的物慾投射者。而艾慕杜華鏡頭中的「共母」情節，彷彿把觀眾帶回了遙遠的母系社會，在這個烏托邦裡，只知有母、不知有父，母親們互愛互助，將所有的孩子都視為己出，無分彼此。然而，烏托邦終歸是個五彩繽紛的夢幻泡影，一戳就破。即以《浮花》為例，兩次命案的處理雖都大快人心，卻也頗有紕漏。Raimunda 之母 Irene 縱火燒死丈夫與偷情的鄰婦後，隨即隱遁，乃至村中都以為燒死的女人是 Irene。唯有鄰婦之女 Tina 心存懷疑，卻查證無門。依照劇中時間，案發大致在一九九〇年代中葉。當時 DNA

測試科技雖然尚未出現，但法醫驗屍技術畢竟不至如此低劣。再者，縱使 Raimunda 處理 Paco 遺體的方法神不知鬼不覺，她卻終究並非「相關專業人士」，很難擔保遺體日後不會「浮出水面」，引起警方注意。筆者如此質疑，連自己都感到很掃興，但我們不得不承認這是《浮花》的兩大破綻。不管誰是「茶煲」，人類社會繁衍的基礎就在於兩性並存，何須弄得一個個像鳥眼雞似的，「恨不得你吃了我，我吃了你」？

而在《平》片中，年過七旬的艾慕杜華對性別議題有了更圓融的取態，因此結局也更和洽。勉強稱得上男主角的 Arturo，身分不再是執拗怪異、唯錢是問的專業人士或待業青年、街頭混混，而是一位法醫兼考古學家。雖然在傳統私德方面，他依然「犯了全天下男人都會犯的錯」——為圖一時之快而將植物人妻子拋諸腦後、與 Janis 發生關係，卻在公共場域肩負著實現「轉型正義」的重任：挖掘內戰時期被佛朗哥（Francisco Franco, 1892-1975）長槍黨處決、棄置的受害者屍骨，以安逝者，以慰後人。這種公共場域的聖潔光環，在艾慕杜華的男角身上罕可得見。Janis 作為具有母系傳統、年近不惑的女性職業攝影師，並不迫切，或者說並不期待於覓得所謂如意郎君，而是與 Arturo 一樣，面對一時的靈肉需求罷了——當然，Arturo 吸引 Janis 之契機，乃是他的工作性質牽動了她內心深處的家族記憶與情感。身為女性的 Janis 勇於正視自身的慾望，在當代大約已不新鮮。但當 Arturo 並不打算留下 Janis 的腹中生命，Janis 卻毅然決定

誕下嬰兒。身為單身的她，與身為有婦之夫的他相比，誰又更高尚一些呢？

　　Janis 與 Arturo 的故事，也教人想起《海街日記》：香田家三姐妹的父親在十五年前與外遇對象私奔，令身為大姐的幸一直無法釋懷。而幸參加父親的告別式後，把同父異母的小妹帶回家裡，並逐漸與亡父和解。這種和解也源於自身經歷——身為護士的幸與院內的椎名醫生交往，椎名之妻同樣纏綿病榻、不省人事。Janis 外婆、母親的單親家庭如何形成，片中並無交代。但她在激情過後並未向 Arturo 提出進一步要求，一度雖想避開 Arturo，後來卻仍能和諧相處，並協力挖掘受害者屍骨，由此足見 Janis 的良善本性與擇善態度。片末，Arturo 決定與康復的妻子分開，「又變了個好人」，足見他依然遵守著父系傳統的準則。但在 Janis 眼中，Arturo 卻走入了以母系為中心的「對偶婚」（dual marriage）。Arturo 的父系傳統與 Janis 的母系傳統本是兩條平行線，卻恰好因著對歷史與家族記憶的探索而交會了。

三

　　Janis 說自己的名字來自歌星 Janis Joplin，但筆者覺得此名也許還映照著另一個源頭——那就是古羅馬的雙面神雅努斯（Janus）。神話中，雅努斯執掌著大門、道路、時間、乃至一切開端和結尾。雅努

斯的兩張面孔，或許長得完全一樣，或許一為白淨青年、一為長鬚老人，分別展望過去和未來。就年齡而言，Janis 幾乎可以成為 Ana 的母親。而當 Ana 走進 Janis 的生活，兩人便彷彿成了雅努斯神的兩張面孔。Ana 在父母離異後隨父而居，意外懷孕：她在酒後與心儀男生歡好，被同學偷拍、要脅而性侵。其父卻因「家醜不得外傳」而壓制此事，視若無睹，異於性侵共犯者幾希。Ana 只好遷往母親 Teresa 處，但 Teresa 又營役於舞臺事業，無法在身心方面予女兒以充分照料。在心智上，Ana 誠然還有待進一步成長。Janis 聽聞 Ana 的故事後將這些男生斥為人渣，並鼓勵 Ana 索回公道。可是 Ana 非但畏葸不前，錢包中還依然放著那心儀男生的照片。筆者相信，Janis 口中的人渣也包括了這個男生。他未必喜歡 Ana，只圖一時之快而與 Ana 發生關係，這也罷了。Ana 遭同學性霸凌乃是因他而起，他卻甚至從未表達過一絲歉疚或憤怒，遑論為 Ana 報仇。Ana 所愛非人，是毫無疑問的。後來，Ana 因為 Anita 夭折而從母親家出走，剪掉女性表徵的長髮、並將短髮染成白色，儼然有「清算女性」[2] 和走向成年之宣示。但這只是成熟歷程的開端而已。Ana 出走後的第一想法，就是投靠 Janis。成長過程中母親的缺位，讓剪髮後的 Ana 仍想尋覓一個能倚傍之人。因為 Janis 電話更改而失聯，Ana 索性在 Janis 住

---

2 川島芳子語。據其手記所言，「大正十三年（1924）十月六日的夜晚九點四十五分」，「永遠清算自己身為女性的部分」。當天早上，芳子在盛開的波斯菊花叢中拍攝了最後的女裝照片，下午便到一家理髮店剪了個五分頭。如此轉變，大抵是由於遭到其養父川島浪速性侵。

所附近的咖啡館打工，守株待兔。重逢後，Ana 在 Janis 家幫傭照顧 Cecilia，兩人甚至發展出同性關係。但當 Ana 提出進一步要求，Janis 不僅拒絕，還透露 Ana 是 Cecilia 生母的祕密，以致深受刺激的 Ana 帶著 Cecilia 回到母親 Teresa 處。

如果 Janis 當時接受 Ana 的要求，母女三人同住於一個屋簷之下，歡歡喜喜大團圓，《平》片大概會就此落入《浮花》、《論盡我阿媽》的窠臼。但是 Janis 拒絕了，態度之決斷一如她當初對待 Arturo 那般。換言之，成長於母系傳統的 Janis，其家庭可以包含長輩、晚輩，卻未必接受一個關係過於穩固的伴侶，無論是同性的 Ana 還是異性的 Arturo。而在這個意義上，她那職業女性的自我定位，竟也與 Teresa 並無二致。而且，我們無法以「自私」一語來貼標籤：如果 Janis 真的自私，她完全沒有必要向 Ana 道出 Cecilia 的血緣。Janis 啟齒的初衷，大抵只是藉此向 Ana 交心，並寄望目前的關係能維持現狀。只是她並未料到 Ana 沒那麼成熟，乃至會在羞憤之下把自己深愛的 Cecilia 帶走。不過可幸的是，Ana 畢竟會繼續成長。片末，曾對歷史一無所知的 Ana 變回黑短髮、抱著 Cecilia，見證了 Arturo 團隊挖掘出受難者的遺骨。而 Janis 一手握住 Arturo、一手握住 Ana，再度扣合雅努斯神的象徵，涵義就不言而喻了。

如前所言，Janis 的母親、外婆怎樣組成單親家庭，不得而知。但影片一開頭，Janis 念茲在茲的就是挖掘外婆之父——亦即外曾祖 Antonio 的遺骨。Janis 從未見過這位外曾祖，但如此執念顯然遺傳

自撫養她的外婆。有趣的是，Janis 這個三代單親的母系家庭再往上追溯，卻追溯到一位男性。不僅如此，當鄉村的親鄰只剩下中老年的婆婆媽媽，她們記憶中的受難先輩不僅都是男性，而且皆善良忠貞（這固然也由於他們被長槍黨懷疑為反法西斯的共和國軍人）。[3]挖掘過程中，他們的遺骨有的戴著婚戒、有的握著孩子的扯鈴……與健在的女性後裔之描述一一吻合。正因為他們於家、於國之良善忠貞，才令女性後裔們念念不忘。如此慘劇當然是法西斯勢力造成的，但從性別角度觀之，那個內戰以前夢幻般美好而脆弱的男性，不，兩性融洽無間的世界，竟如此遙不可及，幾乎與史前母系社會產生了錯位感。這難道只是因時間距離而產生的玫瑰色？Janis 打算將第二胎以外曾祖 Antonio 來命名，可見時代與她更為接近的祖父、外祖父、父親……於她而言若非不復記憶，便是毫無可紀念之處。至於公德無缺而私德有疵的 Arturo，的確比 Raimunda、Irene 和 Manuela 的丈夫們好很多，這是艾慕杜華的厚道處。但再觀那些侵害 Ana 的高中生，卻又使觀眾耳邊想起「救救孩子」的疾呼。我們不應只是感嘆「好男人都去了哪裡」，還更要進一步叩問：整體男性品格的墮落，其因為何？人類世界究竟由兩性所構成，母系與父系傳統必然不斷交會、不斷撞擊。既然現行的個體婚（monogamy）制度是

董橋雜文錄：以寫療寫

---

3 此外值得一提的是，Teresa 所演出的話劇以大詩人洛爾迦（Federico Garcia y Lorca, 1898-1936）的故事為主線。洛爾迦有著同性戀身分，據說還與畫家達利有一段感情。後來洛爾迦因反對佛朗哥而遇害，屍骨至今尚未找到。這也正好與片旨相呼應。

隨父系社會而誕生，被視為文明的產物，如果男性的罪孽永遠要靠女性來「埋單」、來滌蕩，一如 Janis、Ana 或 Raimunda、Manuela 那般以母系傳統、單親方式進行親子教育，那麼這種行之數千年的父系婚姻制度，意義又安在哉？

四

以上片段，係筆者首度觀影後所寫，有可能因記憶與詮釋之誤差，導致內容出現瑕疵，還請讀者海涵。整體而言，艾慕杜華不但在《平》片中貫徹了「始於奇，終於正」的敘事脈絡，更凸顯了「以正馭奇」的傾向。若論本片美中不足之處，就是沒有安排一首悅耳而點題的歌曲，一如《浮花》的〈歸來〉（Volver）、《情迷高跟鞋》的〈想著我〉（Piensa en mí）等等。一九九七時，百代唱片發行過一張《The Songs of Almodóvar》的唱片，共收錄歌曲二十三首，涉及最新的影片雖僅及一九九五的《愛火花》（La flor de mi secreto），已足洋洋大觀。這張唱片伴隨筆者度過了碩博士歲月和執教臺島時期，如今雖然深藏迷你倉內多年，但每首歌曲都仍舊耳熟能詳。假如《平》片能夠繼往開來，那會是多麼美妙！

七律曰：

　　豈得鮮花開兩春。安能舊好總如新。

　　死生老病無他事，住壞空成寄此身。

　　治亂秉鈞原一晌，羲媧執匠竟何人。

　　紅顏白骨都難識，南面孰君知孰臣。

2022.05.28.

*本文原刊於「虛詞」文學網（2022.06.04），題為〈母系／父系，平行／交會——《誰與誰共母》觀後〉。

三叉路口如何向

——張愛玲小說與電影中的混血男女們

　　大陸易幟以前，香港與上海的交流極為頻密。南來香港的不僅有張愛玲及其筆下的梁太太、葛薇龍等華籍人士，還包括了歐亞混血（Eurasians，粵語所謂「半唐番」）社群。不少混血家族的歷史是橫跨雙城的。如何東爵士（1862-1956）之子何世儉（1902-1957）在戰前便長住上海。拔萃女書院前校長西門士夫人（Dr. C. J. Symons, 1918-2004）生於上海，八歲時來到香港求學。日戰時期，香港歐亞混血社群遭受嚴重打擊，戰後逐漸式微。至於上海方面的社群，更隨著中共建政而徹底瓦解。而張愛玲筆下，先後觸及了這兩個早已消失的群體。

　　十年前任教大一必修的「寫作訓練」課，因為是三連堂，可以播放影片，於是選擇了關錦鵬執導的《紅玫瑰與白玫瑰》（1994），讓同學討論小說與電影的互文。大家各抒己見，頗有獨到。有人還注意到小說的艾許母女，在電影中變成了一位講上海話的老太太。小說中，張愛玲是這樣寫的：

正說著，遇見振保素識的一個外國老太太，振保留學的時候，家裡給他匯錢帶東西，常常托她的。艾許太太是英國人，嫁了個雜種人，因此處處留心，英國得格外地道。她是高高的，駱駝的，穿的也是相當考究的花洋紗，卻剪裁得拖一片掛一片，有點像個老叫花子。小雞蛋殼藏青呢帽上插著雙飛燕翅，珠頭帽針，帽子底下鑲著一圈灰色的鬈髮，非常的像假髮，眼珠也像是淡藍瓷的假眼珠。她吹氣如蘭似地，唭唭地輕聲說著英語。振保與她握手，問：「還住在那裡嗎？」艾許太太：「本來我們今年夏天要回家去一趟的——我丈夫實在走不開！」到英國去是「回家」，雖然她丈夫是生在中國的，已經是在中國的第三代：而她在英國的最後一個親屬也已經亡故了。

又云：

艾許太太身邊還站著她的女兒。振保對於雜種姑娘本來比較最有研究。這艾許小姐抿著紅嘴唇，不大做聲，在那尖尖的白桃子臉上，一雙深黃的眼睛窺視著一切。女人還沒得到自己的一份家業，自己的一份憂愁負擔與喜樂，是常常有那種注意守候的神情的。艾許小姐年紀雖不大，不像有些女人求歸宿的「歸心似箭」，但是都市的職業女性，經常地緊張著，她眼眶底下腫起了兩大塊，也很憔悴了。

惜墨如金的張愛玲以四頁來寫這段邂逅，似嫌太多。學者認為這一幕標誌隱密戀情進入公共空間，也隱含作者對殖民都市背景下的多元文化的關注。因為長期以來對混血社群史的興趣，我覺得這段文字尚有詮釋餘地。十九世紀中葉，香港、上海相繼開埠，洋人接踵來華。在濃厚的種族主義觀念影響下，英人並不鼓勵華洋通婚，異國情緣多半限於地下同居，非婚生子女則一概歸類為華人。這就是歐亞混血社群的肇端。此時混血女性命運坎坷，稍幸運者嫁與華商為妾，有的則是洋人外室。可是，香港華人從未（也很難）以行政手段歧視異國情緣。當時混血社群的俗諺云：「行人頭好過跟鬼尾」，混血兒也樂於以華人自居，甚至後來成為華界領袖（如何東、羅旭龢、羅文錦等）。不過根據 Peter Hall 所言，香港混血家族多從母親的華姓，上海方面則多從父親的洋姓——這當然也說明了文化取向。從「艾許」這個姓氏，便可窺知一斑。

振保的初戀女友玫瑰，父親是英商，母親是廣東人。混血的玫瑰在英國唸書，但比英國人還要英國化。玫瑰之母幸未成為棄婦，卻仍被藏得「似有如無」。艾許小姐則是玫瑰的中國鏡像：父親乃居華混血兒第三代，母親為純種英國人（若非在中國出生也是早年移居那一類）——她的下嫁到底是為了生活，難怪嬌蕊一眼看出她「回家」也不過是英國的中下階層。一句「振保對於雜種姑娘本來比較最有研究」，透露了混血女性作為欲望對象的身世。玫瑰的「短裙子在膝蓋上面就完了，露出一雙輕巧的腿」，不無誘惑。至於艾許小

姐，臉上「露出的疲倦與窺伺」：因為她「地位沒有準」，高（洋）不成，低（華）不就，根本無法「像有些女人求歸宿的『歸心似箭』」。就振保而言，與玫瑰是不為也，與艾許小姐是不能也。不為可創造名聲，不能因需求各異。玫瑰、嬌蕊、煙鸝、艾許小姐，彷彿太極兩儀生四象，輪迴成情愛的春夏秋冬。

不難想像，要求一九九〇年代的關導要找一位英語、上海話同樣地道的老婦來演艾許太太，難度太高（至於艾許小姐的角色便完全不納入電影了）。因此，只有在邂逅香港混血長者們那腔老派廣府話的偶然間，我們才能任思緒飄回早已如艾許（ash）般消逝的年代。

張愛玲另一部有混血兒出場的小說是《第一爐香》，許鞍華拍成電影已比《紅玫瑰白玫瑰》晚了二十七年。早在首映前許久，便頗聞批評之聲。但正因如此，作為「張迷」的我更強化了觀影的念頭。張愛玲已死，而作品卻有了獨立的生命，每個讀者都可以自己的方法來詮釋。然而愛之深者責之切，也許人人都相信自己的詮釋更趨近原貌——儘管尼采早就說過：「沒有事實，只有詮釋。」（Nein, gerade Tatsachen gibt es nicht, nur Interpretationen.）隨著張愛玲及其作品的偶像化、經典化，這種愛與責以及如影隨形的勇於自信也日趨強烈。舉個例子，有人說張愛玲小說中的女主角沒有胖的，因此周冬雨與許比馬思純更適合飾演葛薇龍。然而張愛玲自己寫道：

　　曾經有人下過這樣的考語：如果湘粵一帶深目削頰的美人是糖醋排骨，上海女人就是粉蒸肉。薇龍端相著自己，這句「非禮之言」驀地兜上心來。

如何界定、再生（réaliser）這「非禮之言」的「粉蒸肉」呢？總不能只要「粉」而不要「肉」吧。再觀飾演阿睨和睇睇、臺灣的張鈞甯和大陸的張佳寧，就外形而言大概皆未必會讓人聯想到「糖醋排骨」，觀眾恐怕也樂於不作此想。（有興趣可以參考張愛玲自己所繪漫畫中的江浙和廣東女性形象。）我有位上海朋友說得好：「馬小姐的問題是沒有演出 Baby Fat 的表像之下，一點點算計和精細的氣質，她可能演得偏敦厚了。另外讀者們覺得張愛玲筆下的人物瘦，顯然是被作者本人的照片影響了吧。」所言固然。不過一位十六七歲女孩的小心思，別說梁太太和喬琪喬，即使阿睨和睇睇大概也如見其肺肝然。電影開端，以畫外音的方式唸出薇龍寫給姑母的信，代父道歉、懇請收留，我乍聽之下頗為不適，隨即產生一種「小朋友裝大人」之感。我猜這大概也是許導替薇龍一角設定的基調吧！統而言之，古代讀者對於屈原、杜甫那種「一飯不忘君」的詮釋套路，今日猶在，我們依然難逃舊瓶新酒的迷思。

　　類似的情況也發生在飾演喬琪喬的彭于晏身上。年齡較長的觀眾，大概還記得吳昊（1947-2013）於一九八四年監製的電視劇、改編自《第一爐香》的《儂本多情》。劇中由張國榮飾演男主角詹時雨

（亦即喬琪喬），可謂深慶得人。然而，俊秀的張國榮縱然符合喬琪喬的氣質，究竟仍是華人外貌，沒有太明顯的高加索特徵。這大概也是吳昊當年索性改編的主因——就普羅觀眾群而言，主角的外貌有點「洋氣」雖佳，卻過猶不及。一九九二年王晶電影《賭城大亨》讓劉德華飾演賀新（何鴻燊），亦復如是。張國榮的詹時雨也好，劉德華的賀新也好，以華人飾演混血兒，都可謂避重就輕的策略。（時至今日，迪麗熱巴較古力娜扎受歡迎，不知是否也基於相似的道理？）然而，片名既然採用了《第一爐香》，就難免觀眾將每個細節與小說逐一比對。彭于晏濃眉大眼，兼以初中時便移民加拿大，要從他身上尋找「洋氣」是不難的。可是，由於彭一向以陽光開朗的形象見稱，難怪不少人認為與纖柔敏感的喬琪喬大相逕庭——甚至還有觀眾拿彭的肌肉和膚色開玩笑。畢竟在張愛玲筆下，喬琪喬「沒血色，連嘴唇都是蒼白的，和石膏像一般」，「身上衣服穿得那麼服帖、隨便，使人忘記了他的身體的存在」。這般看來，最符合原著的男演員也許是尊龍吧——混血，而輪廓不至於太深邃，蒼白，憂鬱，具有不可預測的迸發力。可惜他如今已年屆七旬了。

　　然而觀影之後，我覺得彭于晏對於此片確是下了功夫，並沒有批評中那麼不堪。演員之可貴，不就在於自我突破麼？彭在容止氣質、精神面貌上，顯然有過一段浸淫式的習得。許鞍華說後悔沒找專人教讀臺詞，遺憾的是彭還有點臺灣腔。但在我聽來，張鈞甯的臺灣腔比彭更為明顯，尤其是語速快時。此片是國語電影——雖然

原作中葛、喬是以英語交談，故事又發生在香港，因此當我聽到國語，就自然而然將之想像、對應成粵語，一如觀眾將《末代皇帝》中尊龍與陳沖的英語對白想像成京片子那般。梁洛施飾演本地混血兒周吉婕，廣式國語聽起來並不違和；但張鈞甯飾演廣東女孩阿睨，臺灣腔卻遺憾地頗見突兀了，縱然她的演技是沒話說的。相比之下，彭于晏所習得的容止氣質、精神面貌，果真把他那本已不太顯著的臺灣腔遮蓋了過去。既然我們對於非洲裔演員 Jodie Turner-Smith 飾演伊利沙伯一世之母 Anne Boleyn（1507?-1536）並無異議，又何必還要糾結於彭于晏的膚色深淺？[4]

進而言之，《第一爐香》的小說發表於一九四三年，故事背景大抵與張愛玲求學港大的時期（1939-1942）相切合，那仍是本地混血社群烈火烹油的年代。彼時無論是歐亞混血或土生葡裔的青年人，大抵皆就讀名校，樂於參加木球等各種體育活動。派對上，吉婕對薇龍說混血兒對男歡女愛的需求比一般人更為強烈，這番話大抵是電影添入的，卻十分應景，點出了歐亞混血與土生葡裔這兩個族群遊走於華洋禮教邊緣的實況。作為中葡混血的紈褲子弟喬琪喬，畢

---

[4] 小學時有個名叫 Fatima 的女同學，金髮碧眼，以粵語為母語，一看便知是土生葡裔（Macanese）；她的親弟則黑髮棕膚，更加接近南洋居民。可知土生葡裔的外觀也各各不同，不能一概而論。根據丁新豹教授研究，土生葡裔的祖先因大航海而在晚明來到澳門，沿途與印度、南洋、中國諸族通婚，但仍保持著天主教信仰。他們早在香港開埠前便已從澳門陸續移居香港，主要從事文職工作，與擔任買辦的歐亞混血族群不同。在英人眼中，土生葡裔雖屬於歐羅巴族，卻因久居熱帶而沾染當地習俗，因此一樣受到歧視。

竟不是古典的文弱書生，如果身子骨不結實點，恐也容不得他鎮日價點水穿花。我一直認為，喬琪喬的父親喬誠這個角色中，能找到幾分何東爵士與其同母異父弟何甘棠（1866-1950）兩人的影子。當時香港的歐亞混血兒往往以華人自居，而葡裔則以外國人自居。如何東姪孫女何婉鴻（何鴻燊八姊，與張愛玲同齡）回憶，早年有次與人見面時為了隱藏自己的身分：

　　當天我刻意捨棄平日所穿的旗袍而改穿一襲西式連衣裙，使我看起來像個土生的葡籍女人。

兩個族群的女性在衣著上的差異，正正點出了不同的文化認同。張愛玲狡黠之處，是把喬琪的母親設計為葡裔，避免遭人指責「影射」。而電影也順水推舟，不僅讓葡裔的梁洛施飾演喬琪喬同母異父的姊妹周吉婕，還在片首的聚餐中讓黎芷珊客串女賓（黎亦葡裔，姑母為何鴻燊元配黎婉華〔Clementina Leitão〕）。這些細節安排未必能令不知就裡的觀眾一目了然、當下便悟，卻隱然為影片暈染了一道「葡裔磁場」，其細緻用心誠然值得肯定。

　　《第一爐香》上演未幾，評論已經排山倒海。我非專業影評人，無容過多置喙。不過我相信，導演在考證方面是下了功夫的。舉例而言，如梁太太回憶「入宮奉茶」那幕，整個色調彷彿陳逸飛的油畫。又如喬家拍攝全家福，令人回想起何東家族那些老照片……若

讓我在這枚雞蛋裡面挑骨頭，大概會舉出片頭家庭派對中的音樂：那首華爾滋是蘇聯作曲家蕭士塔科維奇（D. Shostakovich, 1906-1975）的〈第二圓舞曲〉。該圓舞曲一般被認為出自《第二號爵士組曲》（*Jazz Suite No. 2*），而組曲作於一九三八年，的確與《第一爐香》的背景相契合。可惜《第二號爵士組曲》的曲譜在戰時遺失，到了戰後，包括〈第二圓舞曲〉在內的另一作品《多元化樂團組曲》（*Suite for Variety Orchestra*），一直被認為是遺失的《第二號爵士組曲》。直到一九九九年，《第二號爵士組曲》的鋼琴曲譜方才重見天日，全曲只有三段，並不包括〈第二圓舞曲〉。實際上，〈第二圓舞曲〉是作曲家為一九五五年電影《第一梯隊》（*The First Echelon*）而寫；一九五六年後，蕭氏創作《多元化樂團組曲》，又納入這首圓舞曲，足見他對此曲的喜愛。簡單地說，〈第二圓舞曲〉創作於一九九五年，其後傳遍世界，但一九四○年前後的香港是絕無可能聽到的。無獨有偶，奧地利老電影《茜茜公主》（*Sissi*, 1955）中，年輕國王 Franz Josef 與茜茜在婚禮上翩翩起舞，演奏的音樂是圓舞曲〈春之聲〉（*Frühlingsstimmen*）。但我考核後發現，這場婚禮舉行於一八五四年，而〈春之聲〉則由小約翰・史特勞斯（J. Strauss Jr.）創作於一八八二年，比婚禮晚了二十八年。不過從藝術真實來說，〈春之聲〉的花團錦簇，的確比其他圓舞曲更適合如此場面。同樣道理，〈第二圓舞曲〉也符於這種藝術真實。此曲雖然創作於蘇聯時期，卻流動著沙皇年代那憂鬱侘傺而陰森森的華麗，不難令人聯想起十

月革命後逃往上海和香港的白俄貴族。而白俄無疑同為構成滬港混血社群的一脈（小說中也出現過「俄國鬼子」）。[5]

不久前，何氏家族後人謝天賜先生傳來一條短片，題為〈*Hong Kong 1930's Partying*〉。短片係其先祖父當年拍攝，由他進行後期製作，內容正是混血青年的家族派對。我有兩位觀看過《第一爐香》的朋友，見到短片中翩翩起舞的混血男生，一位說：「這就是喬琪喬啊！」另一位說：「這才是喬琪喬啊！」我不禁重申己見地笑道：「可見任何欣賞者都可以有一己之詮釋權，何況導演？」大家於是論及早期香港史，我且以當年求學時所見所聞為證（不足為外人道）。隨後趁著興致，打油七律一首。茲附於此，以終拙文：

開埠原多黑市艇，勸君莫笑紅毛嬌。

三叉路口如何向，日字樓頭亦可驕。

入會應須美以美，嫁夫豈必喬其喬。

蝶蜂習性都相若，展屈不勞鵝頸橋。

2021.12.06.

*本文原刊於「虛詞」文學網（2021.12.16），題為〈從艾許母女到喬琪喬——張愛玲小說與電影中的混血男女們〉。

---

5 另外花園派對那一幕，樂隊以色士風演奏〈波蘭圓舞曲〉。此曲雖是古老的波蘭民歌，但流傳至東方的年代也同樣值得進一步考證。

花魂月魄最吳儂

錦瑟華年誰與度？月橋花院、瑣窗朱戶、只有春知處。

一

　　香港。一九六二年。周慕雲與蘇麗珍是舊公寓的鄰居。兩人伴侶的私奔，使他們走到了一起。自己克盡配偶之道，為什麼卻留不住伴侶的心？猜度、推敲。猜度、推敲。周慕雲終於發現：原來很多事情都是在不知不覺中來的——因為他和蘇麗珍已不知不覺地相愛了。遠赴新加坡之前，他在電話中問：「如果有多一張船票，你會不會跟我一起走？」蘇麗珍無言以對。當她想回問他以同樣的問題，為時已晚。伴侶的私奔是生命的一次撕裂，遠走與無言是另一次。在時間的滌盪下，剩下來的是悵惘？淡漠？還是眷戀？

　　因為王家衛，老上海那首〈花樣的年華〉重新為人所知了。不錯，電影《花樣年華》的名字就來自這首歌。電影中，電臺 DJ 的聲音在空氣中飄盪：「有一位在日本公幹的陳先生，點這首歌給他太太，祝她生日快樂，工作順利！現在請大家收聽周璇唱的〈花樣的年華〉。」於是，收音機裡傳出木管吹出的溫暖引子——也是西洋歌

曲〈*Happy birthday to you*〉的變奏，隨後響起周璇錦瑟般的嗓音：

> 花樣的年華，月樣的精神，冰雪樣的聰明
>
> 美麗的生活，多情的眷屬，圓滿的家庭
>
> 驀地裡，這孤島籠罩著暗霧愁雲，暗霧愁雲
>
> 啊，可愛的祖國，幾時我能夠投進你的懷抱
>
> 直到那霧消雲散，重見你放出光明……

這時，銀幕中間出現一堵牆的暗影。牆的右側是蘇麗珍的身影，她坐在小板凳上，背靠著牆，手裡拿著玻璃水杯，爐上的水壺卻兀自冒著蒸氣。牆的左側是周慕雲的身影，他坐在摺疊凳上，背靠著牆，手裡抱著蘇麗珍送的電飯鍋，盡頭的廚房看不見一絲煙火。

陳先生——蘇麗珍之夫帶著周慕雲之妻私奔日本，卻竟記得於蘇麗珍生日當天為她在電臺點播。美麗的生活、多情的眷屬、圓滿的家庭。這一切都成了反諷。

唱到「可愛的祖國」時，歌聲被電話鈴打斷，電話彼端是周慕雲的聲音：

> 是我。如果有多一張船票，你會不會跟我一起走？

沒有回應。金黃的燈光照著周慕雲深邃的眼睛、高高的鼻樑、油亮齊整的頭髮和毫無表情的面容。面容上逐漸擠出一個微笑，周慕雲低下頭，轉過身，關上燈，打開門。南洋的椰樹在遠方向他招手。

王家衛有濃郁的老上海情結。他的影片一向以美妙的音樂著稱，其中卻很少出現老上海的音樂。〈花樣的年華〉是罕有的一首。這首老上海的時代曲是電影《長相思》的片頭曲，作於三十年代末的上海孤島時期——名為孤島，是由於那時的上海已落入日軍之手，唯獨英租界、法租界因宗主國沒有向日本正式宣戰，尚未淪陷。片中，歌唱家周璇的丈夫投筆從戎，將妻子託付與好友舒適，隨後音訊全無。在艱苦的戰亂生活中，周璇與舒適滋生出情感。勝利後，這份情感終於因周璇丈夫的歸來而結束，舒適遠走他方。影片開始時，周璇在生日宴會中接受親友的祝賀，並唱出這首〈花樣的年華〉：「驀地裡，這孤島籠罩著暗霧愁雲，暗霧愁雲……」

六十年代的香港是另一座孤島。它與大陸似即實離，與英國非即非離，與臺灣亦即亦離。隨著大陸的政權更替，上海外灘上銀灰相間的雲石、租界裡黃綠掩映的梧桐、南京路上金碧輝煌的華燈，迎接著一次又一次鐵血與赤焰的洗禮。於是，六十年代的香港，成為三十年代老上海的後身。它以狹長的港灣、破舊的唐樓、黯淡的街燈，一葉小舟般在風雨飄搖中庇護著南來的「上海人」。（直到八十年代，只要是大陸來的，香港都把他們稱為「上海人」。）當房東孫太太聽說蘇麗珍是上海人，那腔滴翠挼青的吳儂軟語就自然而然

地跳脫而出：「格末好個，我先送儂出去。要個，大家儕是上海人嘛！」蘇麗珍不講上海話，但她身上的永遠是姹紫嫣紅的旗袍，腳上的永遠是高跟鞋、繡花拖；周慕雲更不是上海人，但他頭髮永遠梳的油亮，襯衫、西服永遠燙的熨貼。這就是上海。在六十年代的香港，「上海」不僅代表著部分人的鄉愁，它已經化為一個超越畛域的符號。傳統與摩登，華夏與西洋，戰爭與和平，夢幻與現實，漂泊與淹留，忠誠與背叛，一對對的陰與陽，就如此相反相生地共同涵納於這個符號中。

〈花樣的年華〉一曲，在片中是點睛之筆。隔著歲月的距離，那沙沙的聲音彷彿一塊玻璃積著的灰塵，怎麼聽都有點兒滄桑。有點掃興、而不得不提的是：據說六十年代的港英政府，為避免觸發華人的民族情緒，只要歌曲中有「祖國」一類的字眼，一律禁播；因此，〈花樣的年華〉大概不太可能在收音機中出現。影片中，歌聲來到「可愛的祖國」時，就被電話鈴打斷，這可說是一個巧妙的安排。蒙塵的歌聲令人聽不清歌詞，但依然予人以朦朧美。即使禁播，卻又何妨？當周璇錦瑟般柔弱的歌聲越過蘇麗珍的收音機、再越過銀幕，我們會發現在那塊玻璃的後面，始終珍藏著花樣的年華、月樣的精神、冰雪樣的聰明。

二

二次大戰前後，拉丁音樂逐漸隨著探戈、倫巴、恰恰恰等熱情的舞步打入了歐美主流音樂市場，很快也來到了上海。老上海時代曲中，如〈何日君再來〉、〈縹緲歌〉、〈如果沒有你〉都是探戈節拍，〈夜來香〉、〈香格里拉〉、〈黃葉舞秋風〉則是倫巴舞步。不過，這些音樂只是在節奏上引入了拉丁風，旋律則依舊洋溢著富艷旖旎的「摩登」中國味。直到五十年代、時代曲基地轉移到香港以後，拉丁旋律才逐漸流行起來。

王家衛是拉丁音樂愛好者，他在《花樣年華》的前集——《阿飛正傳》中，就運用了一系列的拉丁音樂，如〈西波涅〉（Siboney）、〈長在我心〉（Siempre en mi corazón）、〈瑪利亞．愛蓮娜〉（Maria Elena）等等。至於《花樣年華》裡，最引人注目的莫過於那三首由 Nat King Cole 演繹的西班牙語歌曲：〈也許，也許，也許〉（Quizás, quizás, quizás）、〈你說過，你愛我〉（Te quiero, dijiste）和〈那雙碧綠的眼睛〉（Aquellos ojos verdes）。

三首歌曲在片中分擔了不同的任務。周慕雲與蘇麗珍兩次相約在西餐廳，隨之而起的就是那首〈Aquellos ojos verdes〉。尤其是第二次，蘇麗珍淺綠的旗袍上一朵淡黃的鮮花，彷彿隨著歌聲散發出清香。餐廳中，當兩人在猜度和推敲中勾勒出伴侶的背叛，背景音樂油然響起：〈Te quiero, dijiste〉——你說過，你愛我。西班牙文中，

那分明是過去式。愛情去了，其實愛情也來了。重山複水，柳暗花明。不過，出現頻率最多、最切合故事情節的，則是那首〈Quizás, quizás, quizás〉。「如果有多一張船票，你會不會跟我一起走？」此時此際， Nat King Cole 的男低音驟然響起：

Siempre que te pregunto

Que, cuándo, cómo y dónde

Tú siempre me respondes:

Quizás quizás, quizás

Y así pasan los días,

Y yo, desesperando

Y tú, tú contestando,

Quizás, quizás, quizás.

也許，也許，也許。歌聲淡出之際，傳來蘇麗珍高跟鞋微促的踢躂聲，伴著綽約的身影順級而下。下一個鏡頭，蘇麗珍坐在周慕雲離開的那間房間的床邊，靜默著，靜默著，靜默著，半分鐘後，一滴淚珠從她的眼眶滑出。她身上的翠綠旗袍依然美麗地靜默著，翠綠如南洋雨後的椰子樹。「是我。如果有多一張船票，你會不會帶我一起走？」這是畫外音，還是從她心底發出來的？

蘇麗珍真的去了新加坡。她打去《星洲日報》的電話，周慕雲接聽了。周慕雲聽到了電話彼端那再度的靜默，也聽到了那如故的心跳。音樂再度響起：

多少次我在問你：

怎樣？何時？在何處？

這就是你的回覆：

也許，也許，也許

日子就這樣流去，

看我，我多麼躊躇

而你，你回答如故：

也許，也許，也許。

周慕雲重訪香港。他回到從前的公寓，卻人面全非。〈Quizás, quizás, quizás〉三度響起。新屋主說，隔壁住著什麼人不太清楚，好像是一個女人和一個小孩子。周慕雲並未追根問底，只是望著那邊的窗戶微笑了一下。那是一縷攝人心魄的笑容，一縷令人嘆息的笑容。

也許少一點躊躇，多一點坦誠，可以避免不必要的失之交臂；然而在感情的世界，誰又能擺脫當局之迷呢？

Nat King Cole 唱出了箇中的真諦——儘管他完全不懂西班牙語，美式口音的咬字甚至有點令人發噱，演繹卻依然令人動容。這三首歌曲是一九五八年時，Nat King Cole 前往古巴首都哈瓦那（Havana）錄製的，時間正好是《花樣年華》故事發生的前夕。

不過，拉丁音樂在香港的出現，與其說是南美或西班牙的關係，不如說南洋風才是主因。由於港英政府關起面向紅色中國的大門，藝人們不得不把目光投往華僑眾多的南洋。南洋諸國經歷過西班牙殖民者的炮火，音樂上也自然濡染上拉丁風格。悠揚的吉他絃撥動起清新的空氣與熱帶雨林的翠綠，令人不辨身在何方。

如果周璇〈花樣的年華〉代表著老上海的記憶與鄉愁，那麼這三首拉丁歌曲則象徵了作為老上海後身的香港的新故事。也許，也許，也許那雙綠色的眼睛，曾說過我愛你，但那些錦瑟華年已經消逝，看得到、抓不著，剩下的，大概仍是眷戀。

宜蘭‧2008.

附記：早起讀新聞，驚覺是日立夏。賈島詩不云乎，「未到曉鐘猶
　　　是春。」還好昨晚在風雨中重看了《花樣年華》修復版。何止
　　　半年不曾觀影，距離上一次在大銀幕觀看此片，轉眼二十一
　　　年矣！

調寄鷓鴣天曰：

　　　菱步清歌一念通。花魂月魄最吳儂。

　　　來回桂槳天連海，內外銀屏雨復風。

　　　◎松墨紫，綺燈紅。彩雲散後自難逢。

　　　深居已慣韶光賤，貽誤三春到晚鐘。

2021.05.05.

*本文原刊於佛光大學電子報，題為〈年華似水，錦瑟如花〉。

翠黛紅妝好畫皮

——《繼園臺七號》的互文想像

　　一九六七年的一天下午，北角繼園臺七號三樓。當來自臺灣眷村、身穿陰丹士林旗袍的虞太太對港大高材生范子明說自己最欣賞《紅樓夢》後四十回中妙玉遭劫的一段，而且特別拈出「如癡如醉」四字，我心中不由得一涼。也許是從小就與《紅樓夢》為伴，大觀園中許多人物都如親如故；即便是眼高於頂、尖酸刻薄的妙玉，也不忍後四十回為她編派的這個如此「不堪」的下場。所以紅迷們對高鶚的痛斥，我是非常理解的。在那一剎，感性上希望餘下時間不要再有任何與妙玉有關的片段——縱使理性上知道這絕不可能。

　　果不其然，妙玉的故鬼（la revenante）很快便附體現形了：只是所附者首先並非虞太太，而是她摩登的女兒美玲。一進門，虞美玲就拿起范子明膝前的那杯茶，啜了一口。和將那隻自用綠玉斗給寶玉斟茶的妙尼相比，這個頭上短髮齊耳、臉上妝容未褪、指上蔻丹新塗的高中生兼業餘模特兒，茶杯共享之舉好像來得更不經意、更水到渠成。基因是會遺傳的，美玲的舉動，暗示了大陸時代的虞太太在二九年華之際應是何許叛逆。就在當晚首度補習時，虞太太便已對同坐一桌的子明與美玲有了「郎才女貌」之暗嘆。在美玲身上，她無疑看到了自己不甘老去的靈魂。如此鋪墊下，虞太太那個妙玉

遭劫的綺夢縱是驀然而來，卻出其不意得令人喝采。

有人說：「海匪其實不論林、薛、丫鬟，什麼美女都扛，只不過遇到的是妙玉。」若準曹公「欲潔何曾潔，云空未必空」的判詞而論，妙玉在大觀園也只不過遇到的是寶玉。她僅能透過女性那傳統而被動的手段來試圖掙脫加諸己身的符咒。興許她對身陷泥淖並無太大惡感，卻也無法掌控最終落於哪一個泥淖之內。然而，虞太太畢竟不是妙玉——哪怕就在綺夢中。在睜著眼的世界，只有妙玉之鬼可以附於人身，而閉著眼的夢境卻是反的。夢中的虞太太具有強大的逆襲性，在這裡輪到了她的靈魂反附於妙玉之身。當那兩條豔麗的毒蛇在流淌著半音的西域旋律中纏吻成一環詭異的太極圖，她更能用盡全力，撕去海匪身上的畫皮，使畫皮後的范子明露出真容。這就註定虞太太並非三百年前的妙玉，而是她自己。

虞太太這場綺夢，像極了我二十年前讀過的衛慧小說《黑夜溫柔》中的一段：

> 你這麼地漂亮，從來沒有遇見過像你這般美麗的男孩。你應該更同情女兒的媽媽。
>
> 她恍恍惚惚地伸出一隻手，手蒼白而柔軟，像從古代的卷軸上緩緩飄下的狐妖豔鬼。

我不幸福我不快活我很孤獨，她喃喃說著，身體像水蛭一樣吸了上來，我竟沒有辦法用力掙脫。一堆的錦緞華服一堆的爛金碎銀一堆的胭脂一堆的綺情艷夢。

　　我墜入夢中，皮膚上有青的一塊紫的一塊，像我的美輪美奐的戒指流出的毒液，呼吸煽動著一股股金粉，金粉飄飄，從頹敗的庭院從幽怨的深閨從腐爛的胭脂盒裡一陣陣飄散開來。

　　在夢中我回到明朝秦淮，在夢中我記起了梨院舊情，在夢中我坐在百花的深處聽千年的老婦人垂死的呻吟。

　　在夢中所有的鏡子業已破碎所有的廢墟意味深長。在夢中一切都是夢，花非花，霧非霧，夢非夢，人非人，夜半來，天明去。

　　不用相信你所有的夢，尤其是色情的夢，唯一能做的就是奪路而逃。

同樣擔任補教的小男生，同樣徐孃未老的母親，同樣冶艷可畏的幻象，同樣透發著西域神秘與崑腔妖媚的樂感。這所有的所有，彷彿都成了黃耀明那首〈奈何天〉的註腳：

滴翠飛紅香風撲面，花憔悴癡癡對誰言

繁華盛世浮生迷戀，春易老黯黯有誰憐

煙消雲散物換景遷，無限情悄悄落人間

幾番風雨千般熬煎，多少愁嫋嫋化成煙

看遍地芳菲桃李爭放，想無限旖旎風光

……

補充一點：就音樂而論，此片也在嘗試建構一條譜系。片尾曲〈流金歲月〉，是一九八七年楊凡執導同名電影的主題曲，邀得齊豫重新演繹。正如楊凡所說：「齊豫的演繹是帶有歲月的沉澱，美麗中的哀愁，無奈中的慰藉，像是潘朵拉盒子打開後，讓邪惡散盡，最後仍是希望。」誠然，此曲與貫穿全片的其他音樂——不論顯性的抑或隱性的，似乎都存在一種對峙的張力。片首的散發著情慾賀爾蒙的〈玫瑰香〉，很難不讓人回想起振保與嬌蕊那貪婪的餘歡。燈光明滅的扶梯間，隨著梅太太的腳步響起的〈Karabali〉，對於華人觀眾而言未必會想到古巴原鄉，卻一定會憶起《阿飛正傳》中的插曲：「時光是對的沒說謊，迷惑的是這心沒了光……」至於不得不讓人聯想到的張國榮、〈霸王別姬〉唱段與虞姬，姚煒、梅太太乃至金大班的〈最後一夜〉……一個龐大的隱喻典故系統於焉開啟，一如片首稠密的熱帶叢林。

一切歷史都是當代史。我們在構設某個逝去時空的故事之際，也必然會以自身所處時空的價值觀為依歸。今天，當年齡、家世、階層、財富、種族、國籍、宗教、性別、倫理乃至婚姻都不再成為愛情的障礙，范子明與虞氏母女的三角關係似乎也無傷大雅。但是，令某些觀眾心生牴觸之處，大抵不在於倫理，而在於性別——芸芸解構婚姻的東西方愛情片中，一女多男的故事比比皆是（如《布達佩斯之戀》〔*Gloomy Sunday*〕），一男多女的卻極為罕見。就華人世界而言，這種「眾美圖」式的結局不僅可能喚起觀眾對那個男尊女卑的古老時代的記憶陰影，會讓人記起警幻仙姑的名言：「如世之好淫者，不過悅容貌，喜歌舞，調笑無厭，雲雨無時，恨不能盡天下之美女供我片時之趣興，此皆皮膚淫濫之蠢物耳。」因此，當人們擊節於該片對范子明與虞太太情事的烘雲托月之餘，很難不認為子明與美玲的這一脈絡僅以幾段蒙太奇鏡頭和饒舌音樂來呈現，有敷衍搪塞、蒙混過關之嫌。

不過，此片並非一幅「雙美圖」。正如美玲在紀念碑下坦承，第一次見到子明，就想要得到他。其實子明又何嘗不是？當他剛到虞宅，就被美玲那張長髮飄飄的留影所吸引。假使有個合時的開始，這段關係大約也會修成正果。唯是美玲比她的母親晚了幾小時，如果她那天沒有參加時裝展，趁子明初來乍到便立即開始補習，還有可能扳下一城。可惜世事沒有如果。她跟蹤母親和子明，看到兩人在放映過後闃寂無人的皇都戲院影廳接吻，已經為時太晚——因為

片中同情革命的法國女伯爵令虞太太感傷於自己的青春，戳中了她的淚點，令她在光影滅明的虛空裡被子明牽住了手。

故而冬至前那個十五的黃昏，當子明要向美玲道出自己和虞太太的一切，美玲卻早已知曉。影片在這裡補上一筆，讓美玲將母親年輕時的經歷娓娓道來，才使人恍然大悟：美玲不僅不是一個花瓶式的無知少女，更有著超出年齡的成熟。她和子明發展感情，顯然不無主動的因素；而主動的背後，一來固然出自對子明的喜愛，二來則是受到世俗的影響，要終止這段忘年戀，把子明從母親手中搶過來（同樣也是把母親從子明手中搶過來）。子明一開始喜歡自己長髮的樣子，她顯然知道。當她拉下齊耳假髮，露出飄逸長髮時，子明就與她忘情擁吻了。「然而這是愛嗎？」女性的直覺，加上接吻的觸感，讓美玲發現並了解到子明的愛情早已給了母親，無法再分給自己，終於轉而祝福母親與子明。「媽，你壞！」此時，掙脫外在與內在心魔的美玲，才真正成為了她母親的女兒。

至於范子明的外型似曾相識，令人乍疑是《歲月神偷》中羅進一，日後考入了港大的樣子。然而，儘管他在外文系讀濟慈（John Keats）、期望有朝一日翻譯《追憶似水年華》（*À la recherche du temps perdu*），補習教材用的是《簡愛》（*Jane Eyre*）、《咆嘯山莊》（*Wuthering Heights*），又三番五次帶著虞太太去看法國片，但仍有評論認為該片對子明的刻畫失之平面。實際上從一開始，他就是被凝視者和欲望投射的對象——無論在男同學眼中、虞氏母女眼中，

還是跨性別的花旦梅太太眼中。觀眾若以「雙美圖」的套路看待子明與虞氏母女的關係，自然無法脫離 Male Gaze 的窠臼。但子明形象的平面（大概有意如此？）髣髴卻在提示我們，在這三角關係中，是虞氏母女反客為主──或者說由始至終都居於主位。姑且不大恰當地借用《紅樓夢》對尤三姐的評論：「竟真是他嫖了男人，並非男人淫了他。」也許電影敘事為襯托虞氏母女的主體性，不得不對范子明本該存在的深刻有所犧牲罷！在男女平權的日子最終到來之前，天平的指針總歸會往復擺盪的。

華人女性從妙玉進化到虞氏母女，就像希臘女性從《伊利昂紀》（*Iliad*）進化到《奧德修紀》（*The Odyssey*）。木馬屠城一戰，海倫也好、布麗賽思（Briseis）也好，都只是一具具美豔的皮囊，遭受物化的同時，也自我物化。但在奧德修（Odysseus）的魔海奇航中，無論是女仙卡呂普婑（Calypso）、女妖喀耳刻（Circe）、異境公主瑙西卡婭（Nausicaa）還是閨中思婦佩涅洛佩（Penelope），都充滿主見、自愛自重，令這位戰場、情場的雙面英雄也無如之何。東方的這道平行的進化軌跡雖然步履蹣跚，卻也終告來臨。如是看來，虞氏母女這種無聲無息的閨閣革命，不比那些傳單口號的影響力更為深遠麼？至於「those were the days」的懷舊感傷，以及對那火紅年代的追念，似已落第二義矣。調寄〈鷓鴣天〉以收結曰：

翠黛紅妝好畫皮。奈何無復問虞姬。

春闌長惹風飛絮，茗熟安尋盞點犀。

◎歌窈糾，夢委蛇。年華逐水思堪迷。

憑伊參透團圓相，未慣人間愛別離。

2020.11.11.

*本文原刊於「虛詞」文學網（2020.11.19）。

枝幹生機看不足
——「吳冠中‧速寫生命」觀後散記

一

最早知道吳冠中這個名字是在高中時代，但並非因為美術。那一年我剛考完會考，打算創作一篇以祖父為原型的短篇小說，於是開始蒐集資料——此時距離祖父辭世已經六七年了。抗戰時期，祖父就讀西南聯大，晚年偶爾會談及大後方的往事。我那時太小，根本不懂得怎樣提問，很多故事於焉隨著祖父過早的離去而永遠失傳。創作小說固然出於補償心理，但祖父留下的故事破碎支離，使我不得不另覓其他資料，完足情節。當此之際，我在一本散文合集裡讀到吳冠中（與祖父同齡）的〈憶初戀〉。編者寫道：「吳冠中，著名畫家，他的畫被許多國家珍藏。年近古稀，畫家『老夫聊發少年狂』，用青春和愛心回憶起五十年前那場令他終身難忘，也令讀者感嘆不已的初戀……」

一九三八年，日軍對華東地區鯨吞蠶食，就讀杭州藝專、年方十九的吳冠中輾轉流徙，隨校在湘西沅陵暫駐。吳冠中患上腳瘡，成了醫院門診部常客。為他換藥的是一位文靜、內向的年輕護士，每次都默默低頭擦洗瘡口、換新藥、紮繃帶。吳冠中因過於靦腆，

不敢結識對方。後來他在流徙中，千辛萬苦才打聽到那位護士叫陳壽麟，南通人，二十一歲。可是兵荒馬亂加上陰差陽錯，怎樣寫信也聯繫不上。在篇末，作者太息道：「不知……分別五十年的她今天在人間何處！」這句話予我以莫大的震撼。我不但感到那遙遠的過去頓時與當下聯通而鮮活起來，也感嘆如果沒有親身經歷過那個年代，便難寫出像樣的作品。創作小說的念頭雖然打消，但我從此便開始留意吳冠中的畫作。

和很多不諳畫理的人一樣，我彼時最喜愛吳冠中筆下的江南，小橋、流水、人家，白牆、紫燕、繁花。那些紅的、黃的、綠的色點，或星羅棋佈，或稀疏寥零，似散似聚，若近若遠，每一滴顏料都是一個生命的奇點，洋溢著清新的喜悅，閃爍著希望的動能。再如吳氏所繪荷花，無論盛放的紅蓮，還是枯死的殘荷，都依然點上幾筆綠點，生機乍出。讀到六朝民歌〈西洲曲〉的「單衫杏子紅，雙鬢鴉雛色」兩句，我也會覺得如此景象唯有吳冠中才畫得出來。

本科最後一學期，課程尤其繁重。有次在碧秋樓電算中心（那時並非每位學生都有個人電腦）趕工至時夜將半，有一位女生與我同路下山，一起乘坐九廣列車回家。她的住處有兩座毗鄰的高樓，間距極近，夾出一條狹窄的小巷。那晚走到「巷」口，她說：「送到這裡就好。」然後就走了進去。此時已是凌晨，我站在「巷」口望過去，兩座高樓的燈火多已熄滅，一片漆黑之中，隱隱看到高樓間那

一線深紫色的夜空；這像極了吳冠中畫筆所詮釋「深巷明朝賣杏花」的詩意——不過這幅畫是一張尚未沖曬的底片罷了。我甚至驟然感到，那一線夜空就是書脊，兩側高樓則是左右展開的書頁。於是我寫下這樣的句子：

> 揮揮手
>
> 你走進一冊
>
> 子夜吳歌

誠然，若問這本書是什麼內容，我相信非〈子夜吳歌〉莫屬。一闋絲不如竹、竹不如肉的〈子夜吳歌〉，便足以為吳冠中的江南配樂。

二

繼二〇二〇年底的「吳冠中・速寫生活」展覽後，香港藝術館近期又舉辦了題為「吳冠中・速寫生命」的續集，展場以吳冠中的《漢柏寫生原稿》為主角。該畫長度超過三公尺，是畫家在一九七四年對蘇州司徒廟前四株千年古柏的寫生。司徒廟相傳為東漢大司徒鄧禹（2-58AD）歸隱處，後人奉鄧禹為神明，居所也日久成廟。這四株相傳為鄧禹手植的古柏，先後遭遇雷殛而枯木復生，開枝散葉、盤根錯節，直至今日。漢柏古怪清奇的姿態，當下便讓吳冠中

感受到大自然的律動和內蘊強勁的生命力，並賦予他靈感。從此，古柏成為吳氏創作的重要母題。

　　吳冠中強調寫生的關鍵在於「生」，也就是捕捉生命的瞬間。當觀者面對這幅不可湊泊的長卷，未必能想像畫家當時是怎樣在繞樹三匝後，於橫看成嶺側成峰的感悟中將段段速寫拼接為一片渾淪。所謂樸散則為器，生命力是抽象而無形的，生命卻是具象而有形的。因為是速寫，畫面並無吳氏招牌的色點，只有白底黑墨，樹紋是墨線、樹洞是墨斑、樹葉是墨點——明明畫的是具象的柏樹，端詳之下卻驀地產生一種抽象感。畫家在古柏身上擷取、展示這種抽象的生命力，讓我們知道宇宙萬物莫非同源，也必將復歸於樸。

　　同場展出的還有《泰山唐槐》、《戒臺寺臥龍松》等，可見吳氏對樹木寫生的偏好。而《鄒縣孟廟老槐》則在寫生的基礎上灑上了幾滴綠點，望之可愛。至於《老樹森林》、《甦醒》和《聽驚雷》皆為水墨紙本，或設色或否，靈感顯然都來源於古柏寫生。《老樹森林》的枝幹深黑淺灰，形影相隨、遠近相生，富於層次感。《甦醒》的線條更為抽象，但仍可尋繹那樹輪相糾、林木茷骶之致。這兩幅作品的色點，點出了生命的繽紛。而《聽驚雷》則在大片漆黑中透出幾塊白斑，正是《周易》震卦中層陰之下那一抹恆動不息、桀驁不馴的陽爻。而另一幅油彩布本的《補網》，漁網、海灘的線條依然孳乳自古柏，論者多有齒及，不必贅言。

此外，另一展場以「行行重行行」為主題，展示了多位藝術家的作品，透過不同媒介來探討「藝術即修行」的概念，其中也包括了吳冠中的畫作。如《人體》與《崂山海邊石》在線條上的一致，儼然扣合著啟母石或《聖經》中羅得之妻的傳說。《晝夜》將老樺樹的左右側進行明暗對比，將晝與夜並置於樹榦兩邊，令人聯想起「去者日以疏，來者日以親」的詩句。在如此脈絡下，周綠雲的《意轉穹蒼》、夏碧泉的《鐵鳥》、韓志勳的《破圓》、陳福善的《眾生相》等等，都彷彿共同繡出了一條生命律動的曲線。

三

韶光荏苒。我雖並非吳冠中的超級畫迷，卻因前文所述的緣故，其畫其文成為我重要的精神資糧。二〇一〇年六月，吳冠中以九十一歲高齡辭世，我偶然瀏覽資訊，發現吳冠中的初戀竟然還有後續。那篇〈憶初戀〉在一九九一年發表後，多次轉載。有人透過雜誌編輯部聯繫上吳冠中，這人便是陳壽麟之子。陳壽麟此時年屆八旬，早已退休。讀到吳冠中的文章，她才知道整件事的來龍去脈，非常感動。吳冠中再度提筆致意，陳壽麟回函告慰，並惋惜地說當年的那些信件實在一封也沒收到過……看到這裡，不禁嘆息不已。從首度閱讀〈憶初戀〉至今，多少年過去，而我要直至吳氏辭世後才得悉這段後續，這難道不是自己的粗心嗎？但轉念一想，如果太

早知道後續，〈憶初戀〉在我心中的震撼力也許未必會長久綿延下去了。烽火紛飛的年代，發生過多少這樣的故事！只是願意像吳冠中那樣發少年之狂、以文字將之記錄下來的，又有幾人？而吳文多次轉載、被人看見也不為無因：在這個意義上，丹青為質、字句為文，文以待質，古今中外皆然。

現在距離吳冠中辭世，又過了十二年。展覽中看到他在一九七四年的寫生題字，特別強調四株古柏「被雷劈倒後復甦」，我不由想到：老榦發新枝，豈非預言著畫家日後與初戀對象的重拾聯繫（雖然容貌、處境與關係皆已改變）？儘管在歲月流逝中，每個人的記憶可能都將褪化為黑白圖像，但那一路走來的軌跡，就是一道道具有生命力的線條。當我們在午夜夢迴中聆聽過去的聲音，不妨為這些黑白圖像灑上些繽紛的色斑與色點吧。調寄〈醉花陰〉曰：

枝榦生機看不足。古柏森虯曲。

何處是天倪，點點斑斑，五色晴風淑。

◎青瓦白牆春可掬。夢裡江南綠。

相識燕歸來，光影連波，橋上人如玉。

2022 年端陽

*本文原刊於「虛詞」文學網（2020.06.16）。

顧曲餘情難任

——悼香港「樂壇教父」顧嘉煇

一

　　在「電視送飯」的童年，我有幸見證著顧嘉煇如何參與一部部 TVB 電視劇的音樂製作——即使時代稍早、不復記憶的舊劇，也可在每天下午的重播中溫故知新。正因如此，我不必等到世過境遷、時光沙汰之後被告知煇哥有哪些粵語名曲，而是在日復一日觀看電視的過程中界定我自身認知的「名曲」而毫無愧怍（這和我之於鄧麗君歌曲的情況頗為相似）。中學同窗劉嘉鴻認為〈鐵血丹心〉（1983，羅文、甄妮合唱）與〈兩忘煙水裡〉（1982，關正傑、關菊英合唱）是粵語歌曲之極致，我完全贊同。《鐵血丹心》二十集的劇情起始於郭嘯天遇害、終結於郭靖回到中原，基本上以蒙古草原為背景，故其主題曲的音樂有鐵馬金戈氣吞萬里之勢。〈兩忘煙水裡〉以「女兒意、英雄癡」為基調，故於波瀾壯闊的同時也波瀾不驚，宛如一幅留白處處的潑墨山水。這兩部劇集皆由武俠小說改編，以宋元時代為背景，故而主題曲也富於詩詞意蘊，令人玩味不盡。不過，煇哥值得稱道的作品的確難以窮舉。因此本文僅就個人印象發表一隅之見，以質諸方家。

二

　　竊以為顧嘉煇的粵語歌曲，大概可分為五類。第一類是具有戲曲或民樂風格的作品。如《啼笑因緣》（1974）同名主題曲（仙度拉主唱）在歌詞、發音、唱腔等方面雖仍具有較強烈的粵曲特徵，其問世卻被視為粵語流行曲在香港樂壇取代國語及歐西歌曲主導地位的轉捩點：據說選擇仙杜拉主唱，是因為她形象西化，冀能改變受眾對粵語歌「老土」的印象。又如《楊門女將》（1981）同名主題曲乃是改編京劇曲調之作，汪明荃在唱「黃沙裡」的「黃」字、「橫挑馬上將」的「橫」字在粵語皆為陽平聲卻讀如陽上聲，顯然是在模擬京劇的咬字與唱腔。

　　說起〈鐵血丹心〉，就不能不提另一部電視劇《成吉思汗》（1987）的音樂。《成吉思汗》是與亞視爭強之產物，雖為臨時製作，但主題曲〈問誰領風騷〉（羅文、甄妮合唱）頗足稱道：全曲酌用了蒙族音樂的特徵，如首句略似〈敖包相會〉的變奏，次句「懷抱冷傲」之音符一似馬頭琴之跌宕起伏，至於引奏、間奏的蒙古韻味，更不在話下。而其敲擊樂的使用，無疑可看作〈鐵血丹心〉的延展。此曲雖為樂壇後輩黎小田所作，卻能看到顧嘉煇的深刻影響。

　　再觀《京華春夢》（1980）同名主題曲（汪明荃唱）、《流氓皇帝》（1981）插曲〈愛在心內暖〉（鄭少秋、李芢苓合唱）、《蘇乞兒》（1982）主題曲〈忘盡心中情〉（葉振棠唱）、《呂四娘》（1984）主題曲〈願死也為情〉（葉蒨文主唱）、《決戰玄武門》（1985）主題曲〈夢

裡幾番哀〉（鮑翠薇主唱）等，皆具有漢族小調的特色，但在調式、旋律乃至配樂等方面，多少仍注入了流行曲的因素，茲不詳論。而電影《秦俑》（1990）主題曲〈焚心以火〉（葉蒨文主唱），因劇情涉及秦代背景，故此曲之高古雄渾、深沈蒼莽，令人擊節。

更有趣的是《戲班小子》（1982）同名主題曲（葉振棠主唱），活潑開朗，乍聽不乏民歌味道，但筆者認為此曲在旋律與節奏上頗有西洋淵源——如「禍福得失睇開啲」兩句近似蘇聯歌曲〈春天裡的鮮花怒放〉（Хороши весной в саду цветочки），第三句「幸福不一定由天賜」則近似《仙樂飄飄處處聞》（*Sound of Music*）中的〈孤獨牧羊人〉（The Lonely Goatherd）。所謂「熟讀唐詩三百首，不會吟詩也會吟」，輝哥可謂善學者也。如此一來，〈戲班小子〉一曲挑戰了我們尋常對「小調」的界定：是否因為在歌詞、唱腔上具有華人傳統色彩，就可率爾認定其旋律也屬於小調？

第二類是看似所謂「小調」而更接近民國藝術歌曲（art song）的作品。如《萬水千山總是情》（1981）的同名主題曲及插曲〈勇敢的中國人〉、《秋瑾》（1984）插曲〈無愧少年時〉（皆為汪明荃主唱）等。尤其是後二者甚有進行曲風格，這當然也是為了配合劇中的革命、抗戰等情節。又如《香城浪子》（1982）主題曲〈心債〉（梅豔芳唱），大約是一九七〇年代中葉以後粵語原創流行曲中唯一採用三／四節拍華爾滋的作品。在搖滾樂、的士高等音樂、舞蹈傳入香港後，作為老派社交舞代表的華爾滋在時髦青年心目中已成為明日

黃花，因此粵語歌曲中三／四節拍的作品為數極少。而《香城浪子》的主角潘曉彤是一九三〇年代港大女生，其中一幕曉彤參加大學舞會，播放的乃是〈風流寡婦圓舞曲〉（The Merry Widow Waltz）。〈心債〉的慢三節奏，正與劇情有所呼應。

第三類則更偏向於流行曲風格，這大概與他在一九八〇年代初前往美國進修學習商業化音樂有關。如《親情》（1980）同名主題曲（羅文主唱）接近戰後西洋流行歌手所為聖詩（如〈Morning has broken〉、〈He〉之類）的韻致。《播音人》（1983）主題曲〈愛定你一個〉（甄妮主唱）之時尚振奮，至今重聽仍使人對 1980 年代的好時光神往不已。《生命之旅》（1987）片尾曲〈仍然心在想你〉（鍾鎮濤、鄺美雲合唱）的主歌採用明朗的大調（major key），看似雲淡風輕，但副歌稍稍暈染小調（minor key）色彩，哀感漸生，最末一個單句點題，而以純小調收結，惝恍無依，一如漢武帝〈秋風辭〉之末句：「少壯幾時兮奈老何！」

第四類同樣具有藝術歌曲特色，旋律則更為複雜多變而頗具西洋古典音樂風韻，歌者所需音域更廣闊、音質更嘹亮，尤以葉麗儀、甄妮、羅文等人為當行本色。如《家變》（1977）主題曲〈變幻原是永恆〉（羅文主唱）中，「缺後月重圓」重複兩句，洪波激盪，彷彿鋼琴家的迷狂。《奮鬥》（1978）同名主題曲（甄妮主唱）在大小調之間輕鬆轉換，悲欣交集，收放自如。《前路》（1981）主題曲

〈東方之珠〉（甄妮唱）的主歌配上二胡引奏，如泣如訴；副歌仍保持小調旋律，卻猶似孤刃摩天，令人激奮。《紅顏》（1981）同名主題曲、《女黑俠木蘭花》（1981）同名主題曲皆為葉麗儀主唱，極具爆發力。〈紅顏〉次段開首的「無力挽、無力再挽」，真箇是化無力為金剛神力，儼然叩開命運之門的音符。再如《三相逢》（1983）主題曲〈可曾幸福過〉同樣由葉麗儀主唱，雖唱腔較為柔和，探戈的節奏卻可謂「王氣雜兵氣」。

此外，葉麗儀主唱的另一曲〈上海灘〉來自同名電視劇（1980），更是膾炙人口。此曲一開首的「浪奔、浪流」具有奏鳴曲式的石破天驚之感，第三句「淘盡了世間事」隨即始增入中樂的板拍，小調意趣陡生。至副歌「愛你恨你」四個音符，大抵酌參了一九五八年國語時代曲〈南屏晚鐘〉的旋律，為此曲添入不少海派情調。就音樂而言，〈上海灘〉在引經據典之餘而將其共冶一爐，且能不失自身推陳出新的特色。其流傳久遠，不為無因。

第五類為兒童歌曲，多因 TVB 及香港電臺兒童節目所創作，如〈跳飛機〉、〈香蕉船〉、〈小時候〉、〈小太陽〉、〈數字歌〉、〈烏卒卒〉、〈黑白殭屍〉等。像〈小時候〉、〈小太陽〉等能讓兒童體驗生命之美善，固不待言。而〈烏卒卒〉全曲使用入聲四質韻（粵語-ut），〈黑白殭屍〉大量採用切分音，這些對於兒童在語音、音樂方面都能有較深的體悟。

三

　　由於顧嘉煇出道早、作品種類多而質量佳，兼以與黃霑、鄭國江、鄧偉雄等填詞人合作無間，因而能在香港粵語樂壇實至名歸地榮膺「教父」。不過值得注意的是，煇哥也身兼最後一代國語時代曲的創作人。他的出道作品，是一九六一年邵氏國語電影《不了情》的插曲〈夢〉，由其親姐顧媚演唱。此時正值國語時代曲創作人青黃不接之際，煇哥的加入無疑壯大了陣容。〈夢〉乃是應徵獲選之作，徵召條件是：「歌曲節奏請用 O. B. 恰恰（offbeat cha cha），輕鬆明快和富於幻想情調，必須注意的是本曲出現銀幕時，配有跳舞畫面。」老上海時代，發源自南美的倫巴舞（Rumba）大為流行。恰恰為倫巴的姊妹舞種，出現於一九四九年左右，雖未及風行上海，卻在一九五〇、六〇年代的香港大放異彩，國語時代曲頗為樂用。煇哥處女作〈夢〉大氣磅礴，節奏之急緩、音符之高低，各得其宜。開首「人說人生如夢，我說夢如人生」兩句的旋律，乃化用一九四七年海派老歌〈黃葉舞秋風〉的兩句「粉臉蘆花白，櫻唇楓血紅」而加以變奏，既不失西洋之靈動跳脫，又能保持中國之富麗雍容，端的是奪胎換骨之功。

一九六三年，煇哥再為邵氏電影《血手印》創作插曲〈郊道〉，由反串男主角張生的凌波演唱。雖說此片為黃梅戲電影，但〈郊道〉一曲在旋律上卻頗有些京劇乃至京韻大鼓的風味，誠如網友所言，「除了裂石穿雲的高亢，還得要九彎十八拐的轉音」，可謂幾十年來女歌手的試金石。

一九六七年，煇哥為邵氏電影《明日之歌》創作同名主題曲，由靜婷在幕後代唱。其旋律溫婉大氣，而不失海派閨秀之風。一九七二年為潘迪華主演之舞臺劇《白孃孃》創作主題曲〈愛你變成害你〉，將女主人公矛盾的心情緩緩道來，卻處處迸發著火花，映照著如水的柔板節奏，益有波詭雲譎的冷麗之感。一九七三年電影《明日天涯》的同名主題曲，寄愁腸寸斷於羅文的男高音中，形成一種剛柔交濟的渾成之美。此曲的創作僅早於〈啼笑因緣〉一年而已。

綜觀顧嘉煇創作的這幾首國語歌曲，除了〈郊道〉具有傳統戲曲色彩外，餘者或為舞曲、或接近詠嘆調與藝術歌曲。其後粵語歌曲的風格取向，在此已隱然窺見端倪。有趣的是，若從海派時代曲的脈絡來看，黎錦光、嚴折西、姚敏等人都有一些爵士風的作品，如〈愛神的箭〉、〈兩條路上〉等等。但煇哥的海派作品卻甚少染指此道，這或許是老上海的年代相對於聽眾日漸遠去之故。（可提的倒是黎小田替一九八九年電視劇《上海大風暴》創作的主題曲〈愛的風暴〉，運用藍調風格，大抵受到姚敏〈得不到的愛情〉所啟發。）

至於煇哥採用民歌形式的國語作品，甚為罕見。這固然可能存在著隨機因素，卻畢竟與他後來的粵語作品以「小調」著稱頗有差異。如此大約與作品的風格、媒體的類型與受眾的取向有很大關係。煇哥的國語歌曲多為電影歌曲，新文學性較強；粵語歌曲多為電視劇主題曲，受眾更為寬廣，「小調」大抵能成為不同背景之受眾的最大公因數。

四

　　上文所舉多為顧嘉煇在七、八十年代的作品，且不無掛一漏萬之虞；復因煇哥之作曲家性質，多談音樂而少談歌詞。竊思三十多年前考入中學伊始，就很少再追看電視劇，因此印象中的煇哥一直都是五十多歲的樣子，難以想像他已年屆九旬。驟知煇哥在加國去世，心中「離」了一「離」。此般感觸，一因「前世」之感，一因「今生」之念。這也正好對應著煇哥生平的兩個創作階段：國語時代曲是父祖輩口耳相傳的「前世」，粵語流行曲是耳濡目染的「今生」。職是之故，遂將零思碎語略為聯綴於上，以資銘念。調寄〈西江月〉以悼曰：

綺調歌殘繡口，華年望極春心。

夜闌誰復弄鳴琴。當日漫相藉枕。

◎今世何如前世，舊音恍似新音。

不知一韻抵千金。顧曲餘情難任。[6]

2023.01.05.

*本文原刊於「虛詞」文學網（2023.01.10），題為〈顧曲餘情悼嘉輝〉。

---

[6] 《三國志》謂周瑜精通音樂，聽到奏曲者有誤，必回頭注目，時人語曰：「曲有誤，周郎顧。」後以「顧曲」指稱欣賞音樂、戲曲。嘉輝顧姓，恰好一語雙關。

跋語

　　承蒙各位厚愛，由香港藝發局資助、初文出版社排印的拙著《堇塘雜文錄：以寫療寫》即將梓行。當此之時，謹就該書撰寫情況略贅數語以備忘。

　　去年春，初文社的黎漢傑兄詢及是否有意將雜文隨筆結集出版。我初步盤點這十多年來的塗鴉，篋中竟也有七十餘篇（不計涉及拔萃校史的文字）。在漢傑建議下，我共選錄了三十五篇，分為〈師友憶舊〉、〈文化隨筆〉、〈影劇聲光〉三輯，寫作時間上及二〇〇八，下迄二〇二三，字數累積十五萬，大略勾勒出這十多年來的生活甘苦。縱然在外人眼中，如此生活或許平平無奇、未必有什麼吸引人之處。但就我個人來說，能暫且從故紙堆中抽身，輕鬆撰寫一段小文字，便足以轉換心情，具有療癒作用，誠然是「以寫療寫」了。（這一點，葉嘉詠博士深有同感，並在序文中拈出。）至於「堇塘」，乃多年前自號，久已不用。《玉篇》云：「木槿，朝生夕隕，可食。亦作堇。」堇同槿，白曰椴，赤曰櫬，又名日及、王蒸，亦即《詩經》「顏如舜華」之「舜」。觀本書所收雜文，內容游談無根、無規律可循，雖不至紛陳，卻也「庬言日出」，好似堇花暮落朝開，遂以「堇塘」為名，雖不中亦不遠矣。

二〇〇三年博士畢業，恰逢非典肆虐。彼刻忽然想到過往三、五年間，音樂乃是撰寫學位論文時不可或缺的良伴，甚至在漫不經心的聆聽過程中偶有心得感悟。於是趁著家居無俚，塗鴉了四十篇隨筆，內容大抵包括了古典音樂、歐美流行曲、中國各族民歌、老上海時代曲、國粵語流行曲等類，每篇二千字左右。這組隨筆雖以音樂為主題，卻由於漫談性質而能跑一跑野馬，收放隨心。稍後執教臺島，礙於教研工作，音樂隨筆的撰寫難以為繼。唯一的例外，大概就是二〇〇八年左右應學校圖書館之邀，寫下了一篇〈年華似水，錦瑟如花〉，談論王家衛電影《花樣年華》中周璇所唱同名歌曲及 Nat King Cole 所唱三首西班牙語歌曲（本書修訂改題〈花魂月魄最吳儂〉）。回到香港任教後，工作更為劇繁，直到二〇一六年才「重拾故技」——當年十月，張為群博士相邀參加文化沙龍，隨楊李幸星女士到城市大學聆聽八八高齡的歌唱家江樺女士主講聲樂。當時感到極為受用，散場後更以最快的速度把講座內容記錄下來，稍後聯綴成文，題作〈二八年華暮未遲〉；感謝為群師姐青睞，未幾刊登於《南風》雜誌。可以說，我與隨筆或雜文結緣，跟音樂有很大的關係。

　　自此而還，我開始隔一段時間就以文字記錄日常點滴——無論是備忘、憶舊、悼念等主題，還是筆記、評論、序跋等體裁。正因這些文字乃隨興而為，並無沉思翰藻、錯比文華之致，故而稱為雜文或隨筆，或許比散文更加恰當，也更具彈性。當然，這還要感謝各

大媒體為我創造撰文的機會，並為拙文提供刊載的空間。如二〇一七年，韓國東國大學的李燕博士讓我寫下一篇關於韓國印象的〈木槿花絮語〉，很快就發表於她主持的微信公眾號「中韓研究學會」上。同年，臺灣《國文天地》月刊增設「百家筆談」專欄，政治大學車行健教授主其事，並囑我供稿。我那時剛好出席過銅鑼灣中央圖書館的「全港詩詞創作比賽」評審會議，回憶起從前的參賽經歷，於是寫下〈似煙還似非煙〉一文。其後，像有關倉央嘉措情歌、北洋元首任內詩作的零思碎語，以及臺北國父紀念館「孔德成先生百年紀念展」，中文大學——成功大學的研究生論壇，段昌國、周伯戡教授的臺北聚會，馮以泫、張曼儀老師夫婦與楊松年教授四十年後重逢等，[1] 都曾塗抹成相關文字，刊登於《國文天地》。而「虛詞‧無形」先後邀我撰寫關於龍袍、校服、鏡子、余英時詩、吳冠中畫、對聯置換事件等方面的文字，自亦勉力而為之。又二〇二〇年十一月，黎海寧現代舞劇《九歌》重演，觀賞後頗有討論，遂撰成劇評〈從死亡意識中開出鮮花〉（本書改題〈我所思兮在九歌〉），同樣登載於「虛詞」文學網。而我自身「伯爵茶跡」網上專欄，縱然寫作風格較為「機械化」——往往是完成一個系列後才開展另一個，但其間也會不時「插播」一二雜文如序跋、書評、劇評、憶舊文章等，令讀者稍稍感覺到一點彈性。本書所收《一個人的哪吒》之劇評，替新加坡林仰章兄賀壽之作，以及悼念黃德偉教授、吳瑱教授、曾永義教授

---

[1] 可惜的是，這次聚會何文匯老師因事參加不了。但三年後，文匯師命我邀約以泫老師夫婦聚餐，令我得以另撰一篇〈錦屏回合護韶光——一路走來的師友因緣〉，收錄於《週末飲茶》第一冊。

的文字等，悉為從前「插播」的內容。此外，我承乏主編的《華人文化研究》半年刊中，「典型夙昔」是專門紀念學界先進的專欄，形式大抵是一輯之內收錄紀念文章若干篇，其中也包括了懷念吳匡教授的拙文，不一而足。至於未能收錄於本書的篇章，包括書評、序跋等，也有三十餘篇，初步釐為〈開卷有益〉、〈臨淵羨魚〉、〈象牙塔內〉三輯，其出版則待來日再行商略定奪。

行文至此，謹向為拙著及所錄諸文從事編輯工作的同仁致謝。撰寫序文的葉嘉詠博士不僅學殖豐厚，且皆長期從事文藝創作，得允諾賜序點評，慧眼慧心，足以令拙著生輝。至於過去承蒙各位讀者的關愛、支持、鼓勵與針砭，都不可或忘，也在此一併感恩。調寄〈浣溪沙〉曰：

影跡當年誰更論。

蘚華開落自晨昏。

簾鈎欲釋有餘溫。

◎一霎風來仍酒意，

幾回日出又卮言。

春韶也共到林園。

2023.02.17.

本創文學 79

菫塘雜文錄：以寫療寫

作　　者：陳煒舜
責任編輯：黎漢傑
封面設計：Lo Sau
內文排版：謝伊珍
法律顧問：陳煦堂 律師

出　　版：初文出版社有限公司
　　　　　電郵：manuscriptpublish@gmail.com

印　　刷：陽光印刷製本廠

發　　行：香港聯合書刊物流有限公司
　　　　　香港新界荃灣德士古道 220-248 號
　　　　　荃灣工業中心 16 樓
　　　　　電話 (852) 2150-2100　傳真 (852) 2407-3062

臺灣總經銷：貿騰發賣股份有限公司
　　　　　電話：886-2-82275988　傳真：886-2-82275989
　　　　　網址：www.namode.com

新加坡總經銷：新文潮出版社私人有限公司
地址：71 Geylang Lorong 23, WPS618 (Level 6), Singapore 388386
電話：（+65）8896 1946　電郵：contact@trendlitstore.com

版　　次：2023 年 6 月初版
國際書號：978-988-76891-7-1
定　　價：港幣 108 元　新臺幣 400 元

Published and printed in Hong Kong

香港藝術發展局
Hong Kong Arts Development Council 資助
香港藝術發展局全力支持藝術表達
自由，本計劃內容並不反映本局意見。